어느 싸이코패스녀의 복수법 1

어느 싸이코패스녀의 복수법

I

이무형 · 한보라

장편소설

DUMBLE

차례

part.1
봉인. 마녀의 시간 - 11

part.2
저주. 끝나지 않은 악몽 - 103

part.3
귀환. 금기의 땅 - 177

part.4
계시. 하늘의 뜻 - 251

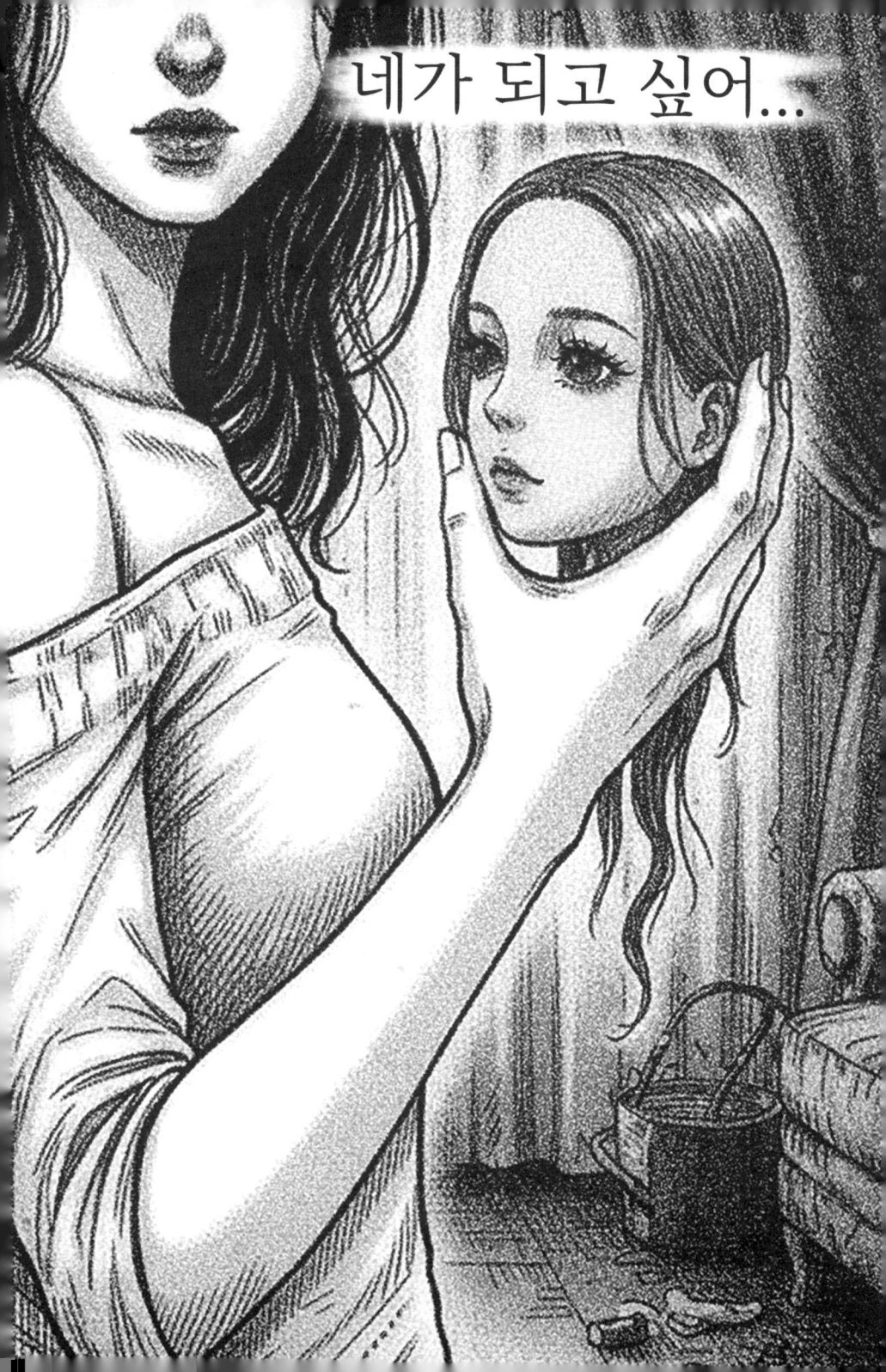

봉인. 마녀의 시간

part 1

때아닌 봄장마에 세상은 그야말로 몸살을 앓고 있었다. 그러던 어느 날이었다. 언제 그랬냐는 듯, 맑게 갠 하늘에 잊혔던 태양이 다시 그 자태를 뽐내며, 밝게 웃고 있는 것이었다. 그 햇살에 다시금 생기를 찾은 사람들이었다. 너나 할 것 없이 오랜 장마에 닫혔던 창문을 일제히 열고 집안 가득 눅눅했던 기운을 쫓아냈다.

이 이야기가 시작될 유정아파트 역시 예외는 아니었다. 저마다 문을 활짝 열고 간만의 햇살에 환기를 시키고 있었다. 그래서 더 특이하게 보이는 한 집이었다. 1104동 2103호, 굳게 닫힌 창문에 커튼까지 쳐져 있어, 다른 집들과는 전혀 대조적인 집이었다. 외부와 철저히 단절된 채, 안에서는 엽기적인 살인 행각이 벌어지고 있었다. 한 젊은 여자가 같은 또래의 다른 여자를 무참히 도륙하고 있었다. 송곳과 망치를 이용해 내리치고 찌르고, 그러기를 몇 수십 번, 이미 죽어 널브러져 있는데도 좀처럼 멈출 줄 모르는 젊은 여자였다.

그러는 사이 젊은 여자의 온몸은 피투성이로 범벅이 되었다. 그렇게 얼마나 더 찔러대고 내려쳤을까? 붉은 선혈이 뚝뚝 떨어지는 망치와 송곳을 든 채, 그제야 자리에서 일어서는 젊은 여자였다. 그러고는 깊은숨을 크게 한번 들이쉬며, 죽어 널브러져 있는 여자를 내려다보았다.

끔찍했다. 그건 사람의 몰골이 아니었다. 흉측하다 못해 꿈엔들 다시 나올까 두려울 정도로 치가 다 떨리는 몰골이었다. 하지만 그 모습을 담은 젊은 여자의 눈동자는 달랐다. 생기 가득한 눈빛에 마치 무슨 자신이 뭐라도 된 것처럼, 의기양양한 모습으로 입가 가득 흐뭇한 미소를 지어 보였다.

"씨발년, 천재는 무슨 개뿔. 이래서 모르는 사람 함부로 들이지 말랬거늘. 어릴 때 뭘 배운 거야. 하지만 덕분에 난 나쁘진 않았어. 고양이 찌를 때 하곤 전혀 달랐거든."

전에 없는 신세계를 맛본 젊은 여자였다. 실전과 연습은 차원이 달랐다. 그 들뜬 전율에 입꼬리가 하늘 높은 줄 모르고 치켜 올라가는 젊은 여자였다.

"잊지 못할 거야. 이 벅찬 감동, 뒤처리는 더 깔끔하게 해줄게."

젊은 여자는 그 말과 함께 다시 자리에 앉았다. 이번엔 망치와 송곳이 아닌, 바닥에 있던 회칼을 들고 죽어 널브러져 있는 여자의 몸을 난도질하기 시작했다. 젊은 여자의 난도질에 어느새 갈기갈기 찢겨, 토막이 나는 죽은 여자였다. 머리와 몸통을 제외하고 하체와 어깨를 이루는 관절부가 여덟 조각으로 분리가 되었다. 그 분리된 조각들을 옆에 있던 열린 캐리어에 주섬주섬 쓸어 담는 젊은 여자였다.

"이런, 겨우 팔다리밖에 안 들어가잖아. 다음엔 좀 더, 큰 걸 가지고 와야 하겠어."

젊은 여자는 미처 예상을 못 했다는 듯, 캐리어에 시신을 담다 말고 아쉬움을 토했다. 그 아쉬움 속에, 머리와 몸통은 집에 남겨 놓은 채, 나머지 토막 난 시신이 담긴 캐리어를 끌고 집을 나섰다. 그런데도 꽤 묵직함이 느껴지는 캐리어였다. 하지만 젊은 여자는 그 무게를 느끼지 못하는지, 경쾌한 발걸음에 춤을 추며 흥얼흥얼 콧노래까지 부르는 것이었다. 게다가 아파트를 나서는 내내 싱글벙글 만나는 사람마다 인사까지 건네는 여유까지 보였다. 조금 전까지 사람을 죽여 토막 내다 나온 사람이라고는 도저히 믿어지지 않는 행동이었다. 그 손엔 여전히 토막 난 시신이 담긴 캐리어가 쥐어져 있었다.

하지만 다행히 마스크에 챙이 긴 모자를 푹 눌러쓰고 나와, 그 이면에 숨겨진 다른 얼굴은 들키지 않은 젊은 여자였다.

"난 이제 내가 아닌 다른 사람으로 새롭게 태어난 거야. 널 죽인 순간 난 이미 유명인이 됐거든."

발걸음만 가벼운 것이 아니었다. 오랫동안 자신을 억눌렀던 열등감까지 다 벗어던진 젊은 여자였다. 한 걸음, 한 걸음, 그 내딛는 발걸음에 열등감은 어느새 자신감으로 충만해 있었다. 자신감은 자신도 모르는 사이 여자를 그리 만들었다. 그 해방감에 그리 신이 난 것이었다.

그렇게 신이나 아파트 단지를 아래쪽으로 돌아 7분여를 더 걸은 젊은 여자였다. 그러자 시원한 강바람과 함께 눈 앞에 펼쳐진 우거진 도심 천변이 여자를 기다렸다. 보기만 해도 울창한 갈대숲이 찌든 도심 생활을 떨쳐내기엔 적격인 그런 곳이었다.

그리고 이미 여자에겐 너무나도 익숙한 곳이었다. 그래서 그랬던지, 초저녁 산책 나온 사람들 속에 섞여 자연스럽게 천변 산책로로 들어서는 여자였다. 다만 그들과 다른 것이 있다면 캐리어였다. 하지만 그 누구도 여자를 의심하지 않았다. 여자는 그래서 그 길을 더 좋아했다. 누가 뭘 하건 전혀 관심도 없는 그 길이었다.

그런 그 길을 따라 한 얼마를 더 걸었을까? 산어귀 인적이 드문 하수구 앞에서 발길을 멈춰 섰다. 그러고는 주변을 한번 두리번거려 살피는가 싶더니, 이내 우거진 풀숲을 헤치며 산책로를 벗어나 하수구 쪽으로 캐리어를 끌고 내려갔다.

저 멀리 뒤에서는 그런 여자를 보며 뒤따라오는 사람들이 있었지만, 전혀 개의치 않았다. 묵묵히 풀숲을 헤집고 내려가, 자신의 키를 훌쩍 넘는 풀숲에 그대로 주저앉았다. 그러고는 캐리어를 열어 훼손된 여자의 팔다리를 차례로 하수구 속으로 내던졌다.

"이놈에 산책로는 다 좋은데, 저게 문제란 말이야. 오죽 급했으면 저럴까? 내일 당장 민원이라도 넣든가 해야지, 그깟 간이 화장실 설치하는데 얼마나 든다고, 그래도 저 여자는 용기라도 있어 다행이네……."

타인의 시선까지 공범으로 만들 줄 아는 여자였다. 뒤따르던 사람들이 그녀가 내려온 산책로를 지나치면서 하는 말이었다. 그에 더욱이 자신감이 드는 여자였다. 그 자신감에 내려갈 때보다도 훨씬 더 가벼운 마음으로 자신이 내려왔던 산책로로 다시 올라섰다. 그리고 자신이 올라왔던 풀숲을 향해 크고 깊게 숨을 들이쉬며 흐뭇해한다. 그러자 마치 마법처럼 천 쪽에서부터 바람이 불어오는가 싶더니, 일렁이는 바람결에 풀숲이 출렁거리며 내려갔던 길이 흔적도 없이 감춰져 버렸다. 바람까지 그녀의 공범을 자처하고 나서는 순간이었다.

그에 여자의 행동은 더욱더 대범하고 당당해졌다. 그 여세를 몰아 이번에는 빈 캐리어를 끌고 왔던 길을 되짚어 한 주택가로 들어섰다. 그리고 한참을 걷다 옆에 쓰레기 더미가 한 무더기 쌓인 한 벤치 앞에 멈춰 섰다. 짙게 깔린 어둠에 악취만 진동할 뿐, 아무것도 보이지가 않는 벤치였다. 그리고 그 벤치에 앉아 그런 여자를 반기고 있는 또 다른 한 여자였다. 큰 키며, 빼빼 마른 몸까지 마치 거울을 보듯 너무나도 닮아 있는 두 여자였다. 그래서 그런지 젊은 여자를 보자마자 환하게 웃으며 반겨주는 여자였다.

"아쉽긴 하지만, 너와의 인연은 여기까지가 좋겠어."

그 말과 함께, 빈 캐리어를 벤치 위에 올려놓는 여자였다. 그러고는 벤치에 앉아 있던 여자에게 손을 내밀자, 여자는 커다란 물티슈 팩에서 티슈를 뽑아 한 장, 한 장, 건넸다. 그렇게 캐리어는 두 여자의 척척 맞는 호흡 속에, 안쪽에서부터 겉까지 이전의 모든 흔적을 지워냈다.

"부디 다음 생엔 더 좋은 연으로 우리 다시 만나자."

무릎을 꿇고 앉아 캐리어에 입까지 맞추며 눈시울을 적시는 여자였다. 마치 무슨 의식이라도 치르는 듯, 소중한 누군가를 떠나보내는 사람 같았다. 그리고 그 의식의 하이라이트로 50L 종량제 봉투를 위에서 아래로 캐리어를 뒤집어씌웠다. 순식간에 세상과 단절된 캐리어였다. 밀폐된 공간에 십자로 매듭이 이중으로 지어지며, 자신에게 주어졌던 숙명적인 임무는 그렇게 끝이 났다.

"그런 눈으로 날 볼 것까지는 없는데, 하지만 어쩌겠니? 너도 봤어야 했는데, 썰어 놨는데도 좀 커야 말이지. 죽일 때는 몰랐는데, 죽여 놓고 보니까 덩치가 산만한 거 있지. 거기다 죽었는데도 눈알을 부라리며 날 째려보는데 소름이 좌르르륵! 뭐, 그 덕에 아직은 몸통에 붙어 있긴 하지만. 그렇게 째려보는데 도저히 자를 수가 있어야 말이지. 그렇다고 배까지 가르는 건 너무 잔인하지 않을까? 그러니 네가 나 좀 이해해주렴. 대신 너와 했던 추억만큼은 절대 잊지 않을게."

그 말을 끝으로 여자는 꽁꽁 싸맨 캐리어를 쓰레기 더미 한편에 가지런히 가져다 놓았다. 그러고는 다시 벤치로 돌아와 입고 있던 드레스를 위에서부터 아래로 허물을 벗어내듯 벗어, 반듯하게 잘 개 벤치 위에 올려놓았다.

"자 입어, 넌 이제 내가 되는 거야. 더는 난 이 세상에 존재하지 않을 거야."

그렇게 캐리어도 정든 옷가지들도 아쉬움을 뒤로, 한 여인의 추억 속으로 사라졌다. 여자는 그 추억을 만끽하며 또다시 어딘가로 걷고 있었다. 한층 더 홀가분한 기분에 가벼워진 발걸음으로 주택과 도로 사이 경계처럼 일렬로 늘어선 주상복합건물들을 따라, 저 멀리 화려한 불빛들로 수놓아진 도심 속을 향해 발길을 옮겼다.

그리고 한참 후 도심 속 한 스테이크 전문점 앞에, 그 모습을 다시 드러냈다. 가던 길을 멈추고, 안을 들여다보며 핏물 가득 고여 있는 접시들을 보며 군침을 삼켰다.

"뭐지…. 이 느낌. 느낌만으로도 심장이 터질 것만 같아. 설마?"

아닌 게 아니라, 갑자기 얼굴까지 빨개지며 미칠 듯 뛰기 시작하는 여자의 심장이었다.

"그럴 리가 없는데…. 보기만 해도 욕지기가 치밀어오르는 저런 야만스러운 음식을 내가 좋아할 리가 없잖아. 한데 오늘따라 저 스테이크가 너무 땡기고 있다. 내가 미친 걸까? 아니면 누군가 날 미치게 만든 걸까?"

여자는 침을 삼키며 입술을 깨물었다. 동시에 유리 벽에 비친 허기진 자기 모습이었다.

"도저히 참을 수 없을 것만 같아. 태어나 처음으로 느껴보는 이 새로운 감정. 오늘 그걸 먹고 죽는 한이 있더라도, 기필코 저 스테이크를 먹고야 말겠어."

그 다짐에, 거대한 통나무를 원형 그대로 엮어 만든 육중한 문을 거침

없이 밀치고 들어가는 여자였다.

"어서 오십시오. 예약 번호 말씀해 주시면 안내해 드리겠습니다."

"예약은 못 했고, 밖에서 보니 빈자리가 있어 들어왔는데?"

"아… 죄송합니다. 손님. 이미 예약된 테이블들이라 다음에 예약 부탁드리겠습니다."

허리가 90도 아래로 굽혀질 정도로 친절하고 예의 바른 여점원이었다. 하지만 여자에게는 더없이 매정하고 못마땅했다. 그 불쾌감에 여점원의 허리가 펴지기도 전에 횡하니 뒤돌아서는 여자였다. 그리고 그와 맞물려 곧바로 매점 안의 시선이 한곳으로 쏠렸다.

"저 실례가 안 된다면, 너무 배가 고파서 그런데, 합석 좀 해도 괜찮겠죠?"

거리를 맞대고 4인용 테이블에서 홀로 식사하고 있던, 한 남자를 향해 던진 여자의 아주 직설적이고도 강렬한 협박이었다. 순식간에 여점원의 시선은 물론이고, 주변 모든 시선이 남자의 입으로 쏠리는 순간이었다. 남자는 그 황당함에 말도 못 하고 입만 쩍 벌어진 채, 멍하니 여자만을 올려다보았다. 동시에 홀 중앙에 있던 매니저로 보이는 남자가 점원들을 향해 동요하지 말라는 사인을 보내며, 여자를 향해 걸어오고 있었다.

"손님, 이러시면 곤란합니다."

그리고 그때였다. 매니저가 여자를 제지하며 밖으로 내보내려 하는 순간, 남자의 쩍 벌어졌던 입이 급하게 닫히며 다음 말을 내뱉었다.

"잘됐네요. 그렇지 않아도 혼자 먹기 적적했는데, 레어, 미디엄, 웰던?"

"그쪽하고 같은 거로."

남자의 반전에 제지하던 매니저를 째려보며 보란 듯이 자리에 앉는 여자였다. 그렇게 생면부지의 두 사람은 주변의 우려를 잠식시키며 합석했다. 그리고 다시 한번 보란 듯이 케미를 자랑하는 두 사람이었다. 첫 만남의 어색함도 없이, 마치 오래된 연인이라도 된 듯, 화기애애한 분위기 속에서 식사를 즐겼다.

"왜, 이 집 스테이크 맛이 없으십니까?"

말만 하고 좀처럼 스테이크엔 손이 가질 않는 여자의 행동에 의아해하며 남자가 던진 질문이었다.

"그게 아니라… 실은 스테이크 처음이거든요."

"네?"

놀랐다기보다는 어이가 없는 남자였다. 그래서 그런지, 눈보다 입이 더 크게 벌어진 남자였다.

"놀라시긴. 어려서부터 먹는 대로 성격이 만들어진다고 부모님들이 워낙 극성이셨던 터라. 바싹 익힌 고기만 주셨지 뭐예요."

그제야 남자는 납득이 갔다는 듯 고개를 끄덕이며, 벌어졌던 입을 다물었다.

"한데 길을 걷고 있는데, 그쪽이 스테이크에 칼을 대는 순간 접시 가득 핏물이 터져 나와 고이는데, 왠지 모를 동질감이 느껴지며 갑자기 먹고 싶어지는 거 있죠."

"말씀 중에 죄송하지만, 저 그쪽 아니고, 성민입니다. 이성민."

"이런, 이름도 몰랐네요. 전 한유정이에요."

"그렇군요. 유정 씨."

"근데, 원래 이렇게 혼자 식사하세요."

"뭐 가끔. 하지만 오늘은 아닙니다. 갑자기 약속한 친구가 응급환자가 있다며 바람을 맞히는 바람에."

"아, 그럼 성민 씨도 의사?"

"의사라 하기엔 좀 뭐하고, 레지던트 3년 차 아직은 무늬만 의사입니다."

"어쩐지 칼질이 남다르다 했는데, 멋지시네요."

"유정 씬?"

"전 전혀 다른 직업인데…."

"다르다, 의사와 다른 직업이 뭐가 있으려나, 혹시 장의사?"

"뭐, 아직은 초짜라서 실수투성이긴 하지만 비슷하긴 하네요."

그리고 그때였다. 유정의 말을 끊기라도 하려는 듯, 성민의 옆 좌석에 걸쳐 놓은 재킷 호주머니에서 요란한 진동음이 울려대기 시작했다.

"죄송합니다. 유정 씨. 잠깐 전화 좀 받고 오겠습니다."

"네 그렇게 하세요."

성민은 전화기를 꺼내 들고 밖으로 나갔다.

"막 끝났는데, 아직도 거기면 지금이라도 갈까?"

"이번엔 내가 사양하겠습니다. 노땡스."

"뭐야, 우리 일 다 그런 거 알면서 삐쳤냐?"

"아니, 그 반대. 나 지금 너한테 고마워하고 있거든."

"그건 또 뭔 소리야?"

"나 있지. 네 덕에 잘하면 오늘 한 건 할 것 같은 기분."

"뭔 소리냐니까?"

"네 덕에 자식아, 웬 여자가 지금 내 테이블에 앉아 있다고 인마. 그것도 여신급으로."

"그런 여자가 갑자기 왜, 네 테이블에 앉아 있는데?"

"그니까 네 덕이래두! 얼마나 예쁘던지 보자마자 입부터 벌어지더라니까. 어쨌든 오늘은 노땡스고 다음에 보자."

대화 중에 전화가 온 것이 미안했는지 들어오는 길에 카운터에 들러 추가로 포도주 한 병을 주문하는 성민이었다. 그런 그의 모습을 먼발치에서 물끄러미 바라보고 있는 유정이었다.

"오늘 약속했던 친군데, 미안하답니다."

"아…. 그럼 혹시 여자 친구?"

"그랬으면 좋겠습니다. 워낙 바쁘게 살아서 그런지 저 아직 그런 거 없습니다."

"어머! 잘됐다. 저도 아직 혼잔데, 성민 씨만 좋다면 우리 오늘부터 1일 어때요?"

"대신 3만 6천 5백일까지만 입니다."

"콜! 하하하!"

그 이후부터는 더 이상 말이 필요 없었다. 여자의 호탕한 웃음소리에 한층 더 무르익어가는 분위기였다. 거기다 취기까지 더해져 첫눈에 반해 연인으로 변모한 두 사람이었다. 그걸 기념하기 위해 성민의 추천에 따라 2차로 근처 술집으로 자리를 옮긴 두 사람이었다.

"어떻습니까? 전망이 아주 죽이지 않습니까."

"너무 멋져요. 강림 시에 이런 곳이 다 있었다니? 성민 씨 말대로 뭐든 죽이기 딱 좋겠어요."

"네?"

"농담요."

강림 시 최고층 빌딩의 최 상층부에 위치한, 일명 수도권 로열들만 안다는 바 형식의 스카이라운지였다. 그래서 그런지 그 명성에 걸맞게 입구부터 펼쳐진 강림 시 야경이 시선을 사로잡는, 그야말로 별천지가 따로 없는 곳이었다.

"예전에 딱 한 번 친구 녀석을 따라와 봤는데, 너무 좋아, 다음에 올 땐 내 여자 친구가 아니면, 절대 오지 않겠다고 다짐했던 곳입니다."

"첫날부터 이러시면 곤란한데…."

"왜? 뭐가 마음에 안 드십니까?"

"아니 그게 아니고, 너무 감동적이라, 내일은 더 큰 걸 바랄까 봐서요."

"걱정 마십시오. 바라세요. 얼마든 바라셔도 됩니다. 사람 살리는 놈이, 사람 죽이는 일만 아니면 못해 드릴 게 뭐가 있겠습니까."

"그러다 후회하시면 어쩌시려고."

"후회는 오늘까지만 사는 놈들이 하는 게 후회라 했습니다. 저한텐 유정 씨가 내일인데 이리 고귀한 내일을 버릴 어리석은 녀석이 세상에 어딨겠습니까? 걱정 마시고, 저기 빈 자리가 있는데 저리 앉읍시다."

통유리에 탁 트인 전경이 도심 불빛들을 한 폭에 담아내고 있는 그림 같은 자리였다. 그 정취에 매너까지 더해 한층 더 분위기를 고조시키고 있는 성민이었다. 먼저가 의자를 뒤로 빼내 유정을 에스코트하며 들고 있던 가방까지 받아 옆 의자에 놓아주는 센스까지, 유정도, 성민도, 태어나 처음으로 해보고 받아보는 예의와 격식이었다.

'뭐지. 이 익숙한 향은….'

유정의 가방을 받아 옆 의자에 놓으려다 말고 어떤 알 수 없는 익숙한 향에, 순간 멈춰선 성민이었다. 그리고 본능적으로 그 향의 정체가 피 냄새임을 직감한 성민이었다.

"왜 그러세요?"

"아 네. 죄송합니다. 오해하지 마시고, 저 변태 아닙니다. 유정 씨에게서 피 냄새가 나길래 본능적으로 저도 모르게 맡아본 겁니다."

"이런, 그날인데, 곁에까지 냄새가 배어 나올 줄은 몰랐네요."

"아 그랬군요. 눈치도 없이 숙녀한테 큰 실례를 했네요."

그제야 드는 아차 하는 후회였다. 하지만, 이미 건드려서는 안 될 여자의 역린을 건드린 성민이었다. 남자로서는 절대 해서는 안 될 치명적인 실수였다.

"많이 나나요?"

"아닙니다. 제가 좀 민감한 편이라서, 이젠 좀 무뎌질 법도 한데, 피 냄새만 맡으면 자극이 돼서….."

"그럼, 말 나온 김에 화장실 좀."

세상에 태어나 그렇게 쿨한 여자는 처음 보는 성민이었다. 멋쩍고 무안함에 어쩔 줄 몰라 하는 자신의 우려를 무색하게 만드는 여자였다. 그런 자신과는 달리 유정은 아무렇지도 않다는 듯 웃으며 자리에서 일어났다. 그리고는 너무나도 태연히 입구 쪽에 설치된 안내 표시등을 따라 화장실로 향했다.

"샤워에 옷까지 갈아입고 안 뿌리던 향수까지 뿌리고 나왔는데, 정말로 대단해 저 남자. 안 그러니 거울아. 피 냄새에 자극이 된다잖아. 첫눈에 볼 때부터 알아봤다고, 완전 내 스타일, 내 이상형이야. 칼질하는 거 너도 봤으면 오금이 저렸을 거야. 앞으로 배울 게 너무 많은 남자야."

화장실 세면대 턱에 두 손을 짚고 서서 거울을 보며 혼잣말을 하고 있는 유정이었다.

"그래서 그랬던 거였어."

뭔가를 깨달은 듯, 감격스러운 표정에 울컥하는 유정이었다.

"내가 그깟 야만스럽고, 흉물스러운 음식에 군침을 흘릴 리가 없잖아.

내가 먹고 싶었던 것은 스테이크가 아니라, 바로 저 남자였던 거야. 너무 먹고 싶다. 저 남자. 태어나 처음으로 느껴보는 원초적인 식욕이다. 미치도록…."

왠지 낯설지 않은 모습이 유정을 통해 거울 속에 투영이 되고 있었다. 한 여자를 무참히 도륙 낼 때의 그 모습이었다. 환희에 찬 눈빛에 일그러진 얼굴로 축하의 노래를 부르며, 붉은 선혈에 얼룩진 칼로 그 누구도 아닌 자신을 향해 내리쳤다. 그리고 죽어 널브러져 있는 자신의 시신을 난도질하며 흐뭇해했다.

"먹어줘 제발. 너라면 날 먹을 수 있을 거야. 너에게서 느껴지는 동질감, 이건 우리의 숙명이야. 이 밤이 가고 내일이 되면 우린 하나가 돼 있을 거야. 영원히……."

미친 듯 그 자세 그대로 거울 속만 들여다보며 혼잣말을 되뇌고 있는 유정이었다. 밖에서 인기척 소리가 들리며 화장실 문이 열릴 때까지 유정의 혼잣말은 그렇게 계속되었다. 그리고 화장실 문이 열림과 동시에 유정은 물을 틀고 손을 씻고 멀쩡한 모습으로 화장실을 나왔다.

"저 너무 오래 걸렸죠?"

"아닙니다. 제가 괜한 소리를 해가지고."

"그런 의미에서 떡볶이 좋아하세요?"

순간 취기인지 뭔지, 얼굴이 벌겋게 달아오르는가 싶더니, 이내 말문이 막히며 연신 딸꾹질을 해대는 성민이었다.

"가요. 여긴 다음에 오고."

"어딜?"

"저기."

그 말과 동시에 유정은 허리춤에서 손가락만 뻗어 밖을 가리켰다. 그리고 유정이 가리킨 곳엔 호텔이라 쓰인 커다란 LED 글씨가 광채를 발하며 성민의 눈에 들어왔다. 그리고 고개를 돌려 밖을 보고 있던 성민의 귓가에 유정이 속삭였다.

"그거 알아요? 여자들 농담에 배란 땐 생리적 현상에 본능적으로 몸이 알아서 땡기고, 그날엔 생명을 지키지 못한 죄책감에 심리적 압박감에 땡긴다고. 있지요, 그거 농담 아니에요. 저 오늘 사람 죽였거든요. 지난달에도, 그 지난달에도, 저 살인마예요."

유정의 유혹이 아니더라도 이미 취기에 달아오른 성민이었다. 그리고 무엇보다도 사람이기 전에 29살에 건장한 수컷이었다. 마다할 이유가 전혀 없었다. 몸은 몸으로 말하고, 본능은 본능으로 통할 뿐이었다. 그 순간 성민의 눈에 광명이 깃듦과 동시에, 막혔던 입은 환호성으로 터져 나왔다. 그리고 저 멀리 점진적으로 클로즈업되고 있는 호텔을 향해 두 팔을 뻗고 달려갔다.

한번 그렇게 결심한 이상, 거칠 것도 없었다. 일사천리로 체크인하고, 방을 배정받아 단숨에 안착했다. 그리고 모든 외부와 단절시키는 문이 쾅! 하고 닫히는 순간, 성민도 유정도 사람이 아닌, 짐승으로 돌변했다. 태초의 채취 그대로 씻지도 않고 서로의 몸을 혀끝으로 탐하며, 순간을 만끽했다.

"너 생리 아니었어?"

모든 걸 벗어버린 알몸의 부딪침은 표현까지도 쉽게 만들었다. 어느새 말까지 놓는 두 사람이었다.

"니가 운이 좋은 거지. 끝났나 봐."

격정의 몸부림 속에서 점점 더 황홀경에 접어드는 두 사람이었다. 시간도 공간도, 그들의 열기에 정지되고 사멸되었다. 그렇게 신의 순리에

복종하며 거침없는 손길로 타성의 문을 열고 차원을 오가는 두 사람이었다.

"어때? 메스하곤 비교도 안 되지. 난 널 먹고, 넌 날 죽이는 거야."

"좀 더 강렬한 표현 없어…, 너무 흥분돼…."

"걱정 마. 이제부터 시작이니까. 우리 집에 가면 진짜 떡볶이가 있는데, 팔다리 다 잘라내고 머리와 몸통만 남은 떡볶이거든, 같이 먹을래."

"성별은?"

"물론 나랑 같지."

주체할 수 없을 만큼 뜨거운 불길에 그야말로 온몸이 불처럼 달아오르는 성민이었다. 만난 지 불과 3시간밖에 안 되는 여자였다. 그런데도 그동안 자신이 상대했던 다른 많은 여자하고는 그 느낌부터 달랐다. 특히 그중에 그 어떤 여자도 자신을 이토록 진심으로 대해준 여자는 없었다.

단지 자신이 의사라는 신분을 이유로 꼬리치고 달라붙었을 뿐이었다. 만약, 그런 목적이었다면, 지금쯤이면 이미 본색을 드러내놓고, 이거 달라, 저거 달라 요구했을 것이다. 하지만 유정은 격정의 순간이 다 가고 있는데도, 그 어떤 물리적인 것도 바라지 않고 있었다. 오로지 자신의 뜨겁게 달아오른 온몸으로 다른 그 어떤 것도 필요 없으니, 자신만을 달라며 애원하고 있는 것이었다. 그에 감복하고 탄복한 성민이었다.

'궁합이란 게 있다면 너무 완벽한 궁합이었다. 어디에 있다가 이제야 나타났는지, 이런 여자만 있다면 뭐든 다 할 수 있을 것만 같았다. 하루를 살다 이대로 죽어도 좋으리만큼, 단 한 번만으로도 세상을 다 가진 듯한 정복자가 된 기분이었다. 신이 있다면 찾아가 스스로 내 발목에 족쇄를 채우며 다짐하고 싶었다. 그 어떤 시련이 닥칠지라도 난 이 여자의 편에서 끝까지 지켜주겠노라고, 그렇게라도 내 사랑을 그녀에게 구속하고

싶었다. 그게 가식이든 뭐든 중요하지 않았다. 중요한 것은 지금, 이 순간만큼은 진심이라는 것이었다.'

"한 가지만 물을게."

감격에 겨워 황홀 지경에 빠진 성민을 깨우는 질문이었다.

"뭔데?"

"아주 중요한 거니까. 잘 생각해서 대답해."

"말해."

"나 말고 다른 여자랑 한 적 있니?"

"없어."

자기도 모르게 저절로 나온 거짓말이었다. 평소 성민의 개방적인 성격으로는 있을 수 없는 답변이었다. 하지만 유정에게만큼은 그래야 할 것 같았다. 그래서 일치의 망설임도 없이 묻자마자 뱉어낸 거짓말이었다. 그만큼 그 답변에는 유정을 놓치고 싶지 않은 성민의 진심이 담겨있었다. 그리고 그 거짓말은 성민을 살렸다. 성민은 몰랐지만, 자신의 등 뒤에서 20cm 길이의 날카롭고 긴 얼음송곳이 그 거짓말에 유정의 손에서 떨어져 바닥을 굴러 탁상 밑으로 사라져 버렸다.

누군가를 자기 속에 담기 위한 유정의 마지막 관문이었다. 서로의 치부까지 감싸주고 덮어주기 위해서는 확인이 필요했다. 그렇듯, 비로소 유정의 마음속에서 두 사람은 하나가 됐다. 신뢰는 마음만으로 얻을 수 있는 것이 아니었다. 본능적 욕구까지 억제하고 번뇌해 단 한 사람만을 위해 남겨 놨다, 몸으로 직접 보여주는 것이었다.

"그딴 건 왜 물어봤는데?"

"나한텐 아주 중요했거든."

"했으면 또 어쩌려고?"

"그랬으면, 넌 이미 내 손에 죽었어."

그렇듯 유정에게 있어 순결은 한 사람의 목숨이 오갈 만큼, 서로에 대한 종속의 의미이자 증표로 너에게 나를 바친다는 순종의 의미였다. 그 확고한 믿음에 성민이라는 숭고한 제물로 보답을 받은 것이었다. 유정은 처음 성민을 봤을 때부터 그 확신에 차 있었다. 칼을 들고 스테이크를 바라보고 있던 성민의 모습에서 그것을 엿볼 수 있었던 유정이었다. 성민은 단순히 먹기 위해 칼을 든 것이 아닌, 기도하는 심정으로 칼을 들고 있었다. 그슬린 살갗 넘어 그 안 가득 담긴 육즙을 떠올리며, 첫 칼질에 무엇이 터져 나올지 그것을 상상하고 있었다.

유정은 그 눈빛에 반하지 않을 수 없었다. 너무나도 고귀하고, 거룩한, 태어나 처음으로 그 실체를 확인해보는 눈빛이었다. 평생 무언가를 꿈꾸고 지켜오지 않았다면 절대 나올 수 없는 눈빛이었다. 유정은 그 확신에 태어나 처음으로 어떤 음식에 군침이라는 것을 흘렸다. 그리고 함께 칼을 들고 한 점, 한 점, 자르고 베어내는 꿈을 꿨다.

그때부터 유정은 이미 이렇게 될 것을 확신하면서, 성민의 몸을 탐하고 있었다. 혀끝이 아려 으스러질 때까지, 성민의 몸을 핥고 또 핥았다. 그렇게 자기 입으로 핥아 성민이 덮고 있던 육신의 거죽을 다 걷어냈다. 그 노고에 이제 더는 둘 사이에 그 어떠한 벽도 가식도 존재하지 않았다.

섹스의 힘은 그렇게 컸다. 분리된 육체를 하나로 만들어 한 영혼으로 승화시켜 버렸다. 그 마법 같은 힘에 두 사람은 육체를 넘어 영혼까지 하나가 된 것이었다. 그 확고한 믿음에 유정은 고백을 결심했다. 그리고 육신에 한계가 느껴졌을 때 그 진심을 뱉어냈다.

"사랑해. x 2"

완벽한 조화였다. 누가 먼저랄 것도 없이, 격정의 순간 서로가, 서로를 향해 뱉어낸 말이었다.
"어땠어? 좋았어?"
"우리 합칠래?"
"벌써."
"왜? 나 못 믿어."
"그건 아니고, 아직 처리 못 한 일이 남아서."
"일이야 다음에 하고, 뒷일은 내가 다 책임질 거니까. 넌 이대로 몸만 오면 돼."
"안돼! 썩는단 말야."
"썩다니, 뭐가?"
"말했잖아. 우리 집에 가면 팔다리 다 잘린 머리와 몸통만 남은 떡볶이가 있다고."
"아 맞다. 너 장례지도사랬지. 어디 기계에라도 빨려 들어간 망자인가 보네."
"응 모양은 거의 비슷하지."
"까짓거 너 없다고 일이, 안 되는 것도 아니고, 이참에 그것도 때려치자."
"나도 나름, 직업의식이 있는데 그럴 수는 없지. 대신 네가 도와준다면 또 모를까?"
"내가?"
"왜? 싫어."
"장례식장에서 내가 할 일이 뭐가 있을까?"
"있어, 있어, 있으니까, 정말로 도와줄래?"
"하기야, 너하고 같이 살 수만 있다면 못 할 게 뭐가 있겠어. 그깟 거

뭔 일인 진 모르겠지만, 가자, 가."

"근데, 말 안 한 게 한 가지 더 있는데, 놀라면 안 된다."

"또 뭔데?"

"그 떡볶이 있지. 실은 내가 죽였거든. 새롭게 다시 태어나기 위해선 제물이 필요하다잖아."

"얘는, 왜 이렇게 농담도 진지해."

유정의 생뚱맞은 소리에 어이없어하는 성민이었다. 그와 동시에 귀엽다는 듯, 유정의 두 볼을 쥐고 흔들어댔다.

"정말이래도!"

"퍽이나 어려우실까? 예, 예, 그 공범, 이 몸이 기꺼이 해드리지. 자기 여자가 살인자라는데 남자가 돼서 그 정도 배짱은 있어야지. 음, 좋아, 좋아."

"믿든 말든 그건 네 맘인데, 생각보다 만만치 않거든, 팔다리 버리는 것도 얼마나 애먹었다고. 죽일 때는 몰랐는데, 죽여 놓고 보니까 덩치가 산만한 거 있지. 거기다 죽었는데도 눈알을 부라리며 날 째려보는데 소름이 좌르르륵! 뭐, 그 덕에 아직은 몸통에 붙어 있긴 하지만. 그렇게 째려보는데 도저히 자를 수가 있어야 말이지. 그래서 말인데…, 그건 네 몫이야."

어디서 한번 이미 들어본 듯한 낯익은 멘트였다. 그 멘트를 다시 한번 토씨 하나 안 틀리고 똑같이 재연해 보이는 유정이었다. 그러면서 성민을 향해 짓는 알 수 없는 미소였다.

"농담도 너무 지나치면 재미없댔는데. 그만하시지."

점점 도를 넘어 거칠어지고 있는 유정의 입담에, 성민은 입을 삐죽 내밀어 경고하고 나섰다. 종종 몇몇 짓궂은 녀석들이 그런 식으로 의사인

자기를 놀려댔던 것을 생각하며, 유정 역시 그런다고 생각했다. 그래서 가볍게 몸을 돌려 바로 누우며 토라진 시늉을 했다.
"그래서 해줄 거야? 말 거야?"
순간 깜짝 놀란 성민이었다. 자신의 장난기에 갑자기 고압적인 어투로 돌변해 버린 유정이었다. 그에 당황해하는 성민이었다. 하지만 그럴 틈조차 주지 않고, 곧바로 누운 성민의 명치 끝부분에 올라타 앉으며, 두 손으로 성민의 목을 조르는 유정이었다.
"가서 딴말하지 말고, 가기 전에 확실히 말해."
목을 쥔 손에 힘을 가하며, 재차 확인하는 유정이었다. 그에 말문이 막혀버린 성민이었다. 정말로 토라진 것도 아니고, 흉내만 낸 것이었다. 그런데도 갑자기 돌변해 자신의 목을 조르고 있는 것이었다. 그게 그렇게까지 해야 할 이유인지, 성민은 이해할 수 없었다.
그러는 사이 몸속 산소가 반쯤 사라진 성민이었다. 턱밑부터 조여오는 엄청난 압박감에 숨은 차고 입술은 말라 타들어 갔다. 그 환영에, 신기루처럼 점점 더 거대해져만 가는 유정의 모습이었다. 동시에 태어나 처음으로 느껴보는 죽을지도 모른다는 생각이었다.
성민은 그제야 왠지 모를 어떤 불길한 예감이 들며, 뭔가 석연치 않음을 직감했다. 차가우면서도 뜨겁고, 뜨거우면서도 차가운, 정맥을 누르는 손아귀에 몸과 영혼이 분리된 자신이었다. 그런데도 저 아래 뭔가는 뇌로 가지 못한 피가 한곳으로 쏠리며 뜨겁게, 뜨겁게 달아오르고 있었다.
지금까지 자신이 한 번도 겪어보지 못한, 전혀 다른 극과 극이 맞부딪치는 마성을 지닌 여자였다. 여리디, 여린 그 작은 손아귀의 힘만으로도 자신을 두 쪽으로 갈라놓았다. 위쪽은 차갑고 혼미하게, 그리고 아래쪽은 뜨겁고 단단하게. 마치 오랜 세월 그렇게 이글거렸던 것처럼 자신을 향해 직사하는 유정의 불타는 눈동자에 분리되는 몸이었다.

그야말로 성민의 눈에는 그 모든 것들이 신인류였다. 처음 유정을 만났을 때부터 그때까지, 뇌리를 스치며 지나가는 주마등에 뭇매를 맞는 성민이었다. 5시간 전까지만 하더라도 전혀 모르는 사람이었다. 그전까지 일면식도 없던 사람들이 불과 5시간 만에 70년은 산 사람처럼 한 몸이 되어 달라붙어 있는 것이었다. 그 5시간의 신세계를 조여오는 뜨거운 압박에 저항하며 되짚어보는 성민이었다.

핏기 하나 없이 창백한 얼굴에, 서 있기도 어려워 보이는 가녀린 체구, 그래서 더 또렷해 보이는 이목구비는 날개만 없었을 뿐, 천사를 연상시켰다. 그 입으로 배고프단 말을 먼저 하지 않았더라도, 삼켰던 것까지 되새김질해 먹여주고 싶을 정도로 누군가의 손길이 절실히 필요해 보이는 여자였다. 처음 성민의 눈에 비친 유정의 모습이었다.

그리고 한 남자만을 향해 뜨겁고 뜨겁게 불타오르는 태고의 불꽃까지, 그래서 성민은 차마 그런 유정에게 처음이 아니라고 진실을 말하지 못했다. 하지만 성민은 자신할 수 있었다. 육체적 욕구 충족과 유정은 다르다고, 그런 여자들은 얼마든지 있었다.

거품처럼 떠돌다, 단순한 육체적 노동의 대가만 지불받으면, 누가 뭐랄 것도 없이 저절로 터져 사라져 버렸다. 그런 여자들과 유정은 차원이 다른 존재였다. 오로지 성민만을 바라고, 원하는, 처음부터 한 남자만을 위해 태어난 여자 같았다. 그런 여자를 누가 마다할 수 있을지. 성민은 도박이 아닌, 자신의 목숨을 담보로 현실을 걸었다. 세상이 두 쪽이 나고, 천지가 개벽한다고 하더라도 절대 그녀만큼은 놓치지 않겠노라며, 그 다짐과 함께 믿음에 대한 답을 했다.

"그래서 내가 뭘 해주면 되는데?"

죽을 듯 조여오던 막힌 숨을 열고 성민이 필사적으로 뱉어낸 말이었다. 그리고 그 말과 함께 두 쪽으로 분리됐던 성민의 몸은 하나가 되었다.

"사랑해! x 2"

다시 한번 누가 먼저랄 것도 없이 성민이 보여준 그 필살의 믿음에 서로의 입에서 동시에 터져 나온 말이었다. 그리고 그 말은 차갑게 식었던 유정의 몸을 다시 뜨겁게 달구었다. 성민은 그런 유정의 몸을 생의 마지막인 양, 게걸스럽게 탐했다. 그리고 확신하고 또, 확신했다. 너는 절대 나쁜 사람이 아닐 것이라고, 자신의 목을 조여오는 순간에도 성민은 다른 것은 다 몰라도 그 믿음만큼은 절대 잃지 않았다.

그 정도로 성민은 유정을 믿었다. 그 입과 몸으로 무슨 말을 하고, 무슨 짓을 하더라도 성민은 유정이 낯설게 느껴지지 않았다. 설령 유정이 흉악무도한 살인마라 할지라도 그 믿음에는 변함이 없었다. 그 다짐과 함께, 태어나 처음으로 한 여자를 두 번째로 탐했다.

그리고 기도했다. 두 번이 세 번이 되고 평생이 되어, 더도 덜도 말고 딱 너를 닮은 딸을 키우며 행복하게 살게 해달라고…. 처음 만난 여자에게 하는 고백치곤 너무 과하고 분했지만, 성민은 자신의 감정을 숨길 수 없었다.

그렇게 두 번째, 격정의 시간도 지나갔다. 그 사이 시간도 흘러 신세계는 6시간째를 맞았다. 서로의 땀과 체취로 흠뻑 젖어, 몸과 영혼을 맞바꿔 마지막 다짐을 받는 두 사람이었다.

"이제 난, 완전히 네 거야?"

"맹세할게, 절대 널 놓지 않을 거야. 날 믿어, 그니까 가서 먼저 씻고

와."

 성민의 확고한 믿음에 그제야 마음이 놓인 듯 욕실로 향하는 유정이었다. 경쾌한 발걸음에 춤을 추듯 콧노래까지 부르며 더는 혼자가 아님을 자축했다. 그러면서도 시선은 끝까지 성민을 주시하며 싱글벙글 감출 수 없는 자기 속내를 유감없이 드러냈다.

 마치 앞서 누군가 했던 장면을 떠오르게 하고 있었다. 시체가 담긴 캐리어를 끌고 아파트를 나설 때 봤던, 누군가의 모습 그대로였다. 행여 들킬세라 지레 겁먹고, 자신을 과장해 보이는 사람마다 먼저 앞서 아니라고 웃음 짓던, 그 누군가의 어색했던 때를 연상시켰다.

 그 억지적인 과한 모습이, 다시 한번 재현이 되면서 성민을 보고 웃고 있었다. 다만 다른 것이 있다면, 유정의 눈빛이 그 누군가와는 다르게 떨리고 있다는 것이었다. 마치 뭔가를 후회라도 하고 있다는 듯, 미련 가득한 눈빛이었다. 그리고 말하고 있었다. 이럴 줄 알았다면 그런 어리석은 짓은 하지 않았을 것이라고……

 그 미련과 함께, 뛰쳐나오기 전 자기 모습을 떠올려 보는 유정이었다. 희망도 목표도 없이, 살아도 산 것 같지 않은 자신이었다. 벗어나려야 벗어날 수도 없는 그 절망감에, 세상과 단절한 채, 2년을 집 밖에도 안 나가고 외톨이로 살았다. 그러던 어느 날 거울 속에 비친 자기 모습이었다. 정말이지 할 수만 있다면, 죽여버리고 싶을 정도로 밉디미운 모습이었다. 돌이켜보면 이유도 뭐도 없이, 그렇게 산 자신이었다. 그래서 죽을 결심에 텅 빈 얼음통에 덩그러니 꽂혀 있던 얼음송곳을 들고 무작정 뛰쳐나왔다.

 그리고 뒤도 한 번 안 돌아보고, 앞만 보고 달렸다. 그러다 멈추는 순간, 바로 그곳이 자신이 죽는 자리였다. 그것을 알기에 기진맥진해 숨은 차고 죽을 것 같았지만, 달리고 또 달렸다. 그러던 찰나, 자신의 등 뒤에서 누군가 다정한 목소리로 자신을 부르며 멈춰 세우는 것이었다.

"유정아."

지금까지 살면서 그렇게 다정한 목소리로 자기를 불러준 이는 한 번도 없었다. 처음이었다. 어쩌면 죽지 않아도 될 것 같은 느낌이 들면서, 그대로 멈춰서 뒤를 돌아본 유정이었다. 하지만 그곳에는 자기는 없고, 자신과 동명이인인 한 여자가 너무 행복한 모습으로 웃고 있는 것이었다. 친구들에 둘러싸여 시시덕거리며, 자기가 마치 무슨 세상에 중심이라도 된 듯, 주변 모든 것들을 흡수하고 있었다. 도저히 헤어나올 수 없는 강력한 흡수력이었다. 그에 자기도 모르게 흡수되고 마는 유정이었다.

그리고 그 강력한 흡수력에 하루의 절반을 이끌려 다녔다. 그 여자가 가는 내내, 뒤에서 걷고, 옆에서 걸으며, 마치 그 여자가 되기라도 한 것처럼, 그 여자를 따라다녔다. 밥을 먹으러 식당에 가면, 따라 들어가 그 옆 테이블에 앉아 같은 메뉴로 밥을 먹었고, 오락실에 들어가 게임을 하면, 그 뒤에 줄을 서서 그녀를 응원했다. 그렇듯 그녀가 가는 곳이라면 어디든 다 따라다녔다. 이동을 하면 이동을 하는 대로, 장소를 옮기면 옮기는 대로, 그녀의 주변에는 항상 유정이 있었다. 심지어 그녀가 마신 술잔의 수만큼, 그 호흡까지 같이하며, 생전 먹어보지도 못했던 술까지 마셨다. 그 부작용에 요도는 쓰리고, 방광은 부풀어 올라 금방이라도 터질 것 같았지만, 그녀가 화장실에 갈 때까지 참고 버텨냈다.

그런데도 그녀를 탓할 수 없었다. 탓하기는커녕 오히려, 그런 그녀의 옆 칸에 들어가, 함께 호흡하며 힘까지 조절했다. 그러다 그녀가 일어나자, 반도 못 비운 자신의 방광이었지만, 아무렇지도 않다는 듯 벌떡 일어나, 그녀를 따라 다시 화장실을 나오는 자신이었다.

그렇게 시간이 지나면 지날수록, 그 여자와 점점 더, 한 몸이 되어갔다. 27년을 살았지만 자기 연민에 주눅이 들어 미처 몰랐던, 자기 속에 감추어져 있던 또 다른 자기를 보게 된 것이었다. 마치 오랫동안 그래왔던 것처럼 전혀 낯설지가 않은 모습이었다. 처음이라는 말이 무색할 정도로 너무나도 자연스럽게 그런 그 여자의 세상 속으로 녹아드는 것이었다.

어느덧 그러는 사이 자기도 모르게 그 여자가 되어버린 자신이었다. 비록 몸은 달랐지만, 그 여자가 가진 전부를 함께 누리며 공유했다. 그래서 태어나 처음으로 용기를 내본 유정이었다.

'얘들아 안녕, 다음에 또 보자.'

취기에 몸은 비틀거리고, 눈앞은 초점조차 제대로 잡을 수 없을 정도로 휘청거렸지만, 그 용기만큼은 확실히 통했다. 자신의 그 용기에 곧바로 반응하며, 너나 할 것 없이 잘 가라는 인사로 화답해주는 친구들이었다. 드디어 자신도 그 존재를 인정받게 된 것이었다. 그 순간 보이기 시작하는 깨달음이었다. 더는 그곳에 그 여자는 없었다. 그 여자가 없이도, 당당히 홀로 선 자신이었다. 이젠 한 몸을 넘어, 그녀의 모든 것이 다, 자신의 것이 된 것이었다.

그렇게 그 여자를 지우고 택시에 올라타 집으로 향했다. 전혀 다른 사람으로 새롭게 태어난 자신이었다. 언감생심 꿈조차 꿔보지도 못했던 그런 모습이었다. 거울 속에 보이던 그 흉물스럽고 구질구질했던 자신의 모습은 온데간데없이 사라지고 화려한 명품에 깃든 한 여자만 보였다. 하지만 시간이 지나면서 술기운에 막혔던 눈이 뜨이며 헛것이 보이기 시작하는 것이었다. 구질구질했던 모습이 유령이 되어 다시 보이기 시작한 것이다. 그러던 것이 택시에서 내릴 때쯤엔 한층 더 뚜렷해져 자신을 다시 둘로 나누어 놓는 것이었다. 점점 더 그렇게 자신을 분리해 내는가 싶더니, 엘리베이터에 오르자 완전히 자신을 분리해 낸 헛것이었다.

마치 꿈을 꾸다 깨어난 듯, 그 여자가 다시 보이기 시작한 것이었다. 언제 그랬냐는 듯, 자신을 밀어내고, 자기 모습으로 멀쩡히 되돌아간 그 여자였다. 그러고도 뻔뻔스럽게, 보란 듯이 자기 집인 21층을 누르는 것이었다. 최소한 미안하단 말 한마디만 해 줬더라도 그렇게까지 서운하지는 않을 것 같았다. 비록 하루의 절반이기는 했지만, 한 몸처럼 세상을 공유하며 함께 보낸 시간이었다. 그 서운함에 유정은 그 여자보다 한 숫자 높은 22층을 눌렀다.

그리고 그 여자가 내리기를 기다렸다. 자신이 꿨던 그 꿈을 더 꾸고 싶어서였다. 제아무리 기분 나쁜 꿈이더라도, 현실이 악몽이면 깨서는 안 되는 것이었다. 털컥하는 소리와 함께 멈춰선 엘리베이터였다. 그러자 자신의 존재조차 모른 채, 비틀거리며 엘리베이터에서 내리는 여자였다.

그녀에게 유정은 눈에 보이지도 않는 투명인간이었다. 그런 그 여자의 뒤로 다시 엘리베이터 문이 닫히며, 동시에 두 여자의 분주한 손놀림이 교차 되었다. 시작은 그 여자가 먼저 했다. 비틀거리는 몸을 현관문에 밀착시키고, 분주한 손놀림으로 키패드를 눌렀다. 다음은 유정이었다. 닫히는 문 사이로 그런 그 여자를 지켜보며, 자신이 눌렀던 22층을 다시 눌러 취소를 시켰다.

그러자 닫혔던 문이 곧바로 스르륵 하고 다시 열리는 것이었다. 하지만 간발의 차이로 쾅! 하는 소리와 함께 희비가 엇갈렸다. 엘리베이터 문이 열리기가 무섭게 튀어나와 닫히는 현관문을 잡아보려 했지만, 이미 닫힌 후였다. 하루를 공들였던 자신의 노고가 물거품이 되는 순간이었다. 도저히 자신의 능력으로는 따라갈 수 없는 곳으로 사라져 버린 그녀였다. 쾅! 하는 짧은 외마디 굉음과 함께, 그녀는 무겁고 둔탁한 소리 속으로 그렇게 사라져 버렸다.

또다시 목적을 잃고 원점으로 되돌아온 유정이었다. 어쩌면 살 수 있을지도 모른다는 희망에 거기까지 따라온 것이었다. 그러나 그 희망은 자기를 외면한 채, 굳게 닫힌 문 너머로 사라져 버렸다.

그 아쉬움에, 유정은 한동안 그 자리를 떠나지 못했다. 여자를 삼킨 네모난 괴물만을 바라보며, 하염없이 그곳을 지켰다. 그러다 그 답답함에 현관문을 마주하며 외벽에 높이 나 있던 작은 창틀을 열고 아래를 내려다보았다. 자신의 발밑에서 많은 사람이 오고 가고 있었다. 하지만 너무 아래에 있어 사람도 같잖게 여겨졌다. 그리고 알았다. 왜 사람들이 그런 곳에서 살려고 기를 쓰고 아등바등하는지를…….

저 아래 누군가의 발밑에 있었을 때는 몰랐다. 그저 막역하게 올려다만 보며, 높은 곳에 사는 사람들은 뭔가 특별할 것이라고만 생각했다. 그렇지 않고서는 자신이 아는 상식으로는 그들을 이해할 수 없었다. 하지만 막상 겉으로만 보면, 자신과 비교해 전혀 다를 것이 없는 똑같은 사람들이었다. 그래서 더 화가 난 유정이었다. 차라리 자신보다 우월한 뭔가가 그들의 몸에 있다거나, 아니면 자신의 몸에 그들보다 못한 흠이 있어 그런 것이라면, 그게 더 받아들이기 쉬울 것 같았다. 그래서 극단적으로 살을 빼, 뼈에 가죽만 남겨 그들과 차별화를 뒀다. 그러니 한결 숨이 트이는 것이었다. 하지만 그건 어디까지나 자신이 만들어낸 인위적인 합리화였을 뿐, 근본적인 문제에 대한 해결책은 못 됐다.

절대 사람은 같을 수가 없었다. 태어나기 전부터 이미 신분의 높낮이가 갈리는 것이 사람이었다. 그러니 분명 어딘가에는 그 다른 선택받은 표식이 있을 것이었다. 겉에 보이는 곳이 아니라면, 보이지 않는 곳에라도 존재할 것이었다. 그 궁금증에 스마트폰을 처음 샀을 때, 제일 먼저 한 것이, 자신의 성기를 찍어 인터넷에 떠도는 다른 여자들의 성기와 비교를 해본 것이었다. 그 후로도 수도 없이 그 짓을 반복하며 자기 위안을 삼은 유정이었다. 그리고 비로소 그 이유를 알게 되었다. 구조적인 문제가 아니라, 시선의 높이가 달랐다는 것을….

다시 목적성이 되살아난 유정이었다. 자신이 꿨던 그 꿈속으로 다시 들어가고 싶었다. 그리고 이번엔 영원히 그 꿈속에서 깨지 않고 살고 싶었다. 그 목적성에 기회를 엿보고 있던 유정이었다. 그리고 어둠이 닥치고 인적이 뜸해지자, 유정은 다시 한번 용기를 내 괴물에게 다가가, 작은 버튼 하나를 눌렀다.

"누구세요?"

생각보다 너무 쉽게 백기를 든 괴물이었다. 몇 번 누르지도 않았는데, 확인도 않고 문부터 열고 나오는 여자였다. 그러곤 곧바로 유정의 손에 들린 송곳을 보고는, 두 눈이 휘둥그레져 자기도 모르게 본능적으로 뒷걸음질을 치는 여자였다. 그런 뒷걸음질 치는 여자를 따라, 그 보폭만큼씩 안으로 들어서는 유정이었다.

"다다…, 당신 뭐야?"

"놀라지 마세요. 그냥 몇 가지 궁금해서 온 거니까?"

"당신 미쳤어, 신고하기 전에 얼른 꺼져요."

"혼자 사세요?"

"그런데, 그건 왜?"

"집이 너무 좋아서요. 이 집 몇 평이에요? 60평도 넘겠어요."

"대체, 나한테 왜 이러는 건데?"

"걱정 마세요. 괜찮을 거니까, 대신 궁금증만 풀어주세요."

"뭐가?"

"보여주세요."

"뭘?"

"당신 거기."

세상에 그보다 더 순진무구할 수는 없었다. 표정 하나 안 변하고, 정확하게 자신의 손가락으로 여자의 아랫도리를 가리켰다.

"궁금했거든요. 이런 곳에 사는 당신 같은 여자는 나하고 거기가 어떻게 다른지. 다르지 않고서야, 키도 내가 더 크고, 얼굴도 내가 더 예쁜데, 당신같이 키도 작고 못생긴 여자가 이런데 살 수는 없지 않겠어요. 그래서 항상 그게 궁금했거든요."

"뭐야, 당신 변태야?"

그리고 그 순간 유정의 송곳이 팔만 그대로 뻗었을 뿐인데, 여자의 목을 겨냥해 직선으로 들어갔다. 몸은 앙상하니 빼빼 말랐지만, 10cm가 넘는 키 차이에 저항도 못 해보고, 단 일격의 기습에 그대로 자신의 목을 내어줬다.

그에 어쩔 수 없이 바지를 벗어 내리는 여자였다. 그러자 그 여세를 몰아, 주방 식탁까지 몰고 들어가는 유정이었다. 말도 필요 없었다. 턱밑까지 와닿은 날카로운 송곳에 속수무책이었다. 유정의 손끝에 힘이 한 번 가해질 때마다, 여자는 뒤로, 뒤로, 그렇게 계속해서 물러났다. 그리고 식탁에 엉덩이가 걸리며 더 이상 물러날 곳이 없어진 여자였다. 하지만 유정의 송곳은 멈추지 않았다. 계속해서 여자의 목을 향해 밀고 들어갔다. 그 압박에 더는 송곳의 힘을 빌리지 않더라도, 스스로 알아서 행동에 옮기는 여자였다. 식탁에 손을 짚고 뛰어올라 걸터앉는 여자였다. 그러고는 무릎을 접고 드러누워 보란 듯이 유정을 향해 두 다리를 벌렸다.

"이제 만족해?"

자기 것이 아닌, 남의 것을 실제로 보기는 처음이었다. 하지만 유정은 그 흉측함에 곧바로 고개를 돌려 외면해 버렸다. 오래 볼 필요도 없었다. 한두 번 본 것도 아니고, 얼굴만큼이나 흔하게 본 그것이었다. 그래서 순간 스쳤을 뿐인데도 그 생김새를 정확히 기억해냈다. 자신의 것과 다를 게 전혀 없었다. 약간의 생김새와 크기만 달랐을 뿐, 그것만으로 신분의 차이를 두고, 높이를 가르기엔 너무 구차했다. 그래서 유정은 차마 그것을 인정하고 싶지 않았다.

"미안해요. 이러려고 온 건 아닌데."

"그럼, 당신이 바라는 게 뭔데?"

"당신이 되고 싶어요."

유정의 그 말에 한동안 말이 없는 여자였다. 그러다 뭔가 결심했다는 듯, 몸을 일으켜 식탁 위에 그대로 가부좌를 틀고 앉는 것이었다.

"감당할 수는 있고?"

"그럴 수만 있다면 뭐든 다 할 수 있어요."

"그럼 가르쳐 줄까?"

어느새 말투까지 단호해져 유정을 압도하고 있는 여자였다.

"네, 가르쳐 주세요."

"그럼 날 죽여."

"네?"

"누군가 되려면 그 정도는 해야 하지 않을까?"

말투뿐만이 아니었다. 어느새 기세까지 역전을 시킨 여자였다.

"왜, 못 하겠어? 내가 되고 싶다며, 근데 뭘 망설이는데, 그래서 너 같은 것들을 루저라고 부르는 거야. 앉아서 공짜만 바라잖아. 세상에 공짜가 어딨는데? 얻고 싶은 게 있으면, 거기에 목숨을 걸어야지."

한번 오른 여자의 기세는 무서웠다. 그에 주눅이 들어 말문까지 막혀버린 유정이었다. 계속되는 여자의 추궁에 아무 말도 못 하고, 송곳을 쥔 손만 부들부들 떨고 있을 따름이었다.

"원하면 도와줄 수도 있는데? 나도 지금 너처럼 누군가가 미치도록 되고 싶거든. 그래서 네 맘 누구보다도 잘 알지. 하지만 난 달라, 정말로 죽일 거거든. 그게 바로 너와 나의 차이야. 그니까 기회가 있을 때, 날 죽여. 머저리처럼 그렇게 우두커니 서서 칭얼거리지만 말고, 죽일 수 있을 때, 죽이라고 이 루저 년아."

유정은 아직도 그때만 생각하면 이해할 수 없었다. 꼭 그렇게까지 자신을 자극해 나락으로 떨어트려야 했는지, 자기는 누굴 죽일 생각이 전혀 없었다. 단지 살고 싶은 마음에 누군가 자기를 멈춰주기만을 바라며, 죽지 말고 살아보라는 그 말 한마디가 듣고 싶은 것이었다. 그래서 그 말을 해달라며 살려달라 애원을 한 것이었다. 자신이 본 그 여자라면 충분히 그래 줄 것만 같았다. 그 희망에 하루의 절반을 따라다녔다. 하지만 여자는 그런 유정의 간절한 소망을 루저 취급하며 일언지하에 묵살해버렸다.

그것도 유정의 정곡을 찌르며, 정확히 꿰뚫고 있던 여자였다. 그런데도 여자는 그걸 역으로 악용해 자기를 죽여달라 자극했다. 마치 죽기를 작정하고 유정을 기다린 여자 같았다. 세상에 그런 악마는 없었다. 그 어떤 악마보다도 더 사악하고, 교활한 악마였다. 그 어떤 악마도 자기를 죽여 남을 지옥에 보내는 악마는 없었다. 하지만 그 여자는 자신이 한 말에 자기가 어떻게 될 줄 뻔히 알면서도 유정의 자존심을 찔러 자극했다.

그 모멸감에, 유정은 자신을 죽이기 위해 들고나왔던 송곳으로 그녀를 사정없이 내리 찔렀다. 찌르고, 또 찌르고, 자신을 능욕했던 모멸감이 환멸로 바뀌어, 사그라들 때까지 찌르고, 또 찔렀다. 참으로 어처구니없는 여자였다. 죽여달라고 할 때는 언제고, 막상 차가운 이물질이 자신의 피부를 꿰뚫자, 극악하며 발버둥을 치는 여자였다. 처음의 자신만만했던 그 객기는 온데간데없이 사라져, 남은 것이라고는 되돌릴 수 없는 공포에 그 숨이 다할 때까지 버러지처럼 꿈틀대는 것이 전부였다.

그 모습을 보면서 다시 한번 이해할 수 없는 유정이었다. 자기도 그렇게 살고 싶었으면서, 왜 자신이 살려달라고 애원했을 때는 외면을 했는지, 이번엔 그 배신감에 주방 한쪽에 놓여 있던 회칼을 빼 들어, 이미 죽어 널브러져 있는 여자를 무참히 난도질을 가했다.

그 미련이 유정의 눈시울을 적시고 있었다. 하지만 되돌리기엔 이미 너무 멀리 와버린 후였다. 눈앞엔 자신이 그렇게 꿈에 그리던 백마 탄 왕자가 버젓이 나타났지만, 가고 싶지 않은 어느 집엔 머리와 몸통만 남은 시체가 두 눈을 부릅뜨고 빨리 오라하고 있었다.

행복도 희망도 그다음이었다. 그것을 치우지 않고서는 미래도 없었다. 돌이켜 보면 아무것도 아니었지만, 그런 예기치 못했던 하찮은 일이 지금 유정의 앞길에 발목을 잡고 있는 것이었다. 그래서 유정은 더 절실하고 간절했다. 그 간절함을 웃음에 실어 콧노래로 승화시켜 부르고 있는 중이었다. 그 바람을 담아, 쏟아지는 물줄기에 자신의 몸을 내맡기는 유정이었다. 씻고, 또 씻고, 온몸에 밴 피비린내가 가시고, 사라질 때까지 씻고 또 씻었다.

"긴급신고 112입니다."

다시 한번 짓밟히는 유정의 기대였다. 방문까지 닫고 욕실에서 최대한 멀리 떨어져 경찰에 전화를 걸고 있는 성민이었다.

"여자 친구가 자꾸 사람을 죽였다고 헛소리하는데, 확인 좀 해주시면 안 되겠습니까?"

격정의 몸부림 속에 유정과 했던 약속도 소용이 없었다.

"죄송하지만, 허위 장난 전화는 법적 처벌을 피할 수 없습니다. 확신할 수 있으십니까?"

"이보세요. 그래서 신고한 거 아닌가요? 무슨 대답이 그렇습니까?"

황홀경에 빠져 자신과 했던 다짐도 소용이 없었다.

"죄송합니다. 허위 신고자들이 많아서 잠깐 절차를 벗어났습니다. 그럼, 신고자분과 여자 친구분 인적사항 좀 말씀해주시겠습니까."

"전 이성민이고, 여자 친구는 한유정이라고만 알고 있습니다."

"네 알겠습니다. 그럼 현재 위치가 어딘지 말씀해주시겠습니까."

"덤블호텔 1532호실입니다."

"여자 친구분도 지금 같이 계십니까?"

"네, 샤워하러 들어갔는데 곧 나올 거 같아요."

"네 알겠습니다. 그럼 좀 더 구체적으로 상황 설명 좀 해주시겠습니까."

"자기 말로 웬 여자를 죽였는데, 사체 일부는 훼손해서 버렸고, 집에 나머지 사채가 남았다며 같이 가서 버려달라고 하는데, 이걸 어찌해야 할지."

"말씀만 들어선 단순 농담일 수 있으니 좀 더 확인이 필요할 것 같습니다. 좀 더 구체적으로 살해 현장이나, 사채 유기 장소에 대해 들으신 것이 있다면 말씀 해주십시오."

"그런 건 못 들었고, 집에 가면 있다고만 들었습니다."

"그럼, 혹시, 그 집 주소 아십니까?"

"참 답답하시네요. 알면 벌써 말씀드렸지 이러고 있겠습니까?"

"아 네, 흥분 가라앉히시고, 저희도 절차대로 하는 거니까, 이해 바라겠습니다. 일단 현재까지 들은 내용으로는 딱히 범죄 가능성을 단정 짓기가 어려운 것 같습니다. 이런 경우는 흔히 있는 터라, 출동해보면 해프닝으로 끝나는 경우가 한두 번이 아니어서, 좀 더 지켜보심이 어떠실는지."

"저 지금 따라갈 건데, 그러다 정말이면 어쩌시려고요?"

"이거 참, 저도 난감한지라. 아 그러시면, 혹시 핸드폰 배터리 충분하십니까?"

"네, 충분합니다."

"그럼, 지금부터 제가 시키는 대로 하시는 겁니다."

"네, 말씀하세요."

"자, 그럼 제 말이 다 끝나면, 전화 끊지 마시고 스피커 볼륨만 낮춰주시기 바랍니다. 그리고, 혹시 상의 재킷이 있다면 되도록 재킷 안 호주머니에 마이크 쪽이 위로 가게 넣어 주십시오. 그리고 여자 친구가 가자는 데로 따라가시면서, 주변 동선 파악이 될 만한 건물 같은 것들을 큰소리로 대화에 섞어서 농담 삼아 말씀하시는 겁니다. 하실 수 있겠습니까?"

"네, 해보겠습니다."

112 상황실의 지시대로 전화기 볼륨을 줄여 재킷 안 호주머니 속에 넣어 두는 성민이었다. 그리고 모든 옷을 다 갖춰 입고 유정이 나오기만을 기다렸다. 그러면서도 성민의 기대는 이 모든 것들이 112상황실에서 말했던 것처럼 해프닝으로 끝나기만을 바랐다. 그럼에도 불구하고 자신이 신고까지 한 것은, 어떤 불길한 예감에 대한 불확실성을 제거하고자 한 것이었다. 이대로 평생 찝찝한 채로 유정을 놓치기는 싫었다. 그 불확실

성을 없애기 위해 모험을 택한 것이었다.

"뭐야, 넌 안 씻어?"

"시체 처리하러 간다니까, 갑자기 등골이 오싹한 게, 그냥 갈래."

"그래 그럼. 근데 그 표정은 뭐니? 그새 나 몰래 야동이라도 보다 들킨 사람처럼. 아쉬우면 한 번 더 하고 가던가?"

그 말이 끝나기도 전에, 재킷부터 벗어 침대 위에 던져 놓는 성민이었다. 그리고는 그 길로 그대로 유정을 돌려세워 끌어안고 욕실로 밀고 들어갔다. 물기에 젖어 여신처럼 빛나는 유정의 관능적인 아름다움에, 차마 거절을 못 하고 입었던 옷을 다시 벗어 던진 것이었다. 대신 112상황실과 연결이 된 것을 감안해, 이번엔 굵고 짧게, 그들의 세 번째 의식은 2분도 채 안 돼 끝이 났다.

그 아쉬움을 뒤로 호텔을 나서는 두 사람이었다. 한 사람은 이게 끝이 아니길 바라며, 또 다른 사람은 이게 시작이길 바라며, 그렇게 두 사람은, 도심의 어둠 속으로 자취를 감췄다.

"상황실입니다. 강림경찰서 나와 주십시오. 살인 사건으로 추정되는 신고 접수, 현장 출동 바랍니다. 현 상황 신고자가 용의자와 동행중이니 신고자 안전부터 확보해주시기 바랍니다."

"다들 들었지, 신 형사하고 김 형사는 빨리 출동해서 신고자 신변부터 확보해. 그리고 윤 형사, 강 형사는 상황실과 연락하면서 용의자 최종 동선 특정되는 대로 현장 접수해서 상황 보고하고, 나하고 이 형사는 지구대 협조 구해서, 돌발 변수에 대비하며 신 형사하고 김 형사 백업한다."

처음엔 긴가민가한 상황실이었지만, 계속되는 유정과 성민의 대화를 들으며, 유정의 일관되고 구체적인 정황 설명에 뒤늦게 사건을 접수한 것이었다. 그렇게 출동한 형사들이 이미 유정과 성민의 뒤를 따르고 있었다. 20여 미터 남짓 거리를 유지한 채, 도로를 끼고 서로 길 양쪽에서 앞서거니, 뒤서거니 하며, 뒤따르고들 있었다.

"좀 머네. 동오 사거리면 15분은 걸어온 것 같은데, 여기서 또 어디로 가시려나."

"왜? 힘들어."

"그럼 힘들지, 안 힘드냐? 어디까지 간다고 말이나 해주던가? 멀쩡한 차 놔두고 이게 뭔 고생이람."

"미안! 거의 다 왔으니까, 조금만 더 힘내셔."

"힘내나 마나, 그쪽으로 가면 만수동인데, 거기까지 또 걸어가자고?"

"그 동네는 또 어떻게 아신데? 난 그 구질구질한 동네 이름만 들어도 정나미가 다 떨어지는데…. 날 두 번씩이나 죽음으로 내몬 우리 집이 그 동네에 있거든. 근데, 걱정마! 거기까진 안 갈 거니까?"

"뭐야 그럼, 지금 너희 집 가는 거 아니었어?"

"음… 맞다면 맞고, 아니라면 아니라고나 할까?"

성민의 질문에 잠시 가던 길을 멈춰선 유정이었다. 그리고 뭔가 생각하는가 싶더니, 교차로 너머 한 아파트 단지를 바라보는 것이었다.

"너 설마! 저 유정아파트?"

성민은 전혀 생각지도 못했던 유정의 태도에 미심쩍어하며 놀랐다.

"왜? 다 왔다고 그랬잖아. 우연치곤 너무 신기한 거 있지. 유정이 유정을 따라왔는데, 유정아파트에 살지 뭐야. 어때? 이만하면 스토리 죽일 것 같지 않니?"

강림 시에서도 꽤 잘나가는 사람들이 산다는 아파트였다. 천변을 끼고 있어 전망은 물론이고 산책하기도 좋아, '사' 자가 붙은 직업군들이나, 고위직 공무원들이 사는 평판까지 좋은 곳이었다. 동시에 유정의 로망이

기도 했던 곳이었다. 고교 시절 친구들이 어디 사는지 궁금하다며 따라붙을 때마다, 유정은 그 아파트 단지를 당당히 가로질러 천변 건너 자기 집으로 가곤 했었다. 그리고 그때마다 자기가 지금 멈춰선 그 자리에 서서, 친구들을 향해 자기 집 자랑을 했었다.

그때의 그 기억을 되짚으며 후회하는 유정이었다. 그 이후, 그 거짓말을 지켜내기 위해 안 해본 거짓말이 없었다. 그래봤자, 누가 봐도 금방 탄로 날 거짓말들이었다. 그 부담감 때문인지 유정은 어느 순간 세상과 단절돼 친구도 없이 외톨이가 되었다. 그러나 지금은 달랐다. 10년이 지난 지금, 같은 자리에 거짓이 아닌 진실로 성민과 함께 서 있었다. 이제 유정은 혼자가 아니었다. 그리고 더는 자신의 치부를 감추기 위해 거짓말을 하지 않아도 됐다.

그렇게 한자리에 서서 같은 곳을 바라보고 있는 두 사람이었다. 하지만 유정의 우연은 자신이 알고 있는 것이 전부가 아니었다. 우연은 거기서도 더 이어져 성민을 놀라게 했다. 성민이 설마! 하며 놀랐던 이유였다. 그 아파트는 현재 성민이 어머니와 함께 살고 있는 집이 있는 곳이기도 했다. 그 사실을 알면서도 성민은 입을 꾹 닫고 아무 말도 하지 않았다. 유정의 진심은 그렇게 우연으로 빛이 바랬다.

"상황실입니다. 마석동 유정아파트 거주자 중, 유정이란 이름을 가진 20대 여성이 있는지 확인 부탁드립니다."

"나이 26세 송유정, 1104동 2103호 현재 거주 중인 것으로 확인됩니다."

"상황실입니다. 현장 들리십니까?"

"말씀하십시오. 상황실."

"추정 피해자 신혼 및 거주지 특정됐습니다. 마석동 유정아파트 1104

동 2103호 나이 26세 송유정, 신변 확인 바랍니다."

위치가 특정되자, 앞서 차량에서 대기 중이던 출동팀 형사들이 경광등을 켬과 동시에, 신속하게 차를 몰아 아파트 단지 내로 들어섰다. 그에 놀란 경비원이었다. 갑자기 게이트 차단봉 앞까지 들이댄 차량을 보고는 자리에서 벌떡 일어나 제지하려는 것이었다. 그러다 경광등을 보고는 순간 멈칫하며 다시 자리에 앉아 게이트 차단기를 여는 것이었다. 그러고는 서둘러 경비실 밖으로 나와 단지 내로 들어선 출동팀 차량을 향해 다가갔다.

"1104동 어딥니까?"

"직진해서 우측으로 4번째 동입니다."

경비원의 도움으로 정확한 위치가 확인되자, 급하게 다시 이동 중인 형사들이었다. 그리고 도착하기가 무섭게 조수석에 타고 있던 강 형사가 먼저 내려 1104동으로 뛰어 들어가 엘리베이터를 확보했다.

"선배, 이거 너무 지나친 거 아니야? 우리가 무슨 콜도 아니고, 술 먹고 헛소리하는 놈들 어디 한두 번 봤냐고."

주차를 하고 곧바로 뒤따라온 윤 형사가 못마땅하다는 듯, 엘리베이터를 잡고 있던 선배인 강 형사에게 불평을 쏟아냈다.

"우리 하는 일이 다 그렇지 뭐. 먹고 사는 게 어디 쉬운 줄 알아."

후배의 불평에 너스레로 답하는 강 형사였다. 그러고는 싱긋 웃어 보이며 21층 버튼을 눌렀다.

"그니까 더 너무 한다는 거지. 부려 먹으려면 먹고 살게나 해주고 부려 먹던가. 안 그래 선배? 누가 억대 연봉 달라는 것도 아니고, 먹고만 살게 해달라는 거잖아. 보직도 없이 억대 연봉 받는 놈들도 있는데, 그게 어렵냐고."

"그래 다음 생엔 우리도 그렇게 태어나자. 그전에 추정 피해자 신변부터 확보해 놓고."

"내가 말을 말아야지, 선배한테 무슨 말을 하겠냐? 가봐야 뻔하대도. 아닌 밤중에 홍두깨 보듯 욕이나 안 얻어먹으면 다행이지, 가자니까 가긴 하는데, 그 욕은 선배가 다 커버해라."

"다 왔다, 가자."

엘리베이터가 멈춰서고 문이 열리자, 대리석 시트에 은은한 황금색의 육중한 현관문이 정면으로 그들을 맞았다. 엘리베이터당 층별로 1세대만 운용하다 보니, 시야각이 좁혀지며 더욱더 크고 육중하게만 느껴지는 현관문이었다.

"벨은 내가 눌러줄 테니까, 약속대로 욕은 선배 혼자 커버해라."

육중한 현관문 앞에 선배인 강 형사를 세워두고 자기는 한 발 옆으로 비켜서, 비디오폰의 호출 버튼을 누르는 윤 형사였다. 그러자 새벽 2시 20분 육중한 쇳덩이 너머로 요란한 차임벨 소리가 울려댔다.

'띵동…, 띵동…, 띵동띵동…….'

그러기를 십여 번, 계속되는 반복호출에도 아무런 인기척이 없는 내부였다.

"그래서 내가 뭐랬어 선배. 제정신이 아니고서야, 이 시간에 누가 열어 주겠냐고."

"실례하겠습니다. 경찰입니다. 안에 계시면 문 좀 열어주십시오."

계속되는 호출에도 아무 대답이 없자, 급기야 육성으로 문을 두드리며 내부를 향해 외쳐대는 강 형사였다. 하지만 결과는 똑같았다.

"팀장님 접니다. 내부 응답이 없는데, 강제 진입해도 되겠습니까?"

"방법은 있고?"

"이쪽 업체들이야 24시간 콜 대기니 불러서 들어가겠습니다."

"그럴 시간이 있으려나, 잘해야 10분 남짓이면 들이닥칠 텐데."

"상황실입니다. 방법이 있을 것 같습니다. 추정 피해자 인적관계 조회하던 중, 조금 전에 출가한 언니와 연락이 됐답니다. 혹시 비밀번호를 알고 있는지 확인해서 연락드리겠습니다."

"신 형사."

뒤에서 백업하며 상황을 통제하고 있던 김 팀장이, 유정과 성민을 마주하며 맞은편에서 뒤따르고 있던 신 형사를 호출했다.

"네, 팀장님."

"혹시 모르니까, 앞에 보이는 편의점에서 소주 한 병만 사서, 온몸에 뿌리고 아파트 출구에 먼저 가서 기다려."

"알겠습니다."

"명령 없인 섣불리 움직이지 말고, 맞든 안 맞든, 뒤탈 없이 끝내려면 현행범으로 체포해야 하는 거 알지."

김 팀장의 지시에, 앞에 보이던 편의점으로 잽싸게 들어가는 신 형사였다. 그러고는 소주 한 병을 사 온몸에 들이부으며, 뒷골목으로 빠져나와 아파트 정문을 향해 내달렸다.

"상황실입니다. 언니분과 통화를 했는데, 언니분 역시 집을 나온 지 오래돼서 비밀번호를 모른답니다. 대신 외지에서 학교에 다니는 막냇동생이 주말마다 들르기 때문에 알 거라면서 연락이 닿는 대로 알려주겠답니다."

"신 형사, 준비됐지. 안되면 어쩔 수 없으니까, 적당히만 끌어. 알았지."

오르막길인 아파트 정문 바로 아랫길에 큰대자로 누워있는 신 형사였다. 그런 신 형사를 먼발치에서 보면서 걸어오고 있는 유정과 성민이었다. 가까워질수록 그 형태가 뚜렷해지자, 성민이 먼저 입을 열었다.

"이 동네 저런 사람 없는데."

"너 이 동네 알아?"

"쪼끔."

"난 이 동네 잘 알거든. 힘들게 버스를 타고 역으로 먼 길을 돌아, 3년을 저 정문을 가로질러 통학했거든, 한데 정말로 이상하네, 이 동네에 저런 사람이 다 살다니?"

마치 동물원에 와 희귀 동물을 보고 있는 듯한 두 사람이었다. 점점 더 가까워지면 질수록 그들의 의구심은 호기심으로 바뀌었다.

"완전 떡실신인데."

"어머! 너무 불쌍하다. 저러다 사고라도 나면 어떡해. 119라도 불러줄까?"

"사람이 일관성이 있어야지. 조금 전까지 걸어오면서는 사람을 썰었네, 말았네, 엽기행각을 늘어놓더니마는, 고작 술 취해 길바닥에 누워있는 사람을 보고 측은해한다는 게 말이 돼?"

"말했잖아. 그건 널 만나기 전까지의 나였고, 지금은 다른 나라고. 오늘이 가고 내일이 되면 난 네가 알고 있는 여느 사람들처럼, 지극히 평범하고 보통의 사람으로 다시 태어날 거야. 근데 어떻게 사람이 곤경에 처했는데, 그냥 지나치겠어. 거기다 넌 사람을 치유하고 살리는 의사잖아. 난 그런 남자의 여자고, 그니까 도와줘야지."

그리고 그때였다. 유정이 다가가 말을 걸려는 순간, 바닥에 누워있던 신 형사가 갑자기 자리에서 벌떡 일어나며, 다짜고짜 유정을 향해 욕을 해대기 시작하는 것이었다.

"이런 개 씨부럴 년이, 사람 우스워. 우습냐고, 눈깔이 뒤집혀도 유분수지, 저런 핏덩이하고 바람피냐, 너 오늘 딱 걸렸어. 딱 걸렸다고 이 년아."

그 말과 함께, 엄한 성민의 멱살을 잡고 늘어지는 신 형사였다. 그 힘에 못 이긴 두 사람은 유정이 벙한 눈으로 지켜보는 가운데, 도로까지 뛰쳐나가며 이리 넘어지고, 저리 넘어지고, 얼떨결에 봉변 아닌 봉변을 당하고 마는 성민이었다.

"걱정하지 마십시오. 저 형사입니다. 시간 좀 끌려고 하는 거니까 협조 좀 부탁드리겠습니다."

성민을 끌고 도로까지 뛰쳐나가 쓰러진 후에야, 자신의 정체를 밝히는 신 형사였다.

"상황실 아직입니까?"

"저희 쪽에서도 가능한 루트를 최대한 동원해 연락을 취하고 있지만, 아, 잠깐만요. 언니로부터 연락이 왔답니다. 키 번호 7573 출동팀 확인 바랍니다."

상황실로부터 키 번호를 받자, 즉시 키패드를 누르는 형사들이었다. 그리고 문을 열고 안으로 들어서는 두 사람이었다. 그러자 현관 센서 등이 자동으로 켜지며, 양쪽으로 방을 끼고 거실까지 길게 이어진 어두운 복도가 그들을 맞이했다.

"깨끗하네."

앞선 강 형사의 뒤에서 현관의 잘 정리된 모습들을 보며, 여전히 못 믿겠다는 듯 투덜거리는 윤 형사였다.

"이게 어디 살해 현장이야. 남의 집에 와서 사람을 죽여 토막까지 낸 년이 이러고 나갔다고. 선배 눈에도 그렇게 보여?"

"들어가 보면 알겠지."

강 형사는 그 말과 함께 호주머니에서 플래시를 꺼내 들었다. 그러고는 손짓으로 윤 형사에게 오른쪽을 지시했다.

"계십니까? 경찰입니다. 놀라지 마십시오. 그럼, 지금부터 들어가겠습니다."

혹시 발생할 수 있을지도 모르는 불상사에 대비해, 본격적인 진입을 알리는 형식적인 멘트였다. 그 멘트를 시작으로 자기가 맡은 쪽의 방문들을 열어 확인하며 한 발짝, 한 발짝 조심스럽게 안으로 들어가는 두 사람이었다. 그러던 중 앞서 들어가고 있던 강 형사가 거실 벽에 붙어 있던 스위치를 찾아 누르는 순간, 두 눈이 휘둥그레지며 경악을 금치 못하는 두 사람이었다. 거실과 정면으로 연결된 주방 식탁에 머리와 몸통만 남은 시체가 피범벅이 되어 놓여 있는 것이었다.

"강 형사입니다. 지금부터 살인 사건으로 전환합니다. 훼손된 여성 시신 한 구 확인했습니다."

"강 형사 잘 들어, 현행범 체포가 우선이니까. 나오지 말고, 현장에서 체포해."

"알겠습니다. 팀장님."

사체가 확인되고 살인 사건으로 전환되자, 아파트 단지 모퉁이에서 대기 중이던 지구대 순찰차가 마치 기다렸다는 듯, 사이렌을 울리며 나타났다. 그러고는 성민을 잡고 실랑이 중이던 신 형사를 제압해 순찰자에 태웠다.

"술 취해서 그런지 더럽게 무겁네."

"그래도 때마침 경찰이 나타나서 다행이다."

"다행은 무슨, 이 꼴을 보고도 그런 소리가 나오지."

성민은 뜯어진 단추에 흙투성이가 된 옷들을 정리하다 말고는, 다행이라는 소리에 어이가 없다는 듯 유정을 쏘아보았다.

"아무도 안 다쳤잖아. 너도 멀쩡하고, 저 사람도 멀쩡하고, 그러면 된 거지. 경찰 사이렌 소리가 이렇게 친근하게 들릴 줄은 몰랐네, 나 아무래도 착한 사람이었던 것 같아."

"그러셔, 그런 사람이 어떻게 사람을 죽여 토막 내셨으려나?"

"언제 적 얘길 하는 건데, 나 이젠 그런 사람 아니래도. 보면 모르겠어."

그 자신감에 유정은 가던 걸음까지 멈춰서고는, 성민을 향해 보란 듯이 크게 한 바퀴 돌아 보였다.

"그럼, 집에 있다는 떡볶이는 뭔데?"

"그거야, 너 말곤 아무도 모르잖아."

"그게 말이 돼?"

"왜 말이 안 돼. 다들 그렇게 사는데, 우리라고 그리 못 살건 뭐가 있는데?"

"넌 정말로, 그게 가능하다고 생각해?"

"아무도 모르는데 뭐가 어때서?"

"그래, 설령 지금이야 괜찮다고 치자. 한데 그러다 발각되면, 그땐 어쩔 건데?"

"가만, 아무래도 내다 버리는 건 안 되겠어. 그냥 우리가 먹을까?"

"뭐 까짓거 그러시던가. 이참에 나도 엽기커플로 뉴스 한 번 타보지, 뭐. 평생 의사해서 뉴스 탈 일이 뭐가 있겠어? 사람 뜯어 먹는 엽기의사 커플, 아주 좋네."

"그럼, 이왕이면 수육으로 하면 어떨까? 난 튀김은 느끼해서 싫거든."

"네, 네, 어련하시겠습니까. 수육이든, 튀김이든, 원하는 대로 다 해드릴 테니, 어서 앞장서시지요."

그사이 엘리베이터 앞까지 와있는 두 사람이었다. 만난 지 하루도 안 됐지만, 성민은 꿈같은 시간을 보내고 있었다. 그 짧은 시간 자신의 모든 방어력을 허물어 버린 유정에, 그저 감탄할 뿐이었다. 누가 그런 여자를 거부할 수 있을지? 키는 자신보다 3cm가 커 175cm였지만, 몸무게는 역으로 자신보다 25kg이나 덜 나가, 그야말로 불면 날아갈 것만 같은 여자였다. 게다가 태양의 흔적이라고는 전혀 찾아볼 수 없는 투명한 피부는, 그 속이 훤히 다 들여다보였다. 그래서 그런지, 그 눈빛만 마주쳐도 중독돼, 수컷의 보호 본능이 저절로 발동됐다. 그런 여자가 잘못되기를 바랄 사람은 세상에 아무도 없었다. 성민은 그런 자신의 진심을 담아 하늘에 간절함을 전했다. 자신이 한 선택이, 믿음에 대한 배신이 아닌, 결실을 위한 거름으로 너그럽게 용서받을 수 있기를⋯⋯.

그 마지막 시험만 무사히 통과할 수만 있다면, 잠시 후 유정은, 그 누구도 부인 못 할 완벽한 자기 여자가 되는 것이었다. 그 확신에 성민은, 엘리베이터에 올라 버튼을 누르고 있던 유정의 기울어진 몸 각도 그대로 자신의 몸을 포갰다. 그러고는 자신의 그 바람을 유정의 귓가에 대고 속삭였다.

'넌 내 거야. 내 허락 없이 단 한 발짝도 넌, 아무 데도 못 가. 내 전부를 걸고 약속할게.'

그리고 그때였다. 닫히고 있던 엘리베이터 문이 거의 닫혔다 싶을 때였다. 마치 누군가 그 타이밍을 맞춰 기다렸다는 듯, 닫히던 문이 다시 열리면서 나타난 두 사람이었다. 현장을 백업하고 있던 김 팀장과 이 형사였다. 그에 멋쩍은 듯 성민은 잽싸게 자세를 바로잡아 유정에게서 떨어지며, 굽혔던 허리를 펴 뒤로 물러났다.

"죄송합니다."

그 말과 함께 고개를 꾸뻑이며 이 형사가 먼저 엘리베이터에 올라탔다. 그러고는 입구 쪽에서 옆으로 살짝 빠지며 20층을 눌렀다. 그리고 그 뒤를 김 팀장이 거만한 태도로 느릿느릿 뒤따라 들어와, 22층을 누르고는 이 형사의 반대편 쪽으로 빠졌다. 그제야 문이 닫히며 위로 향하는 엘리베이터였다.

그런 멋쩍음 속에도 성민은 자신의 마음을 끝까지 표했다. 앞선 김 팀장과 이 형사 뒤로 유정의 손을 꼭 쥐어 잡으며, 그 쥐어 잡은 손 그대로 유정의 엉덩이를 움켜잡아 못다 한 자신의 믿음을 마저 표했다.

"좋은 하루 되십시오."

가장 먼저 내리는 이 형사의 새벽 2시 50분에 나온 시대착오적인 멘트였다. 거기다 안쪽을 향해 허리를 90도로 굽혀 인사까지 하고 내리는 것이었다. 그에 반사적으로 머리를 살짝 꾸뻑이며 성민과 김 팀장이 묵례로 답했다. 하지만 그런 두 사람과는 달리, 갑자기 웃음을 터트리는 유정이었다. 그 민망함에 성민이 서둘러 나서 유정을 향해 눈총을 주며 잡고 있던 엉덩이를 꼬집어 수습에 나서보지만, 전혀 소용이 없었다. 한 번 터진 유정의 웃음은 걷잡을 수 없었다. 여전히 엘리베이터 안에는 김 팀장이 남아 있었지만, 그 웃음은 멈춰지지 않았다.

"야! 사람 무안하게 거기서 웃으면 어떡해?"

무안함에 참다못한 성민이었다. 다음 층인 21층에서 내리자마자 그런 유정을 나무랐다. 하지만 유정에겐 그런 성민마저 우스워 보였다.

"웃기잖아. 하하하. 이 시간에 편한 밤 되세요도 아니고, 좋은 하루 되시라잖아. 너무 웃겨 저 사람. 하하하. 이 동네 정말이지 어쩌다 물이 이렇게 흐려진 거야. 하하하."

"그렇다고, 사람 무안하게 대 놓고 웃냐?"

"그럼 어떡해? 웃긴대. 아니, 어떻게 이 시간에 그런 소리를 할 수가 있냐고. 하하하."

"이젠 그만 정신 차리고, 다 왔으니까, 문이나 여시지."

"그래, 알았어. 알았어. 알았다고. 하하하."

계속되는 유정의 호탕한 웃음소리에 네 번의 짧고 경쾌한 키 버튼음이 더해졌다. 그러자 손잡이만 살짝 돌렸을 뿐인데, 안으로 길게 뻗은 불 꺼진 복도가 그 모습을 드러내며, 너무나도 쉽게 자신의 내부를 허락하는 육중한 쇠붙이였다.

"각오는 됐지?"

앞서 집안으로 들어선 유정이 뒤돌아 성민을 보며, 마지막 확인을 고했다. 이미 열린 판도라 상자였다. 이젠 더는 그 누구도 되돌릴 수 없었다. 오롯이 서로에 대한 믿음만이 서로를 구원할 수 있었다.

"집까지 다 와놓고 새삼스럽기는."

"그럼, 놀라지 마!"

"얘는 지금 무슨 소리를 하는 거야."

성민은 그런 유정이 어이가 없다는 듯, 안으로 들어서며 마주 본 자세 그대로 유정을 벽 쪽으로 밀쳐 치마 속을 탐했다. 그러자 육중한 쇳덩이조차 그런 성민을 응원하고 나섰다. 쾅! 하는 소리와 함께 세상과 그들을 단절시켜줬다.

"너, 겁 안 나?"

한참 달아오르던 성민의 흥을 깨는 유정의 입에서 나온 말이었다. 그리고 그 말은 그 누구도 아닌 바로 자신을 향한 말이기도 했다. 성민을 만나고 처음으로 느껴보는 두려움이었다.

"뭐가?"

"말했잖아. 지금 이 집 안엔, 머리와 몸통만 남아 있는 떡볶이가 있다고."

"그게 뭐가 어때서? 여기까지 왔으면 나도 이제 공범인데, 그니까 걱정 말고 어서 들어가시지."

그런 성민의 확고한 믿음에도 불구하고, 유정의 발은 선뜻 떨어지지 않았다. 그 발을 떼는 순간, 성민은 물론이고 자신조차, 한 번도 가보지 못한 미지의 세계에 들어서는 것이었다.

"뭐야, 괜찮다는 데도 뭘 망설여?"

"누가? 뭘 망설였다고. 그럼, 네가 먼저 들어갈래?"

"그 엽기녀는 어디 가고, 갑자기 왜 이러실까?"

"내가 만든 요린데, 네 입맛엔 어떨지 많이 떨리네."

"그래 그러던가."

생전 처음 와보는 집이었지만 성민은 거칠 것이 없었다. 일치의 망설임도 없이 익숙한 발걸음에 어둡고 긴 복도를 성큼성큼 걸어 안으로 들어갔다. 그런데도 유정은 그런 성민을 한동안 바라보다가는, 그제야 겨우 자기 신발을 벗고 안으로 들어서는 것이었다.

실은 그 속에는 유정이 모르는 비밀이 숨어 있었다. 층만 달랐을 뿐, 성민에겐 자기 집과 다를 것이 없는 구조였다. 유정이 갑자기 가던 걸음을 멈추고, 유정 아파트를 바라보고 서 있을 때만 하더라도 성민조차 설마 했다. 단순히 이름이 같아 그러리라고만 생각했다. 그래서 더 그 말도 안 되는 질문을 한 것이었다. '설마 저 유정 아파트?' 하지만 그 설마는 점점 더 성민을 같은 아파트, 같은 동을 넘어, 바로 자기 집 아래층까지 안내한 것이었다. 세상에 그 어떤 우연도 그렇게 완벽하게 맞아떨어질 수는 없었다. 그건 우연이 아니라 운명이었다.

성민은 그 운명적 만남에 쾌재를 부르며 자축했다. 그래서 더 거칠 것이 없었다. 15m가 넘는 긴 복도였지만, 보이지 않아도 그 구조가 어떤지 꽤 뚫고 있었다. 그 자신감에 다시 한번, 성민은 뒤따르던 유정을 향해 익숙함을 과시했다. 어둠 속에 거실로 보이는 넓은 공간이 보이자, 보지도 않고 손만 뻗어 왼쪽 안쪽 벽에 있던 점멸 스위치를 눌렀다. 그러자 순식간에 어둠이 걷히며, 환하게 불이 밝혀진 집안이었다.

동시에 성민의 여유롭던 표정이 공포로 일그러지며, 드러나는 실체였다. 단순히 농담이라고만 생각했던, 그 시뻘건 떡볶이가 정말로 있는 것이었다. 팔다리가 잘려 피가 여전히 뚝뚝 떨어지고 있는 여자 시체가, 식탁에 누워 성민을 향해 두 눈 부릅뜨고 쳐다보고 있는 것이었다.

성민은 보고 있으면서도 보는 자신의 눈을 의심했다. 그제야 유정과 기약했던 모든 환상이 깨지며, 집안을 휘몰아치는 피비린내에 치밀어 오르는 욕지기였다. 그 후부터는 더는 그곳에 있을 이유가 없었다. 자신과는 아무 상관도 없는 일이었다. 그 후회에 성민은 뒤도 돌아보지 않고, 뒤에 있던 유정까지 밀쳐 넘어트리며 도망치듯 밖으로 뛰쳐나갔다.

그리고 그와 때를 맞춰, 잠복해 있던 강 형사와 윤 형사가 거실 안쪽에 있던 안방과 현관 쪽에 있던 화장실에서 뛰쳐나오며 유정을 포위했다.

"한유정 씨, 당신을 송유정 씨 살해 훼손 및 사체 유기혐의로 긴급 체포합니다. 지금부터 당신이 하는 발언은 법정에서 불리하게 작용할 수 있으니, 진술을 거부할 수 있으며, 변호사를 선임할 권리가 있습니다."

굳이 미란다 원칙을 끝까지 읊어주지 않더라도, 별다른 저항 없이 순순히 체포에 응하는 유정이었다. 자신의 손목에 채워지는 수갑을 보면서도 아무렇지도 않아 했다. 차갑고 날카로운 쇠붙이가 자신의 여리디여린 손목을 자를 듯 조였지만, 그저 묵묵히 바라보고만 있을 뿐이었다.

그런 데는 다 이유가 있었다. 잠시 후면, 백마 탄 왕자가 자신을 구하러 와줄 것이기 때문이었다. 비록 생소함에 역겨움을 참지 못하고 뛰쳐 나가긴 했어도, 절대 자신을 놓지 않겠다고 다짐했던 남자였다. 그런 남자를 위해, 그깟 수모쯤은 얼마든지 버틸 수 있었다. 그래서, 성민이 다시 돌아와 자신은 절대 그럴 사람이 아니라며, 자기편을 들어줄 때까지 기다리기로 한 것이었다. 그러면 모든 오해가 풀리며 끝이 날 일이었다.

그런 유정의 눈에 열린 현관문 너머 낯익은 얼굴들이 보였다. 조금 전 엘리베이터를 같이 타고 올라왔던 김 팀장이, 성민의 어깨를 두드리며 무슨 말인가를 하고 있는 것이었다. 그리고 그 옆엔 즐거운 하루가 되라며, 자기에게 웃음을 선사했던 이 형사까지 함께 와있었다. 게다가 성민과 몸싸움을 벌였던 신 형사가 온몸에 술 냄새를 푹푹 풍기며, 집 안으로 들어서는 것이었다.

그 모습에 유정은 모든 것들이 극명해지며, 가슴 속 저 밑바닥에서부터 솟구쳐 오르는 엄청난 분노에 자신을 잡고 있던 형사들을 뿌리쳐냈다. 그러고는 두 손을 치켜들고 누군가를 향해 달려들었다.

"신 형사 잡아."

유정의 돌출행동에 깜짝 놀란 강 형사가 입구 쪽에 있던 신 형사를 불렀지만, 때는 이미 늦은 후였다. 단숨에 신 형사까지 밀치고 지나쳐 현관 밖에 있던 성민의 앞 옷자락을 부여잡고 울부짖는 유정이었다.

"이 나쁜 새끼. 네가 어떻게 나한테 이럴 수 있어! 내가 너한테 얼마나 잘해줬는데, 죽여버릴 거라고 이 나쁜 새끼야."

유정은 체포된 것보다도 자신에 대한 배신감에, 그 분을 더 삭히지 못

했다. 그 분노가 얼마나 컸던지, 형사들 세 명이 달라붙은 후에야 가까스로 떼어 낼 수 있었다. 그러나 유정의 분노는 거기서 끝나지 않았다. 형사들에게 두 팔을 붙잡혀 질질 끌려가면서도, 필사적으로 몸을 틀어 뒤를 돌아보며 성민을 향한 울분을 토해냈다.

"죽여버릴 거라고, 이 나쁜 새끼야. 너만 가만히 있었으면, 우린 아무 일도 없이, 그냥 여느 사람들처럼 행복하게 살 수 있었다고. 이 나쁜 새끼야. 다들 그렇게 사는데, 왜? 왜 그랬는데? 사랑한다면서, 날 만난 게 축복이라면서, 그런데 왜 그랬냐고? 이 나쁜 새끼야."

유정의 울분은 엘리베이터 문이 닫혀, 성민이 시야에서 사라질 때까지 계속됐다. 그제야 분노가 푸념으로 바뀌며, 멈춰 선 유정의 울분이었다. 자신이 그렸던 꿈은 그런 허무한 비극이 아니었다. 다른 뭐도 아닌, 지극히 평범한 보통의 사람들처럼 더는 숨지 않고 사는 것이었다. 그 산산조각 난 유정의 심정을 하늘이 대변이라도 해주려는 듯, 귀청을 찢는 엄청난 굉음과 함께, 번쩍하는 불빛이 하늘을 두 쪽으로 갈랐다. 그리고 잠깐 하루 동안 멈췄던 빗줄기가, 다시금 그 본색을 드러내며 세상을 물바다로 만들어 버렸다.

"놀라셨죠?"

"아. 네."

"어려운 결정이셨을 텐데, 협조해주셔서 감사드립니다. 덕분에, 자칫 미제사건으로 남을 수 있었던 사건을 현행범으로 체포하게 됐습니다."

김 팀장의 위로였다. 하지만 성민은 그 위로가 귀에 들어오지 않았다. 성민이 바랐던 결말은 그런 것이 아니어서였다. 설마 하고 시작했던 확인이 결국 그런 비극으로 끝이 날 줄은 성민도 미처 생각을 못 했다. 그 실망감에 입도, 머리도, 심장도, 아쉬움을 토하며 씁쓸한 성민이었다. 자신을 위해, 그 무엇도 꾸며낼 줄 모르는 여자였다. 있는 그대로 감추지도, 숨기지도 않고 자기를 보여준 여자였다. 그런 천진난만한 여자가 살인마라니? 자신의 두 눈으로 직접 보고 확인까지 했음에도, 성민은 여전히 믿을 수 없었다. 자신이 아는 상식으로는, 그런 사람은 절대 사람을 죽일 수 없었다. 비록 그 속이 방어적 성향에 어둡게 닫혀 있다 하더라도, 타인에 대한 공격적 성향과는 차원이 달랐다. 성민이 아는 유정은 그런 여자였다. 최소한 자기를 대할 때만큼은 그랬다. 그래서 성민은 유정을 더 믿었다. 그 확고했던 믿음을 아쉬움으로 토해내고 있는 성민이었다. 그리고 그 아쉬움은 후회가 되어 자신을 탓했다.

'내가 저 여자를 믿지 않았다면, 난 이런 확인도 하려 들지 않았을 것이다. 그저 모른 채, 눈뜬장님처럼, 모든 걸 덮어버렸을 것이다. 설령 그 여자가 세상의 지탄받는 흉악무도한 살인마라 할지라도, 난 그녀의 그런 흠까지도 덮고 덮어 내 속으로 품어 그녀를 취했을 것이다. 그 정도로 난 저 여자를 갖고 싶었다. 첫눈에 내 생에 다시는 없을 유일무이한 여자라는 것을 필연적으로 알았다. 하지만 나의 어리석은 오만이 모든 걸 망쳤다. 후회하고 또 후회할 뿐이다.'

그 후회와 함께 터벅터벅 현장을 벗어나 계단을 오르는 성민이었다. 더는 그곳에 자신은 필요 없었다. 자신의 역할은 거기까지였다. 그나마, 유정의 빛바랜 우연 덕에, 집으로 가는 수고는 덜어 다행이었다. 한 층만 올라가면 자기 집이었다. 그런데도 천근만근 무거워진 발걸음에 고작 20여 개 남짓한 계단이, 오늘따라 유난히 태산처럼 높게만 느껴지는 것이었다. 역할을 다한 자의 말로는 그렇게 집으로 향하는 발걸음조차 무거웠다.

-일면식도 없던 또래 여성을 찾아가 잔혹하게 살해하고, 시신을 훼손해 유기한 사건이 발생해 충격을 주고 있습니다. 범인은 20대 여성으로 피해자와는 그 어떤 인과관계도 없었다고 합니다. 다행히 남자친구의 기지 있는 신고로 자칫 미제사건이 될 수도 있었던 사건은 현행범 체포가 가능했다고 합니다.-

날이 새기가 무섭게 세상을 발칵 뒤집어 놓은 유정에 대한 뉴스였다. TV는 물론이고, 각종 언론매체의 헤드라인을 장식하며, 유정의 기사는 꼬리에 꼬리를 물고 엽기살인마란 수식어와 함께 쏟아져 나왔다.

"어쩐지 연초부터 재수가 없더라니, 가뜩이나 집값 떨어진다고 난린데, 하필 바로 밑에 층에서 저런 끔찍한 일이 벌어질 줄 누가 알았겠니? 일면식도 없었다면서 뭐 주워 먹을 게 있다고 예까지 와서 저 지랄을 떨었는지. 저런 것들은 이참에 아예, 씨를 말려버리든가 해야지. 어떻게 같은 하늘 아래에서, 저런 것들하고 같이 살 수 있겠어? 어휴! 끔찍해. 생각만 해도 소름이 다 돋네, 그냥."

성민의 어머니인 차 여사였다. 아침을 먹던 중, TV에 유정에 대한 뉴스가 나오자 불끈하며, 자기 분을 이기지 못해 울분을 토해냈다.

"인석아, 너도 조심해 이것아. 여자 하나 잘못 들였다, 집안 물 말아 먹는 거, 우리가 어디 한두 번 본 줄 아니? 그리고 끼리끼리 만났댔다고, 저런 년하고 붙어먹는 놈이야 뻔하지. 다 그 밥에 그 국이고, 그 나물인 게지. 모를 때는 좋다고 붙어먹다, 신고는 왜 했는데? 난 저놈도 끔찍하네."

차 여사의 계속되는 험담에도 성민은 아무 말도 못 했다. 평소 같았더라면 몇 마디 섞어 보태드렸을 법도 하련만, 오늘은 그러지 못했다. 차 여사가 말하는 그 끔찍한 놈이 바로 자신이기 때문이었다. 그리고 더는 자신의 속마음을 숨길 수 없어서였다.

인간의 기억이란 참으로 오묘했다. 잠들기 전까지는 아쉬움에 후회하며, 절대 못 잊을 것 같던 사람이었다. 하지만 자고 일어나보니, 그 얼굴조차 어떻게 생겼는지 떠오르지 않는 것이었다. 많이나 잤으면 또 모를까? 3시간 남짓한 아주 짧은 잠이었다. 그런데도 언제 그랬냐는 듯, 그 이름 석 자만 언론에 오르내리며 기억될 뿐이었다. 불과 몇 시간 전까지만 하더라도, 자신이 죽고 못 산다며 탐했던 여자였다. 그런 유정을 성민은 반나절도 안 돼 망각해버린 것이었다.

속된 말로 표현해, 육체적 탐닉에 서로 누군 줄도 모르고 하룻밤을 보내는 원나잇 파트너였다. 성민에게 있어 유정은 그 이상도, 그 이하도 아니었다. 그동안 성민을 거쳐 간 그런 여자들은 수도 없이 많았다. 그리고 그런 여자들은 지금의 유정처럼, 자고 일어나보면 마치 뭐에 홀린 듯 신기루가 되어 사라져 버렸다.

성민은 굳이 그런 여자를 기억할 이유가 없었다. 자신과 격이나 맞았으면 또 모를까? 꼬질꼬질한 차림새에 천박한 말투까지, 어느 한구석 자신과 맞아떨어지는 곳이 없었다. 오로지 딱 한 곳, 그 예외성이 성민의 호기심을 자극하며 홀린 것이었다. 앙상하니 뼈에 거죽만 붙어 있는 그 육신이었다. 수컷의 호기심은 그렇듯, 자신의 기호와는 무관하게 정상적이지 않을 때 더 발동됐다. 정상에서 그 차이가 크면 클수록 그 호기심도 비례해 발동되는 것이 수컷의 본능이었다. 유정은 그런 면에서 완벽한 여자였다. 거기까지는 성민도 부인하지 않았다.

하지만 그렇다고 그 호기심에 목숨까지 걸 정도로 성민은 미련하지 않았다. 인생은 길고, 앞으로도 자신의 호기심을 충족시켜 줄 여자는 얼마든지 많았다. 그런 같지도 않은 여자 때문에 그 긴 인생을 망칠 수는 없었다. 그 안도감에 절로 웃음이 다 나오는 성민이었다. 그리고 혹시라도 모를 자신의 몸 구석구석에 남아 있던 유정의 흔적들을 흐르는 샤워기에 흘려보냈다. 이제 더는 유정은 성민의 기억 속에 존재하지 않았다.

"한유정 씨, 훼손된 사체 어디다 유기했습니까? 자백 여하에 따라 형량 차이가 크게 날 수도 있습니다. 어디서 뭘 들으셨는지는 모르겠지만, 묵비권 그거 이렇게 입 꾹 닫고 버틴다고 되는 게 아닙니다."

막내인 신 형사를 필두로, 검거에 투입됐던 여섯 명의 형사들이 교대로 돌아가며 심문을 해보지만, 유정은 그 입을 절대 열지 않았다. 엘리베이터 문이 닫힘과 동시에, 성민이 유정의 시야에서 사라지는 순간 함께 닫혔던 그 입이었다.

"당신 지금 뭔가 착각하고 있나 본데, 현행범으로 체포돼서 짧아도 무기징역이야 이 사람아. 증거 다 확실하고, 한마디로 인생 좆됐다고 이 사람아. 그 꽃다운 나이 펴보지도 못하고 감방에서 다 썩을 거야. 아니지, 아니면 불어 이 사람아. 지금 당신 살길은 자백밖에 없어. 변호사 와봐야, 그거 말짱 꽝이야. 그니까, 서로 피곤하게 하지 말고, 이왕지사 이리 된 거 쉽게 가지."

이번엔 김 팀장이었다. 유기된 사체를 찾기 위해 어르고 달래다 못해, 겁까지 줘가며 유정을 압박해 보지만, 전혀 소용이 없었다. 유정에겐 그들이 무슨 말을 하더라도 들리지 않았다. 그들의 말보다 더 중요한 분노가 유정의 귀를 막고 있었다. 유정은 이미 그 분노에 생과 사를 초월해 모든 걸 다 내려놓은 상태였다. 그런 유정을 한낱 감형이나, 겁을 줘서 입을 열기엔 역부족이었다.

"뭐, 저런 년이 다 있냐? 표정이 없어, 표정이. 말이야 법정에서 불리하니 그렇다 쳐. 근데 사람이 말하면 대꾸는 못 해주더라도 표정이라도 지어줘야지. 벽보고 나 혼자 지껄여 대는 것도 아니고, 내 형사 짬밥 10년에 별의별 연놈들을 다 상대해 봤지만, 저런 년은 또 처음인 게, 저게 어디 사람이야?"

김 팀장에 이어 심문에 들어갔던 강 형사가 취조실을 나오며, 동료들을 향해 어이가 없다는 듯 허탈해하는 것이었다. 강 형사는 평소 동료들 사이에서도, 목석이라 불리며 감정표현이 없기로 정평이 나 있었다. 그러나 이번만큼은 유정의 변화가 없는 표정 앞에 오히려 자기 멘탈이 흔들리며, 감정을 드러낸 것이었다.

그리고 그때였다. 국과수로부터 걸려 온 전화 한 통에 황당해하는 신 형사였다.

"네! 뭐라고요? 송유정이 아니라고요?"

"그렇답니다. 유가족 사체 신원 확인결과 송유정이 아니랍니다."

"그럼, 송유정은…?"

"우리야 뭐, 나온 증거대로만 말씀드리는 거니, 그건 그쪽에서 더 알아봐야 할 것 같습니다."

신 형사는 듣고도 그 말을 전하지 못했다. 한동안 그렇게 멍하니 동료들만 바라보다, 역으로 동료들의 시선이 자기 쪽으로 쏠린 것을 의식하고는 그제야 입을 여는 것이었다.

"아니라는데요. 팀장님."

"그건 또 뭔 소리야?"

"피해자 유가족 사체 신원 확인 결과 송유정이 아니랍니다."

"송유정 집에서 죽은 사체가 송유정이 아니면, 그 사체는 누구고? 송유정은 지금 어딨다는 건데?"

"그러게 말입니다. 팀장님."

누구랄 것도 없었다. 황당함에 한동안 말문이 막혀버린 형사들이었다. 그러다 김 팀장이 그 침묵을 깨고, 다시 취조실로 들어가는 것이었다.

"당신, 이번이 처음 아니지? 이미 다 확인하고 오는 길이야. 현장에서 발견된 변사자는 그래도 반은 남아 있으니 안 물어볼게. 대신 송유정 씨 지금 어딨어? 어디다 버렸냐고? 사체도 없이 울부짖는 피해자 가족들 심정 생각해봤어? 이게 당신이 사람으로서 용서를 구할 수 있는 마지막 기회야. 당신 요즘 세상이 어떤 세상인지 다 알지. 곳곳이 다 CCTV고 자동차 블랙박스까지, 당신 동선 추적하는 거 일도 아니야. 그러니 기회 있을 때, 얼른 불어, 최소한 사체가 조금이라도 멀쩡할 때, 피해자 유가족들 장례는 치르게 해줘야 할 것 아니야. 당신 그 정도까지 양심 없는 사람은 아니잖아."

김 팀장의 유가족을 생각한 진심 어린 회유도 통하지 않았다. 여전히 유정은 그 어떤 말에도 눈길조차 주지 않았다. 그리고 그 소식은 또다시, 실시간 뉴스를 잠식하며 세상을 다시 한번 충격에 빠트렸다.

–며칠 전, 또래 여성을 무참히 살해해 세간을 놀라게 했던 한유정 사건에서, 추가 의심 피해자가 드러나 다시 한번 충격을 주고 있습니다. 변사자 신원 확인 과정 중, 현장에서 발견된 사체의 신원과 거주자의 신원이 달라, 현재 경찰에서 추가 범행을 의심하고 현장 거주자의 소재를 긴급 파악 중이라는 소식입니다.–

"이 형사, 국과수에서 더 연락 온 것 없어?"

"남은 사체만으로는 치과 치료나, 다른 의료 치료 흔적들이 없어, 현재로서는 신원 확인이 어렵다고 합니다."

"그럼 어쩔 수 없겠네, 어떻게든 나머지 유기된 사체를 찾아 지문에 기대는 수밖에."

"현재로선 그것도 기대하기 어렵답니다."

"왜? 국과수 단체로 휴가라도 간데?"

"그게 아니라, 요즘 같은 장마철엔, 사체가 발견된다고 하더라도 백골화 진행이 빨라, 어렵다고 합니다. 아무래도 답은 저 여자 입밖에는 없는 것 같습니다."

"이 형사, 지금 장난해? 3일 동안 잠도 안 재우고 매달려도 저 모양인데, 그게 어디 쉽겠어? 입 열년 같았으면 벌써 열었겠지."

"그럼?"

"그럼은 무슨 그럼. 하던 대로 우리 잘하는 거 해야지. 신 형사는 범죄심리분석관 협조 구해서 같이 고생 좀 하고, 나머진 아파트 주위 동선 CCTV 놓친 게 더 있나 확보해서 세 여자 동선 좀 추적해봐. 난 최근 실종자 중에 유사 인물이 있는지 한번 찾아볼 테니까, 어여들 움직여. 검찰 송치까지 며칠 안 남았으니까, 그전까지 최대한 서둘러. 최소한 한 명인지, 두 명인지, 조서는 제대로 꾸며서 넘겨야 할 것 아니야."

분주한 것은 경찰들만이 아니었다. 기자들 역시 유정에 대한 신상털이에 나서 연일 새로운 뉴스들이 쏟아져 나왔다. 특히 확인도 안 된 자극적인 정보로 불우한 성장 과정을 지목하며, 수십 편의 범죄 심리 소설 기사들이 쏟아져 나왔다. 그중에서도 단연 으뜸은 처음부터 예견된 살인마로, 그 환경에서는 그럴 수밖에 없었다는 한결같은 확신이었다. 그렇게 써 내려간 소설은 사회 각계 계층 전문가들의 검증까지 보태지며, 확신은 현실로 승화돼 유정은 사건 3일 만에 이 시대 최고의 빌런으로 우뚝 섰다.

"저 여자입니까?"
"목석이 따로 없습니다."
"생각했던 것보다 많이 말랐네요."
"가능하시겠습니까?"
"아픈 곳부터 찔러보다 보면 뭔가 나오겠죠."
신 형사의 안내를 받으며 취조실로 들어가는 30대 중반의 남자였다.
"한유정 씨 만나서 반갑습니다. 범죄심리분석관 화광대 백정기 교수입니다."
간단한 자기소개와 함께 명함을 건네며, 자리에 앉는 백 교수였다. 그러나 유정의 시선은 그를 쳐다보지도 않았다. 그때까지 그래왔듯, 시종일관 굳은 얼굴로 멍하니 자기 앞만 주시했다.
"사람 찌를 때 어땠습니까? 좋았나요."
마치 뭔가를 도발이라도 하려는 듯, 첫 질문부터 강하게 던진 백 교수였다.
"멘탈이 참 강하시네요. 이 정도 직구면 눈빛이라도 흔들릴 법도 한데, 솔직히 직접 보고 놀랐습니다. 사람을 산 채로 뼈를 발라 토막 냈다길래, 이렇게까지 말랐을 줄은 생각도 못 했습니다. 특히 그 손, 사체를 훼손하기엔 너무 가녀려 보여서……. 제가 취미로 정육점을 하는 형님 집에서 뼈 좀 발라봐서 아는데, 생 관절 도려낸다는 게, 그거 여간 어려운 일이 아니더라고요. 이 흉터 보이십니까? 남자인 저도 칼질이 어찌나 힘에 부치고 엇나가든지 이리 베였지 뭡니까."

백 교수는 자신의 소지에 난 칼에 베인 흉터를 보이며, 노골적으로 유정을 자극하고 나섰다.

"말씀하기 싫으시면 안 하셔도 됩니다. 어차피 저야 할당된 시간만 채우다 나가면 되는 거니까? 참 쉽죠, 누군 바둥바둥 살아도 안 되는데, 저 같은 사람도 있고. 저 참 얄밉지 않습니까? 간혹 저도 이런 내가 얄미워 죽여버리고 싶을 때가 한두 번이 아니거든요. 평생을 외톨이로 소외만 받고 자란 한유정 씨로서는 아마 이해하기 어려울 겁니다. 그래서 죽이셨습니까?"

집요하게 유정을 자극하며, 그 닫힌 입을 열기 위해 파고드는 백 교수였다. 특히 유정의 분노를 자극해 폭발시킴으로써, 그 입을 열어보려 하고 있었다. 그러나 30여 분을 넘게 실랑이를 벌인 백 교수였지만 백약이 무효한 상태였다. 그 어떠한 자극에도 반응이 없는 유정이었다.

"어떻습니까? 나 같은 남자는? 직업이 이래서 그런지, 간혹 그런 생각을 해보거든요. 유정 씨 같은 예쁜 살인범이 내 여자 친구가 되는 꿈. 그리고 그런 유정 씨가 어느 날 사람을 죽였다고 고백했을 때, 과연 나는 어떤 선택을 할지? 궁금하지 않으십니까?"

신고자가 남자친구였던 것을 고려해, 마지막 카드를 꺼내 든 백 교수였다. 그리고 그 마지막 카드에 최초로 눈빛의 동요가 일은 유정이었다. 하지만 거기까지였을 뿐 너무나도 미세해, 그 누구도 눈치채지 못했다. 그 반응을 끌어내기 위해 마지막 카드까지 꺼내 든 백 교수조차, 자신이 던져 놓고도 그 반응을 전혀 눈치채지 못했다.

"송유정 씨 지금 어딨습니까? 그리고 현장에서 발견된 사체는 누구입니까? 우리 딜할까요? 둘 중 어느 쪽이든 한유정 씨가 한쪽만이라도 답을 주시면, 저도 제가 어떤 선택을 할지 답을 드릴 수 있는데?"

그 말에 자기도 모르게 눈빛이 크게 흔들리는 유정이었다. 좀 전과는 비교도 안 될 정도로 두 눈의 초점이 정확히 한곳으로 일치하며 백 교수를 향했다. 4일 만에 보인 엄청난 변화였다. 하지만 이번에도 역시 딱 거기까지만이었다. 순간 아주 짧게 초점을 잃고 흔들렸을 뿐, 이내 굳은 표정에 유정은 원래의 자기 모습으로 되돌아갔다.

그러나 그 내면에는 엄청난 혼란이 소용돌이치며 유정을 뒤흔들고 있었다. 지금까지 입을 꾹 닫고 아무 말도 하지 않고 있던 이유가 바로 그것이었다. 그 혼란이 유정으로 하여금 현실과 단절시켜, 아무것도 보지도, 듣지도, 못 하게 만들어 입까지 닫게 했다. 바로 백 교수가 정곡을 찌르며 제안했던, 그 답 때문이었다.

3일 내내 유정은 오로지 그 답을 찾고 있었다. 태어나 처음으로 누군가에게 마음을 열고, 그 사람에게 자기를 맡겼다. 그리고 그 사람도 자길 원하고 사랑한다며 맹세까지 했다. 하지만 그 남자는 자신을 세상 밖으로 팔아넘겼다.

그 혼란에 유정은 아직도 그 답을 찾지 못하고 있었다. 지금에 와 돌이켜 보더라도 성민에겐 자기를 배신할 이유가 전혀 없었다. 너무 좋았던 하루였다. 태곳적 그 모습 그대로, 순결을 바치며 순결을 받았다. 평생을 꿈꿨던 일이었다. 하지만 성민은 그런 자신의 진심을 기만하고, 탐하다 가차 없이 버렸다. 유정은 누구보다도 그에 대한 답을 듣고 싶었다. 그래서 그런 자신의 혼란을 파고든 백 교수의 유혹에 순간이나마 흔들렸던 것이다.

"왜, 두렵습니까? 내 선택이 유정 씨를 버릴까 봐. 거래에 대한 답을 안 주시니, 나도 내 선택을 말해 줄 수 없을 것 같은데, 대신 한 가지 힌트는 드리고 가죠. 생각보다 남자들은 현실적이라는 겁니다. 수고 많으셨습니다. 한유정 씨. 딜은 아직도 유효하니, 그 답 궁금하시면 언제든지 연락 주십시오."

그 말을 끝으로 노트북을 챙겨 가방에 넣고는 자리에서 일어나, 뒤도 안 돌아보고 밖으로 나오는 백 교수였다.

"어땠습니까?"

"처음부터 작정하고 강하게 찌르고 나가긴 했는데 첫술에 배부를 수야 없겠죠. 근데 현장에서 저 여자 말고, 다른 외부인 단서 나온 건 없습니까? 아무래도 저 여자, 손이 자꾸 마음에 걸려서."

"손이 말입니까? 앙상하긴 해도 여자들 손이 다 저렇지, 그게 뭐가 어떻다는 겁니까?"

"175cm 키에 43kg인 저 앙상한 손으로, 과연 사체를 훼손해 팔다리를 분리해 낼 수 있을까요? 설령 그랬다 치더라도 힘에 부쳐 애먹었을 것인데, 손에 아무런 흔적도 없거든요. 되려 너무 깨끗해요. 혹시 저 손 혈흔반응검사 해보셨습니까?"

"현행범으로 체포돼, 신체 부위는 패스된 거로 알고 있습니다. 대신 증거물로 입수한 입고 있던 겉옷에서는 다량의 혈흔반응이 나왔습니다. 국과수 확인결과 현장에서 발견된 피해자의 혈액과도 일치하고요."

"흉기나 훼손 도구에서 다른 특이점은 없고요?"

"그게 좀 특이하긴 한데, 훼손 도구는 남아 있는데, 직접적 사인인 뾰족하고 긴 송곳류로 추정되는 살해 도구는 현장에서 발견되지 않았다는 것입니다."

"그럼, 지문은 어떻습니까? 뭐 좀 나온 게 있나요?"

"말도 마십시오. 제아무리 장갑을 꼈다고 하더라도 그 지경을 만들어 놨으면, 지문 한 개 정도는 흘릴 법도 한데, 그 집 어디에서도 저 여자 지문은 검출되지 않았습니다."

"현행범으로 체포된 것 외엔, 물적 증거가 전혀 없다는 말씀이신데. 참 재밌는 여자군요. 그런데도 정작 그 모든 걸 자행한 손은 또 그 모든 걸 부인하고 있으니."

"그건 또 무슨 말씀입니까?"

"아닙니다. 신경 쓰지 마십시오. 현행범으로 체포됐는데, 무슨 반론이 있겠습니까? 단지 그 동기가 궁금할 뿐입니다."

현행범이란 확실한 증거 앞에 백 교수는 더는 반문을 하지 않았다. 하지만 자신의 눈으로 본 유정이라는 증거만큼은 그 의구심을 떨쳐내지 못했다. 손이 아니더라도 의구심을 품게 만드는 유정이 준 증거는 또 있었다. 분노는 보이는데, 살기가 전혀 느껴지지 않는 유정의 모습이었다. 최소한 입을 닫게 할 정도의 분노가 표출되려면, 그에 합당한 살기도 뒤따라야 했다. 사람의 정서는 부모와 자식 간에도 순간 화를 이기지 못하면 살기가 도는 것이 순리였다. 그러나, 유정의 경우에서는 엄청난 분노가 표출되고는 있지만, 살기가 전혀 보이지 않았다. 그리고 그 방향성 또한 타인이 아닌 자신을 향하고 있었다. 그래서 더 유정의 그 약점을 파고든 백 교수였다. 그런데도 유정은 그를 향해 그 어떠한 적개심도 드러내지 않았다. 하지만 백 교수는 자신이 품은 확신에 대한 의문보다는 증거에 손을 들어주고 나왔다.

"난 별 소득이 없네. 최근 실종자 명단 다 뽑아서 대입해봤는데도. 피해자와 일치하는 사람이 없어. 자기들은 어때?"

"말하면 뭐 하겠습니까, 저희도 아주 죽을 맛입니다. 주변 CCTV며 주차된 차량들 블랙박스까지 다 땄는데도, 도무지 송유정 신변이 확보가 안 되고 있습니다. 사건 당일 13시 27분 집으로 들어간 것까지는 확인이 됐는데, 그게 끝입니다. 그 이후 그 집을 나온 사람은 18시 35분 피의자 한유정이 마지막이고요. 한데 그런 한유정마저 들어간 흔적은 확인이 안 되고 있습니다."

"그건 또 뭔 소리야. 그 여자들이 무슨 해리포터 똘마니들도 아니고, 포털 타고 막 이렇게, 저렇게, 왔다, 갔다라도 했다는 거야 뭐야. 그럼 죽은 변사자는, 그 집에 어떻게 들어갔는데?"

"그게……."

"그게는 뭔 그게야, 꽃게, 홍게, 대게, 종일 배 고른 사람 피 뽑지 말고, 괜찮으니까 얼른 말해."

"관리소에서 보관 중인 1104동으로 통할 수 있는 CCTV 30일 치 기록을 다 돌려 봤는데도, 변사자에 대한 출입 흔적이 전혀 없습니다."

"그니까 신 형사 말은, 한 집에 세 여자가 있었는데, 죽은 변사자는 그 집에 들어간 흔적도 없는데 죽은 채로 발견됐고, 정작 그 집에 살고 있던 여자는 들어간 흔적은 있는데 나온 흔적 없이 사라졌다는 거잖아. 거기다 현행범으로 체포된 한유정은 들어간 흔적 없이, 나온 흔적만 있다는 거잖아, 지금."

"네 맞습니다."

"한 집을 두고 세 여자가 출입 흔적이 반쪽밖에 없거나, 아예 없다는 게 말이 돼? 그것도 저층도 아니고 출입문이 하나밖에 없는 고층 아파트에서, 자기들 그게 상식적으로 말이 된다고 생각해? 혹시 말이야 30일 치 기록 말고 그 이전 기록 남아 있는 건 없는데?"

"법적 보관일 기준이 30일이라, 그 이전 기록은 자동 폐기된답니다."

"일단 잘 들어, 이 사건의 포인트는 말이야 현행범으로 체포돼 빼박이라는 거야. 다들 현행범 체포가 왜 중요한지는 알지. 그 어떤 증거보다도 우선이라는 얘기지. 거기다 지가 죽였다고 실토한 상황실 녹취록까지 있는데 뭐가 문제겠어. 설령 그 과정에서 우리가 출입 기록을 증명해 내지 못한다고 하더라도, 현장에서 발견된 변사자에 대한 한유정의 범죄 입증에는 변함이 없다는 거야. 그래서 이번 사건에서 중요한 것은, 이미 나와 있는 것보다는, 돌발 변수로 떠오른 거주자 송유정의 신변이라는 거지. 죽었는지? 살았는지? 물론 자기들 생각이야 이미 죽었다고 생각하겠지만, 어쨌든, 그랬더라도 찾는 게 우리 일이라는 거지."

"팀장님 말씀은 모르는 건 아니지만, 단서가 그 집에서 끊겨서."

"끊기긴 왜 끊겨, 이 사람들아. 내 보기엔 그 집이 단서구먼, 들어간 게 확실한데 나온 흔적이 없다면 뭘 의미하겠어. 단서는 그 집에 있다는 게 아닐까? 분명 자기들이 놓친 게 어딘가에 있을 거야. 막말로 자기들 말이 맞다면야, 믹서기에 갈아서 변기에 버렸는지 누가 알겠냐고, 그도 저도 아니면, 그 흉악한 년이 씹어 먹었을지 누가 알겠냐고. 그니까 여기서 작가 데뷔할 생각 말고, 그 집 가서, 지지고 볶고 들쑤셔들 봐. 변기에 버렸으면 정화조 퍼보면 알 테고, 씹어 먹었으면 그년 배 속 검사해보면 알게 아니냐고 이 사람들아. 어여들 가, 시간 없어."

한유정이 현행범으로 체포될 때까지만 하더라도, 사건은 쉽게 끝날 것만 같았다. 하지만 거주자와 변사자가 서로 다른 인물로 밝혀지며, 수사는 그야말로 새로운 국면을 맞아 난항을 겪었다. 거기다 한 집을 두고 얽힌 세 여자의 출입 흔적이 서로 맞질 않으며, 점점 더 미궁 속으로 빠져들고 있는 사건이었다.

그런데도 포기를 하지 않는 형사들이었다. 김 팀장의 강한 의지 속에 사건을 처음부터 재구성하며, 변사자 신원과 송유정의 신변을 확보하기 위해 범위를 넓혀 수사는 강림 시 전체로 확대되고 있었다.

하지만 사건은 그런 형사들의 의지에도 불구하고, 여론의 압박을 못 버티고 종료돼 검찰로 송치됐다. 연일 쏟아지는 대중들의 유정에 대한 분노와 언론의 맹폭에, 거주자 송유정은 최종 실종 처리되며 수사는 그렇게 종료됐다. 그 속엔 오로지 살인마 유정에 대한 공분만 있을 뿐, 아이러니하게도 죽은 변사자나, 실종된 송유정에 대한 관심은 없었다. 대중도 언론도, 그들의 억울한 희생엔 관심이 없었다. 드러난 실체에만 치중해, 유정에 대한 기사는 포장에 재포장을 거듭해 극악무도한 살인마로 연일 새롭게 각인되며 재탄생되었다.

"과장님, 수사하다 말고, 그깟 여론이 무서워 종료시키는 게 어딨습니까?"

"김 팀장, 그 나이면 똥오줌 가릴 때는 되지 않았나. 그동안 우리가 여론이 무서워서 뭘 안 했던 적이 있던가?"

"그럼, 뭡니까?"

"자네 아직도 모르겠나? 대선이 아마 석 달 정도 남았지."

"네! 고작 그런 이유였습니까? 살았는지 죽었는지도 모르고 애타는 피해자 가족들보다 살인마에게 여론이 빼앗길까 봐, 그게 이유였습니까? 고작 자기들 선거 유세나 하려고 말입니다. 실종된 거주자 송유정의 행방은 물론이고 죽은 피해자 신원도 아직 확인이 안 되고 있습니다. 그런데도 이대로 끝내자고요. 과장님."

"자네, 오늘따라 왜 이렇게 말귀를 못 알아듣나."

"아직도 늦지 않았습니다. 과장님. 지금이라도 공개수사로 전향해 변사자하고 실종자 사진 공개하면, 충분히 끊긴 단서 이어갈 수 있습니다. 과장님."

때늦은 항의에 죄 없는 과장을 붙잡고 늘어져 보지만, 사건은 이미 검찰로 송치된 후였다. 그리고 유정은 곧바로 불어닥친 대선 열풍에 밀려 사람들의 기억 속에서 잊혀 갔다.

그 잊혀 가는 기억 속에서, 유정은 혼자 그 모든 것들을 감내했다. 변호인도, 뭐도, 공판 출석까지 거부한 채, 구치소에 틀어박혀 성민에 대한 답을 찾고 있었다. 아무리 생각해봐도 자신을 배신할 이유가 전혀 없는 성민이었다. 그 답답함에 머리는 깨지고, 가슴은 터질 것 같았다. 분노보다도 더 버거운 것이 그것이었다. 거기다 15년이 지났지만, 여전히 찾지 못한 과거의 답까지 더해지며, 그 좌절감과 절망감에 다시 한번 모든 기대를 접고 세상을 등지는 유정이었다.

유정은 알고 있었다. 그 답은 평생 찾을 수 없는 수수께끼와 같다는 것을. 15년 전에도 그랬다. 어느 날 유정은 꿈같은 하루를 보낸 적이 있었다. 아침상에서부터 자기가 좋아하던 소갈비찜에 진수성찬이 끊이지 않고 나왔다. 그전까지 그렇게 졸라도 평소 해주지 않던 음식들이었다. 그것을 맛있게 먹고 놀이공원에 바닷가까지, 생애 그보다 더 좋은 날은 없었다. 생일도 아닌데, 저녁 식탁에 케이크를 놓고 서로를 사랑한다며 노래를 불렀다. 처음이었다. 그래서 유정은 기도를 드렸다. 세상이 딱 오늘만 같게 해달라고. 그 이상은 욕심이고 사치니, 거기까지는 바라지 않겠다고. 하지만 그게 끝이었다. 잠든 자신을 내려다보며 엄마와 아빠가 했던 말이 아직도 생생했다.

'사랑해 유정아, 너도 어른이 되면 다 알 거야.'

잠든 척을 하고 있었기에 더욱이 생생한 기억들이었다. 하지만 자신이 잠이 들고 깨었을 때는, 싸늘한 주검에 시신으로 죽어있는 엄마, 아빠였다. 아직도 유정은 부모가 왜 그런 선택을 했는지 이유를 몰랐다. 그래서 기다렸다. 어른이 되면 알 수 있다는 그 말에 기대며, 어른이 될 때까지 기다리고 기다렸다. 그러나 그에 대한 답은 어른이 된 현재까지도 찾을 수 없었다. 이젠 거기다 성민의 답까지 더해져 더는 버틸 수 없었다. 그래서 유정은 세상을 버리기로 다시 한번 결심했다. 하지만 유정은 확신할 수 있었다. 세상이 자신을 버리는 것이 아닌, 자신이 세상을 버리는 것이라고. 그 혼란과 분노에 모든 걸 자포자기 했다. 평생 감옥에 갇혀 살든, 형장의 이슬로 사라지든, 중요하지 않았다. 지금은 당장 그렇게 하지 않으면 살 수 없을 것만 같았다. 유정은 그렇게 살아왔고, 그렇게 자신의 생명을 연명해왔다.

"3625번."

유정은 이제 자신의 이름도 없어졌다. 대신 왼쪽 가슴 부위에 새겨진 빨간색 명찰의 3625번이라는 숫자로 불렸다. 그 숫자를 교도관이 기상을 알리며 부르고 있었다. 그러나 유정은 자리에 웅크리고 누워 꿈쩍도 하지 않는 것이었다.

"3625번 안 들려. 기상, 기상."

연이은 교도관의 계속되는 호통이었다. 하지만 유정은 여전히, 그 자세 그대로 굳은 듯 정지되어 있었다. 마치 뭔가를 보호라도 하려는 듯, 새우처럼 웅크린 자세에 두 손은 아랫배를 감싸 안고, 벽을 향해 모로 누워 미동도 하지 않는 것이었다. 유정으로서는 절대 있을 수 없는 일이 벌어진 것이었다. 생소한 어떤 알 수 없는 느낌이, 밤새 자신의 아랫배를 짓누르고 있었다. 그리고 그때부터는 자신이 의도하지 않아도. 그 몸이 스스로 알아서 그렇게 반응하고 있었다.

"일어나라잖아. 이 씨발년아. 안 들려, 안 들리냐고?"

옆에 있던 거구의 방장이 그런 유정이 못마땅하다는 듯, 발로 차 건드리며 유정을 재촉했다. 그리고 그때였다. 그런 거구의 방장을 향해, 갑자기 유정이 눈을 치켜뜨는 것이었다. 그러고는 알았다는 듯 씩 하고 웃어 보이며, 몸을 일으켜 자리에서 일어나는 것이었다.

"잘됐네, 마침 날 것이 땡겼는데."

"이 씨발년. 뭐라는 거야."

방장은 그때까지만 하더라도 몰랐다. 유정의 그 말이 뭘 의미하는지……. 말은 보이지 않아 담긴 의미로 통용되지만, 때론 있는 그대로 받아들이고 대비해야 한다는 것을……. 순식간이었다. 미처 손쓸 틈도 없었다. 유정은 방장의 머리채를 움켜잡고, 그 면상을 그대로 물어뜯어 버렸다. 그제야 주변 죄수들은 물론이고, 밖에 있던 교도관까지 다급하게 문을 열고 들어와 떼어내 보지만, 이미 유정의 입속에는 한 움큼의 고깃덩이가 핏물을 흘리며 잘근잘근 씹혀지고 있었다.

"이런 미친년이."

방장의 뒤늦은 후회였다. 그제야 피투성이에 뜯겨나간 자신의 얼굴을 부여잡고, 유정의 실체를 되새김질하며 자신의 오지랖을 탓했다. 그리고 보이기 시작하는 유정의 왼쪽 가슴에 달라붙은 빨간 명찰이었다. 법정 최고형인 사형수에게 주어지는 교도소 내 최고의 훈장이었다. 유정은 단지 자신이 가진 그 권리를 행사한 것이었다. 그 희열감에 유정은 더는 그 무엇도 두려울 것이 없었다.

"3625번 금치 10일."

징벌방으로 끌려가면서도 유정은 자기가 가진 그 무소불위 권력에 화색이 만개했다. 그리고 여전히 그 입속에는 떨어져 나온 살덩이가 전리품이 되어 질근질근 씹혀지고 있었다. 생고기가 그렇게 맛있게 느껴지기는 처음이었다. 비위가 상하기는커녕, 도리어 달달한 피 맛에 식감까지 더해져 마음의 여유까지 생기는 것이었다.

"3625번 반성이 있길 바란다."

그 말과 함께 한 평 남짓한 방문이 쾅 하고 닫히며 철컥하고 걸어 잠기는 쇠문이었다. 그러자 어둡고 습한 기운이 유정을 감쌌다. 하지만 유정은 그래도 좋았다. 자신을 잠식하고 휘몰아치던 분노를 표출시킬 묘안이 떠올랐기 때문이다.

"아가야 고마워, 다시 뭔가를 할 수 있게 해줘서. 나도 이제 희망이 생겼어. 아가야."

어제저녁 밥을 먹다 순간 일기 시작한 울렁증이 그 시작이었다. 밥을 먹으려는데 갑자기 뭔가 알 수 없는 고약한 냄새가 콧속을 파고들며, 속이 울렁대는 구토증이 유발한 것이었다. 그에 단순히 속이 안 좋은가보다 하고 식사도 거르고 누워있었다. 하지만 진정의 기미 없이 계속해서 구토 증상이 저녁 내내 이어졌다. 그리고 그때에서야 유정은 갑작스러운 혼란에, 한동안 잊고 있던 자신의 몸에 대한 변화를 되새김질했다. 걸거가 되고, 4개월째 멈춰 선 생리였다. 정확히 성민과 관계를 가진 후였다. 동시에 뭐라 표현은 할 수 없지만, 본능적으로 자신의 아래 뱃속 뭔가와 교감이 이루어지고 있었다. 그 움직임에 유정은 밤새 한숨도 못 잤다. 당황스러움에 두 개의 선택지를 놓고 어찌해야 할지 몰라, 뜬눈으로 밤을 지새우며 자신을 가만두지 않았다.

'어쩌지? 죽여야 되나? 낳아야 되나?'

그리고 아침이 되어서야 유정은 겨우, 그 갈등에서 벗어나 웃을 수 있었다. 낳기로 결심한 것이었다. 동시에 그 결심은 유정으로 하여금 할 일 또한 갖게 만들었다. 생고기는 그 시작이었다.

"아가야 너무 슬퍼하지 마. 조금만 참고 있으면, 이 엄마가 널 세상 밖으로 내보내 줄 거니까."

유정은 어둡고 습한 방안에서 두 손으로 자신의 아랫배를 살포시 끌어안고 자신의 또 다른 분신과 교감을 했다. 어제까지만 하더라도 어색했던 그 교감이 하루 만에 너무 자연스럽게 변했다.

"세상은 넓고 밝아, 이런 우중충한 곳하고는 차원이 다르단다, 아가야. 이 엄마가 너에게 주는 선물이니까, 마음껏 갖고 누리렴. 다 네 것이란다. 이 엄마는 갖지 못했지만, 넌 마음껏 갖고 누리렴."

징벌방이었지만, 전혀 외롭지 않은 유정이었다. 시간도 짧아 10일이 언제 흘렀는지도 모를 정도로 금방 지나갔다.

"3625번 나와."

10일간의 금치가 끝이 나고, 다시 원래 자신이 있던 수감방으로 향하는 유정이었다. 한데 그 모습이 들어올 때와는 전혀 달라 교도관들조차 놀라움을 금치 못했다. 짐승 같은 모습은 온데간데없이 사라지고, 온화하니 순종적인 모습으로 변해 있는 유정이었다.

"3625번 들어가, 다시 사고 치지 말고."

훈계를 하며 방으로 떠미는 교도관을 보고는 알았다는 듯, 흐뭇한 미소를 지어 보이는 유정이었다. 그리고 방으로 유정이 들어가자마자, 쾅 하고 닫히며 잠겨버린 문이었다.

"뭐야 저 미친 씨발년, 다른 방도 많은데 왜 자꾸 우리 방에 집어넣는 거야. 뭘 봐, 씨발년아. 내 말이 틀려, 그렇게 째려보면 어쩔 건데, 또 물어뜯게."

"아니, 맛이 없더라. 그래서 이번엔 후벼 파보려고."

그 말이 끝났을 때는 이미 자신에게 시비를 걸고 있던 동료 죄수에게 달려들어 목덜미를 쳐 자빠트린 유정이었다. 그러고는 틈도 주지 않고 그 위에 올라타 동료 죄수의 한쪽 눈을 손가락으로 찔러 그대로 후벼 파냈다. 체중은 말랐지만, 175cm라는 큰 키 때문인지, 너무 쉽게 제압을 당하는 동료 죄수였다.

그와 동시에 요란한 호각 소리가 밖에서부터 울려 퍼지며, 교도관들이 들이닥쳐 유정을 제지해 동료 죄수에게서 떼어냈다. 하지만, 동료 죄수의 한쪽 눈알은 이미 바닥을 뒹굴고 있었다.

"3625번 금치 20일."

또다시 징벌방으로 향하는 유정이었다. 이번엔 그때보다도 많은 20일이었다. 하지만 그 시간마저 언제 지났는지도 모를 정도로 쏜살같이 지나가 징벌이 풀리고 징벌방을 나오는 유정이었다. 그리고 이번엔 원래 자신이 있던 여러 죄수가 함께 생활하던 수감방이 아니라, 독거실로 향했다. 다른 수감자들과의 생활이 부적합하다는 판단 아래 교도소 측에서 내린 특단의 조치였다.

독거실의 분위기는 징벌방과는 비교도 안 될 정도로 호텔 같은 분위기였다. 비록 1평 남짓의 비좁은 것은 같았지만, 혼자 생활하기엔 전혀 불편함이 없을 정도로 시설이 다 정비되어 있었다. 혼자 쓸 수 있는 화장실에, tv까지 더할 나위 없이 완벽했다.

"아가야. 엄마 성공했어. 비단 멋진 집은 아니지만, 앞으로 우리가 살 집이야. 멋지지 않니, 아가야. 이젠 누구 눈치 보고 볼일 보는 그런 일도 없을 거야. tv도 보고 싶은 거 마음껏 볼 수도 있고. 어때, 얼마나 멋지니?"

세상의 끝에서 그 누구의 도움도 없이, 자기 힘만으로 당당히 싸워 얻어낸 성과물이었다. 그 성취감에 자축하는 유정이었다.

"참, 그러고 보니, 우리 아가 이름도 못 지어 줬네. 뭐라 부를까? 뭐라 불러야지 우리 아가가 좋아하려나? 엄마 이름에 공주를 따서 유주님이라고 부를까? 왜? 유치해서 싫다고, 하긴 내가 봐도 그건 좀 유치하다. 그럼 다른 게 뭐가 더 있으려나, 뭔가 저 햇살처럼 짠하고 좋은 게 떠올랐으면 좋으련만, 그래 맞다, 햇님이 좋겠어. 햇님이 너무 멋지다. 우리 아가 햇님아. 햇살처럼 너무 따듯해서 좋은 이름이야."

"배식."

배식이란 우렁찬 소리가 방방마다에서 울려 퍼지고, 배식 당번이 복도를 따라 이동하며 배식구를 통해 식사를 넣었다. 그리고 유정의 방 차례였다.

"으휴! 저 씨발년 상전이 따로 없지. 고마운 줄은 알고나 처먹어, 이년아."

배식하고 있던 당번 죄수가 유정을 보고는 못마땅하다는 듯, 식사를 들이며 욕을 한 바가지 쏟아붓고 지나갔다.

"햇님아 듣지마, 사람이 교양도 없이, 몰지각하기는"

"지랄하고 자빠졌네."

지나쳐가던 배식 당번이 유정이 하는 소리를 들으며 어이가 없다는 듯, 한마디 더 던졌다.

그리고 다음 배식 시간이 왔다. 한데 손도 안 댄 직전 식사가 입구에 그대로 있었다. 그것을 발견한 배식 당번 죄수가 또 한마디 했다.

"아주 이젠 배가 불렀지. 처먹기 싫으면 말던가?"

그리고 그걸 교도관에게 보고한 당번 죄수였다. 그에 교도관이 유정의 방을 찾아와 그 이유를 물었다.

"3625번 무슨 문제 있나? 밥은 왜 안 먹었나?"

"배고픈데 밥이 너무 적어서 먹을 수가 없어."

"그니까 먹어야지."

"너무 적대도, 많이 주면 먹을게."

"미치겠군."

황당함에 자기 머리를 연신 두드리는 교도관이었다.

"그리고 밥 주는 년한테, 말 좀 공손하게 하라고 해. 안 그러면 안 먹을 거니까?"

계속되는 유정의 말에 교도관은 황당하다 못해 기까지 다 찼다. 하지만 그런 유정을 다룰 법이 없어, 하는 수 없이 해달라는 대로 다 들어주는 교도관이었다.

"3625번 답답하지 않나? 마침, 종교단체에서 교화 면담 신청이 들어왔는데, 한번 응해 볼래?"

"종교단체? 어느 종교인데?"

"수녀님도 계시고, 스님도 계시니까 알아서 골라."

"그럼, 다 할래."

"안돼! 최소한 종교에 대한 기준은 있어야지."

"그니까, 어떤 종교로 할지 만나보고 정하겠다고."

그렇게 주객이 전도돼 일방적으로 성사된 교화 면담이었다. 그 후 천주교에서 나온 수녀님을 필두로, 곧바로 대전의 한 절에서 나온 비구니 스님과 교화 면담이 연속으로 진행됐다.

"뭐 필요한 거 없으십니까? 큰 거는 못 해 드려도 작은 거 한두 가지는 해드릴 수 있습니다. 보살님."

면담을 마치고 일어나기 전에 유정에게 건넨 의례적인 인사였다.

"다른 건 다 됐고, 영치금 좀 넣어줘. 여기 있으니까 너무 배고파. 될 수 있으면 많이, 아주 많이 넣어줘."

그리고 그날, 자신의 이름으로 영치금이 20만 원이 들어온 것이 확인되었다.

"아가야. 엄마 오늘 돈 벌었어. 20만 원이면 날마다 빵 한 개는 더 먹을 수 있을 거야."

그에 잔뜩 신이 난, 유정이었다. 그리고 그 흥이 가라앉기 전에 그 길로 매점에 들러 과자와 빵을 한 아름 끌어안고 자기 방으로 돌아왔다. 그러고는 밥을 먹은 지 30분도 안 됐는데도, 과자 1봉지에 빵 1개를 허겁지겁 먹어 치워버렸다.

"정말이지, 눈꼴셔서 더는 못 봐주겠다. 저게 사람이야. 짐승이지. 내가 이 짓을 그만두든가 해야지, 원."

마침 순찰을 돌고 있던 교도관이 그런 유정을 보며 기가 찬다는 듯, 어이없어했다. 하지만 유정은 전혀 신경 쓰지 않았다.

"이런, 이러다 올챙이처럼 배불뚝이가 되는 건 아니겠지. 아무래도 안 되겠다, 햇님아. 엄마 더 먹어야겠어."

유정은 그런 그들을 향해 보란 듯이 빵 한 봉지를 더 뜯었다. 그들이야 뭐라거나 말거나, 이미 별천지에 자기를 가둬버린 자신이었다.

그 덕에, 3달 만에 체중이 20kg이나 늘어났는데도 전혀 그 누구도 의심하지 않았다. 날마다 배가 나오는 것을 복대로 압박해 관리하며, 체중을 늘려 눈속임을 한 것이었다. 그래서 자신을 별천지에 가두고, 남들 눈만 보이면 끊임없이 먹어댔던 것이었다. 그렇게 유정은 자신의 임신 사실을 의도적으로 감추며, 철저하게 통제해갔다.

"과장님, 3625번 언제까지 저리 떠받들어야 합니까? 이젠 얼마나 편한지, 살이 아주 뒤룩뒤룩 쪘다니까요."

그런 유정과는 달리, 한쪽에서는 유정에 대한 처우를 놓고, 설전이 오가고 있었다.

"걱정 마! 어차피 두 달 후면 이감인데, 자기들이 그때까지만 참아."

"참는 것도 한계가 있습니다. 과장님. 사람도 같잖은 것 뒷수발이나 들자고, 우리가 이 짓 하는 건 아니지 않습니까?"

"알아, 내가 왜 모르겠어. 그니까 딱 두 달만 더 버텨봐. 분란 일으켜 시끄러운 것보다야 낫잖아."

연일 막무가내인 유정의 생떼에 인내심이 바닥난 교도관들이었다. 그런 교도관들을 달래 진정시키고 있는 보안과장이었다.

하지만 그런 그들의 인내심을 비웃기라도 하려는 듯, 유정의 생떼는 나날이 더 심해졌다. 자신의 배가 불러오면 올수록, 그것을 감추기 위해 요구하는 것들이 많아진 유정이었다. 더한 식탐은 물론이고, 춥다며 담요를 두르고 다니는가 하면, 심지어 한여름임에도 겨울옷을 달라며 생떼를 부리기 일쑤였다. 그리고 그 결과는 얼마 안 남은 이감 때까지 불상사를 원치 않는 교도관들의 선택에 의해, 언제나 유정의 완승으로 끝이 났다.

그러는 사이 어느덧 유정은 배가 불러 만삭이 되었다. 그리고 이감 날짜를 1주일 남겨 놓은 날이었다. 유정의 몸에 갑작스러운 변화가 찾아왔다. 아랫배에 간헐적인 통증이 오면서. 소변 누는 횟수가 갑자기 늘어난 것이었다. 출산 증후였다. 그에 정신까지 몽롱해지고 있는 유정이었다. 그래서 그랬던지 갑자기 미친 듯, 교도관을 부르며, 어디론 가로 뛰쳐나갔다. 입소 후 교도관을 자처해서 부른 건 그때가 처음이었다.

"나 나갈 거야. 내가 있던 곳으로 돌아갈 거라고. 여긴 내가 있을 곳이 아니야. 다시 원래의 나로 되돌려줘. 내 인생을 저주한 걸 후회할게. 그건 저주받은 인생이 아니라, 축복받은 투정이었어. 나만 몰랐던 거야. 더 늦기 전에 돌아가고 싶어. 너는 신이니까 얼마든지 그렇게 해줄 수 있을 거야. 날 여기서 제발 꺼내줘."

신의 계시였다. 보이지는 않았지만, 아주 생생하게 들리는 신의 계시였다. 유정은 그 신께 자기를 그곳에서 꺼내 달라 애원했다. 그리고 신의 답변은 아주 간단했다. 바라면 구해질 것이니 믿고 기다리라는 것이었다.

그리고 그날 밤이었다. 유정은 신의 구원보다 먼저 찾아온 진통에 생사를 넘나들었다. 하지만 행여 남들에게 들킬세라, 이불을 꽉 깨물고, 숨소리조차 내질 않았다. 무려 5시간이 넘는 길고도 긴 고독한 사투였다. 그런 좀처럼 끝날 것 같지 않던 사투도, 결국 그 끝은 있었다. 생사를 넘나드는 고통 속에 뼈마디가 물러나고, 생살이 찢어진 결과였다. 막혔던 속이 뻥 뚫리듯 어느 한순간 힘도 들이지 않았는데, 쏘옥하고 그대로 미끄러지듯 빠져나오는 것이었다. 그제야 삭혔던 숨을 크게 몰아쉬는 유정이었다. 딸이었다. 어두워 보이지는 않았지만, 손에 느끼는 감촉으로 딸임을 알 수 있었다.

"지금부터 이 엄마가 무슨 짓을 하더라도 놀랄 것 없단다. 아가야."

아이의 울음소리가 방안을 맴도는 가운데, 유정은 갓난 자신의 핏덩이 딸을 꼭 끌어안고, 세상을 향해 참았던 울분을 있는 힘껏 내질렀다.

"아아아악!!!!!!!!!!!!!!!!!!!!!!!!!!"

엄청난 포효였다. 단 한 번도 내질러 보지 못했던, 27년 만에 처음으로 자기 목소리를 내보는 유정이었다. 그 포효에 날벼락을 맞은 동료 재소자들이었다. 단잠을 자고 있던 같은 동에 있던 동료 죄수들이 그 소리에 놀라 잠에서 깨면서, 분위기가 순식간에 어수선해졌다.

그 웅성거림 속에, 일제히 불이 켜지며 대낮처럼 환해진 교도소동이었다. 그리고 소리의 진원지인 유정의 방 앞으로 우르르 몰려드는 교도관들이었다. 그러고는 동시에 뭔가에 놀란 듯, 자신의 눈을 의심하며 도저히 믿지 못하겠다는 표정들을 짓는 것이었다.

실오라기 하나 걸치지 않은 유정이, 탯줄도 끊지 않은 핏덩이를 끌어안고, 칫솔을 부러트려 만든 날카로운 흉기로 그 핏덩이의 목을 겨누고 있는 것이었다. 그에 눈으로 직접 보고 있으면서도 자신을 눈을 의심하고 있는 교도관들이었다.

"뭐야 저거, 이게 어떻게 된 거야."

전혀 예상치 못했던 상황에, 충격에 빠진 교도관들이었다. 그제야 부랴부랴 손을 써보려 해보지만, 그마저 유정의 강한 거부감에 부딪혀 할 수가 없었다. 유정은 문을 열고 들어오려는 교도관들을 저지하며, 아이를 죽이겠다며 재차 쥐고 있던 칫솔에 힘을 가하며 협박했다.

"오지 마! 들어올 생각은 꿈도 꾸지 마, 문만 열어도 죽여버릴 거니까."

하지만 그런 어수선한 분위기 속에서도, 스스로 알아서 엄마의 젖을 찾아 물고 세상 평온하게 젖을 빨고 있는 핏덩이였다.

"원하는 게 뭐야? 뭣 때문에 그러는데?"

유정의 협박에 들어가지도 못하고 밖에서만 그 이유를 묻는 교도관들이었다.

"이 아이 아빠. 날 배신하고 날 이렇게 만든 놈, 그 개자식 당장 데려와. 안 그러면 새끼고 뭐고 그냥 확 죽여버릴 거니까. 그리고 기자들 불러서 지금 상황 토씨 하나 빼놓지 말고 있는 그대로 내보내. 니들 잘하는 짓이잖아. 그니까 기자들 불러서 다시 한번 날 잘근잘근 씹어 먹어보라고 이 개 잡것들아. 당장…!!!"

 자신의 의도대로, 다시 한번 유정의 이름이 수면 위로 오르며, 세상은 살인마 유정에 대한 기사와 뉴스로 경악을 금치 못했다. 어떻게 자기가 낳은 자식까지 인질로 삼을 수 있냐며, 대중의 분노는 그야말로 공분을 넘어 개악으로 번지며 뜨겁게 달아올랐다.

 "이미 기사를 보셔서 아시겠지만, 상황이 어렵게 됐습니다."

 성민을 설득하기 위해 나온, 처음 사건을 담당했던 형사들이었다. 하지만 그 표정들에서 엿볼 수 있듯이 선뜻 말을 쉽게 꺼내지 못하고, 성민의 눈치를 보며 조심스럽게 그 입을 열어가고 있었다.

 "아이 상태는 어떤가요?"

 "저희도 보진 않았지만, 탯줄도 못 자른 상태라고 합니다."

 "아, 그렇군요."

 "이런 말씀 드린다는 게, 이성민 씨 입장에선 어려우신 줄은 알지만, 생명은 살리고 봐야지 않을까요? 그 핏덩이가 무슨 죄가 있겠습니까? 그렇다고 아이까지 책임지라는 말씀은 아니니까, 오해는 하지 마시고. 어떻게 안 되겠습니까?"

 그리고 그때였다. 차 여사가 현관문을 박차고 들이닥친 것이었다. 실명으로 거론된 아들에 대한 황당한 소식에 약속까지 접고, 부랴부랴 외출에서 돌아온 것이었다. 그래도 그때까지는 설마 했던 차 여사였다. 한데 입구 가득한 신발을 보자, 우려가 현실이 되면서 형사들을 보자마자 고함부터 질러대는 것이었다.

 "당신들 남에 귀한 자식 인생 망칠 일 있어. 망칠 일 있냐고."

 "아닙니다. 저흰 그냥 형식상 전달만 해드리러 온 겁니다. 그럼, 이만 저흰 가보겠습니다."

경찰들이 가고 고민에 빠진 성민이었다. 하룻밤 불장난이 이런 불상사로 이어지리라고는 생각도 못 했다. 그날 그 끔찍했던 현장을 벗어나는 순간 모든 게 다 끝났다고만 생각했다. 한데 265일이 지나 혹까지 붙어 더 큰 화마로 엮이게 된 것이었다.

상대는 다른 사람도 아니고 살인마였다. 그런 살인마를 다시 만나 무슨 말을 할 수 있을지, 고민이고 뭐고 할 것도 없었다. 답은 이미 나와 있었다. 게다가 자신에 대한 분노로 자기가 낳은 핏덩이를 상대로 인질극까지 벌이고 있는 괴물이었다.

설령 그 아이가 절반은 자신에게 책임이 있다 하더라도, 자신의 의지와는 전혀 무관한 상태에서 태어난 아이였다. 그것까지 책임을 질 수는 없었다. 하지만 문제는 외면하기엔 그 인질이 여론에 민감한 핏덩이라는 것이었다. 자신이 외면하는 순간, 여론의 화살은 곧 자신을 향해 올 것이었다. 개인의 실체보다는 대중적 분란을 더 좋아하는 것이 여론이었다.

"이 어미 죽는 꼴 보기 싫으면, 추후도 갈 생각은 꿈도 꾸지 마! 이놈아."

자기 방으로 들어가 문까지 잠그고 고민 중인 성민이 못 미더워, 방 밖에서 서성이며 쐐기를 박는 차 여사였다.

"왔네."

"응."

직접 보니, 자신이 생각했던 것보다 더 참담한 유정의 몰골이었다. 그 몰골로 어떻게 경찰과 여태껏 대치하며 버텼는지, 그게 더 신기할 정도였다. 시간이 꽤 지났음에도 여전히 굳지 않고 바닥에 고여 있는 흥건한 핏물이었다. 그것만 보더라도 얼마나 난산이었을지, 그대로 말해주고 있었다.

"들어와 안 잡아먹을 테니까?"

"그건 안돼! 한유정, 원하는 대로 해줬으니까, 아이부터 이리 줘."

현장에 급파돼 사건 지휘를 하고 있던 경찰이 유정의 말을 끊으며, 인질로 잡혀 있는 아이부터 요구하고 나섰다.

"싫어. 아직 내가 원하는 건 못 가졌거든, 다들 물러나고 내 남자만 들여보내 줘. 그래야 아무도 안 다쳐."

"한유정 기본적인 협상도 모르나? 주는 것이 있으면 받는 게 있어야지. 아이 이리 줘."

"내가 못 할 줄 알고, 후회하지 마."

순간 유정의 얼굴이 일그러지며, 흉기를 쥔 손에 힘이 가해졌다.

"알았어. 들어갈게. 내가 들어가면 되잖아."

세상은 유정을 이 시대 최고의 빌런이라 떠들고들 있었지만, 성민의 눈엔 그저 덧 없이 초라하고 가녀린 여자로밖에는 안 보였다.

"그건 절대 안 됩니다. 이성민 씨. 인질의 안전도 확보 못 한 상태에서 추가 인질로 이성민 씨까지 들여보낼 수는 없습니다."

"내가 죽인데? 죽일 거였으면 이러지도 않았어. 많이도 필요 없으니까, 30분만 내 남자와 함께 있게 해줘."

"그걸 어떻게 장담하나, 한유정."

"장담, 그럼 할 수 없고."

다시 핏덩이의 목에 흉기를 들이밀고 힘을 주는 유정이었다.

"그냥 들여보내 주세요."

올 때까지는 몰랐지만, 유정의 가슴에 안긴 아이를 보는 순간 자기도 모르게 아이를 그대로 내버려 둘 수 없던 성민이었다.

"너라면 그럴 줄 알았어. 이성민."

"들어갈게. 아무도 헤치지 마."

성민까지 나서자 어쩔 수 없다는 듯, 유정의 요구대로 성민을 안으로 들여보내는 경찰들이었다.

"자 됐지. 아이 이리 줘, 나만 있으면 되잖아."

"왜, 영웅행세라도 해보시게. 한데 어쩌지, 내 생각은 다른데."

"도대체 뭘 어쩌자는 건데?"

"말했잖아. 30분이면 된다고."

"그래서 내가 뭘 어떡하면 되는데?"

"의료가방은 가지고 왔지."

"응. 여기."

"자, 그럼 문 잠그고 다들 물러나, 많이도 안 바랄게, 딱 30분만 우리끼리만 있게 해줘."

"괜찮겠습니까? 이성민 씨."

"네 괜찮습니다."

"정확히 30분이다. 한유정."

그 말과 함께, 자신을 포함한 모든 경찰을 눈에 보이지 않는 위치까지 뒤로 물리는 현장 지휘관이었다. 자칫 최악의 사태로 번질 수도 있는 위험한 결정이었지만, 경찰들로서는 어쩔 수 없는 선택이었다. 많은 눈과 귀가 결과를 기다리며, 자신들의 행동에 촉각을 곤두세우고 있어서였다. 그 부담감에 성민을 한번 믿어보기로 한 것이었다.

"잘 봐, 네 자식이야. 더러운 피가 철철 흐르는 네 자식. 뭘 그러고 서 있어, 탯줄 안 자를 거야."

"신생아는 처음이라."

"예쁘지."

"응"

"왜 그랬어? 안 죽일 거니까 말해. 내가 싫었어? 그럼 품지나 말던가, 그렇게 싫은 사람을 어떻게 연거푸 세 번씩이나 품을 수 있는데? 난 아직도 그게 이해가 안 돼, 남자들이 다 그런 거니, 아니면 너만 그런 거니? 말해, 말해보라고 이 자식아. 왜 말 못 하는데 이 나쁜 새끼야. 넌 내가 살인마인 줄 뻔히 알면서도 네 욕구만 채웠다고 이 나쁜 새끼야."

"미안."

"뭐가 미안한데, 날 배신해서? 아니면 내 몸을 탐해서?"

"좋았어! 딱 거기까지는, 그래서 정말로 네가 살인마인지 확인하고 싶었던 거였어."

"그게 말이 돼? 좋았다면 그걸로 된 거지. 뭐가 부족해서 더 확인이 필요했는데?"

"이리될까 봐. 누가 자기 자식을 살인마 자식으로 만들고 싶겠어."

"결국엔 이리됐잖아."

"그니까? 나도 왜 그랬나 후회가 돼. 네 말처럼 그냥 모른 척 살 수 있었을 것 같기도 하고. 돌이켜보면 남들도 그렇게 사는 것 같기도 하고."

"아직 후회하긴 이른데, 날 배신한 대가는 치러야지. 그런 알량한 후회 운운하며 얼렁뚱땅 그냥 넘어가시려고. 그럼 내가 억울해서 안 되지. 내 복수는 지금부터가 시작이거든, 자 받아 내 복수야."

탯줄을 자르고 클립으로 집고 있던 성민에게, 안고 있던 핏덩이를 넘겨주는 유정이었다.

"어디 한번 잘 키워봐. 니들이 그렇게 더럽다고 치부하는 살인마의 피가 물씬 묻어 있는 네 아이를. 난 이제 더는 원도 뭐도 없어. 내 아이를 낳아 젖까지 물려봤고, 이렇게 자기 아이를 안은 자기 남자와 한방에서 오붓한 시간도 보내봤잖아. 그것만으로도 난 충분해. 난 이제 그 아이와 아무 관계도 없어, 네가 죽이든, 살리든, 전적으로 그건 다 네 문제야. 그니까 알아서 잘 키워봐. 대신 아홉 달 동안 내 그 아이한테 퍼부은 저주가 널 사로잡아 먹을 거야. 그니까 정신 차려, 자칫 실수하거나 방심하는 순간, 내가 아닌 그 저주가 널 집어삼켜 버릴 거니까. 그 말 해주려고 이 난리법석을 떤 거였어. 아니면 내가 널 어떻게 다시 볼 수 있겠어."

"미안."

"미안해할 것 없대도, 괜찮다니까? 왜 서운해서, 그래 그럼 시간도 남았는데 한 번 해줄까? 근데 보다시피 좀 더럽네. 어찌나 죽을 것 같고 힘이 들던지, 똥도 좀 쌌거든."

"그만해."

"뭘 그만하는데, 지금 내가 널 죽이고 싶은 걸 그만하라고. 들켰나 보네. 그렇다고 그렇게 시무룩하기는, 걱정하지 마. 내 이가 으스러져 가루가 되는 한이 있더라도, 악다물고 악다물어, 너만큼은 살려서 내보내 줄 거니까. 하지만 그렇다고 그게 끝이라고 생각했다간 큰 오산이야. 내가 널 끝까지 따라다닐 거니까, 왜 못 할 것 같아. 니들이 나에 대해 모르는 게 더 있는데, 내가 사람을 죽인 게 이번이 처음이라고 생각해. 천만의 말씀, 궁금하면 우리 엄마 아빠가 어떻게 죽었는지 한번 알아봐. 사람이 갑자기 하루아침에 동시에 죽는 경우가 어디 흔한가. 내가 그랬거든, 그 인간들 당시 아스퍼거 증후군으로 사회성이 떨어지던 나 때문에 살기 힘들다고 날 죽이려 했거든. 그래서 내가 선수 친 거야. 그 인간들 내가 약을 먹고 잠든 줄 알았지만, 사실 약은 내가 먼저 그 인간들이 먹은 술에 타 놨거든, 근데 어처구니없는 건, 그 인간들이 자기들이 탄 약을 먹고 내가 죽는다는 것을 알면서 한 말이야. 어른이 되면 다 알 거라는 거야.

그때 죽었으면 어른도 못 돼보고 그게 끝이었는데도, 그래서 어른이 되자마자 제일 먼저 생각한 게 그거였어. 뭘 안다는 건지. 한데 지금까지도 그 말이 무슨 말인지 모르겠거든, 넌 아니? 모르면 안 되는데 어쩌니? 이제부턴 나 대신 네가 구해야 할 답인데. 기대해. 니들이 나한테 비난할 권리가 있는지 두고 볼 거니까, 이 나쁜 새끼야. 왜 겁나니? 겁나서 누구처럼, 제 자식도 막 버리시게. 그럼 그러시던가? 하지만 잊지 마, 이 시험을 통과 못 하면 넌 나보다도 더한 괴물이라는 것을. 난 그래도 내 속에 잉태된 생명까지는 외면하지 않았거든."

그렇게 자기 자식을 인질로 했던, 살인마 한유정의 엽기적인 교도소 인질극은 끝이 났다. 그사이 유정은 몸은 너덜너덜 만신창이가 되어, 산송장이 따로 없었다. 하지만 마음의 무게만큼은 덫 없이 가벼워, 더는 그 얼굴에서 분노가 보이지 않았다.

반면, 그런 유정을 뒤로 핏덩이를 안고 나오는 성민의 몸은 그야말로 자신이 감당하기엔 버거우리만큼, 그 무게감에 내딛는 한걸음, 한걸음이 천근이고, 만근이었다. 겨우 3.2kg밖에 안 되는 핏덩이였다. 평소 자신이 틈만 나면 손에 쥐고 들어 올리던 아령 하나 무게도 안됐다. 그런데도 한 걸음 내딛는 것조차 버거울 정도로 그 무게에 짓눌리고 있었다.

그런 성민의 심정을 아는 듯, 성민이 방을 나와 시야에 보이자, 대기 중이던 경찰들이 순식간에 우르르 몰려와 성민이 안고 있던 핏덩이부터 받아들어 그 짐을 덜어 주는 것이었다.

그리고 그런 성민을 향해 마치 무슨 영웅이라도 된 것처럼 추켜세우며, '수고하셨습니다'란 말을 이구동성으로 내뱉는 사람들이었다.

하지만 정작 당사자인 성민은 그들을 이해할 수 없었다. 자신이 뭘 수고했다는 건지. 따지고 보면, 그 모든 것들이 자기로 인해 발생한 일들이었다. 아이도 자기 아이였고, 유정도 자신이 아니면 이런 분란도 일으키지 않았을 것이었다. 그런데도 사람들은 마치 자기가 큰일이라도 한 듯, '수고하셨습니다'란 말을 서로 앞다투어 해댔다.

 조금 전까지 초긴장이 돼, 모든 촉각이 유정에게로 쏠려 있던 사람들이었다. 그랬던 사람들이 유정에게서 자신이 핏덩이를 받아안고 나오자 그리 돌변한 것이었다.

 그런 영웅이 된 자신의 뒤에선, 유정이 기진맥진해 의식을 잃어가고 있었다. 하지만 그 누구도 그런 유정에겐 관심이 없었다. 인질이 없는 그들에겐 유정은 더는 그들의 관심거리가 못 되었다. 그건 성민 역시 마찬가지였다. 그 방을 나서는 순간, 자신의 무게감에 숨이 버거워, 뒤를 돌아볼 엄두조차 내지 못했다.

 홀로 집으로 돌아오면서도 내내 그게 의아한 성민이었다. 그 누구도 아이에 대한 자기 의견을 묻는 이들이 없었다. 당연히 그래도 된다는 듯, 자신을 향해 면죄부를 주는 사람들이었다. 살인마 한유정의 자식이기 이전에, 절반은 자신의 피가 흐르고 있는 자기 자식이었다. 그런데도 사람들은 자신에게 없는 면죄부까지 내어주며 애써 그 진실을 왜면 하고 덮으려 하고 있었다.

 그 순간 유정이 했던 말이 떠오르는 성민이었다. '저주라고', '지켜보겠다고', 자신이 뭘 고민하고 있는지조차 모를 자신이었다. 이미 면죄부를 받아 자신이 무슨 선택을 하든 문제 될 게 없었다. 이미 자신은 살인마에게서 핏덩이를 구한 영웅이었다. 그것만으로도 자신이 할 수 있는 역할은 다한 것이었다. 그런데도 마치, 유정의 혼란이 저주가 되어 전염이라도 된 듯, 머리가 으스러지고, 깨질 것처럼 혼란스러웠다.

 몰랐으면 또 모를까. 자기 손으로 탯줄까지 자르고, 그 얼굴에 입까지 맞춰주고 나온 성민이었다. 아는지 모르는지, 그런 자기를 보며 눈도 못 뜬 채, 파르르 떨며 좋아하던 아이였다. 그런 아이를 영원히 자신의 기억 속에서 지울 수 있을지? 그 고민에 성민은 머리가 터질 듯 아팠다.

"이놈의 새끼, 안돼! 그런 게 어떻게 니 새끼야. 이놈아. 사람도 같지 않은 것들하곤 애초에 엮이지도 말라고 그랬거늘. 엄마가 사람 시켜서 다 수속 밟아 놓을 테니까 호주든, 뉴질랜드든, 이민 가, 가서 다 잊고 새로 시작해."

"엄마는 그게 가능하다고 생각해?"

왠지 낯설지 않은 물음이었다. 유정이 사람을 죽여 놓고도 멀쩡히 살 수 있는데, 왜 그렇게 못사냐고 역정을 냈을 때, 그 황당함에 자신이 유정에게 했던 반문이었다.

"저놈의 새끼가 아직도 정신을 못 차리고, 너도 이놈아, 눈이 있으면 남들 사는 거 보면 알 거 아니야. 다들 그렇게 멀쩡히 잘들 살고 있는데 왜 그렇게 못산다는 건데 이놈아. 세상에 사연 없는 놈들 어디 있는 줄 알아. 이 어미도 말을 안 해서 그렇지, 이 가슴에 말도 못 하고 얼마나 묻고 사는 줄 알아. 이놈아. 누군들 몰라서 이러는 줄 아냐고 이놈아. 다들 어쩔 수 없으니까, 살겠다고 그러는 거라고 이놈아. 그리고 이놈아, 말이야 쉽지. 니가 그 뒷감당은 할 수는 있고? 살인마의 딸이란 꼬리표가 평생 따라붙을 건데, 그 뒷감당을 어떻게 할 거냐고 이놈아. 자신 없으면 시작을 말아야지. 그게 서로 다 좋은 거라고 이놈아."

엄마의 말이 전혀 틀리지 않는 성민이었다. 매정해 보일 수는 있으나, 현재로선 자신은 그 뒷감당을 할 자신이 없었다. 세간의 따가운 질타 속에 살인마라는 낙인이 붙어 따라다닐, 그런 자식을 키울 자신이 없었다. 그리고 유정이도 엄마도 같은 말을 했듯이, 세상 사람 다 그렇게 살고 있었다. 굳이 자신도 없으면서 긁어 부스럼 만들 이유가 없었다. 자식을 떠나, 그건 책임이 아니라 오지랖이었다. 차라리 그 부모가 누군지도 모르는 편이 아이에겐 축복일 것 같았다. 자기가 나선다면 세상의 연은 어떤 식으로든 유정과 엮일 것이 뻔했다. 지금 끊어주지 않으면 영원히 누군가에겐 지옥이 될 악연의 끈이었다. 그 끈을 끊어 주는 것도, 어찌 보면 책임감이었다. 그 생각을 끝으로 아이의 축복을 기원하는 성민이었다. 그리고 엄마의 말대로 유정도, 아이도, 모든 걸 다 잊고, 자기를 모르는 곳으로 이민을 가기로 결심하는 성민이었다.

저주. 끝나지 않는 악몽

part 2

그 후 6년, 호주 브리즈번

"Hey, Dr. Johnny."

성민은 이제 한국어보다도 더 영어 생활이 익숙했다. 성민이란 이름도 잊힌 지가 오래였다. 대신 닥터 쟈니로 통했다. 이민을 오기 전 한국에서 이미 현수로 개명한 뒤였지만, 호주에 들어와 다시 한번 쟈니로 개명했다.

그만큼 성민은 유정과 엮였던 과거를 지우고 싶었다. 이름은 단지 그 시작일 뿐, 다시는 유정과 그 어떠한 것으로도 엮이고 싶지 않았다. 그래서 성민은 자신이 할 수 있는 전부를 동원해 자신에 대한 과거를 지우고, 새로운 곳에서, 새로운 사람으로 살고 있었다.

그렇다고 처음부터 이민까지 생각한 것은 아니었다. 어머니인 차 여사의 성화가 있긴 했지만, 전혀 다른 환경에서 새로 시작한다는 것이 결코 쉬운 결정은 아니었다. 하지만 그렇다고 유정과 자신의 관계가 언론을 통해 노출된 이상, 그대로 살 수만도 없었다. 그래서 선택한 것이 증인 보호 신청이었다. 그러나 돌아온 답변은 위험요인이 사형수로 이미 사회와 영구 격리됐다는 이유로 거절을 당했다.

　그 후 더는 고민할 이유도 없었다. 성민은 그길로 이민을 결심했다. 그렇게 성민은 자기를 지웠다. 이제 그곳에서 성민을 기억하는 사람은 없었다. 지난달엔 호주로 신혼여행을 온 대학 친구와 우연히 한 음식점에서 마주쳤지만, 그런 친구조차 성민을 알아보지 못했다. 이민을 오면서부터 기르기 시작한 입 주변의 수염이 한몫을 차지하긴 했지만, 그게 아니더라도 성민이 이역만리 타국 땅까지 와서 살리라고 생각하는 사람은 없었다.

　"쟈니, 저녁에 파티가 있는데, 시간 되면 같이 가실래요?"

　간호사 테라사였다. 성민이 낯선 곳에 이민 와, 병원을 개원하고 안정적인 정착을 하기까지 물심양면으로 자기 일처럼 도와주고 거들어준, 아주 예쁘고 의지가 강한 간호사였다. 그 덕에 현재의 성민이 있다고 해도 과언이 아닐 정도로, 그녀의 헌신은 동네 병원 중에서도 가장 잘나가는 병원으로 만들어 놓았다.

　"어쩌죠? 선약이 있어서."

　"또 선약이에요. 매번 정말로 이러시기에요."

　"미안해요. 테레사. 다음엔 꼭 같이 가도록 합시다."

　"벌써 그 말만 백번은 더 한 거 아시죠?"

　"그럼 테레사, 마저 정리 좀 부탁할게요."

　성민은 한두 번이 아닌 듯, 너무나도 자연스럽게 말을 돌려 테레사의 입을 막아버렸다. 그리고는 마지막 진료가 끝나기도 전에, 환자보다도 먼저 자리에서 일어나 퇴근 준비를 했다.

　"쟈니, 다음엔 절대 못 빠져나가요."

　그런 성민의 뒤에서 테레사가 서운한 마음을 담아 다음을 기약했다.

하지만 성민은 뒤도 돌아보지 않고, 손만 들어 알았다는 시늉만 하고는 그대로 병원을 나섰다.

"도대체 집에 가면 뭐가 있기에?"

테레사는 매번 그런 식으로 자신의 데이트 신청을 거절하는 성민을 이해할 수 없었다. 하지만 테레사는 그런 성민이 싫지 않았다. 그 이유가 피부색이 달랐음에도 성민을 떠나지 못하고 6년째 그 곁을 지키고 있는 이유이기도 했다.

그 서운한 마음을 담아, 테레사는 점심때 근처 식당에서 성민과 밥을 먹으면서 찍었던 사진을 인스타에 올려 아쉬움을 달랬다. 그렇게 올리기 시작한 사진으로 테레사의 SNS는 성민과 자신의 역사가 되고 있었다. 마치 누군가에게 보고라도 하려는 듯, 6년을 하루도 안 거르고 매일 같이 찍어 올린 사진들이었다.

하지만 테레사의 서운함은 딱 거기까지였다. 성민의 안중에는 그런 테레사는 없었다. 물론 인간적으로는 그 누구보다도 신뢰하고, 세상 그 어떤 사람보다도 고맙게 생각하는 사람이었다. 그러나, 인간이 아닌 이성으로는 단 한 번도 테레사를 마음에 둔 적이 없는 성민이었다. 테레사의 미모는 이미 정평이 나 있었다. 우연히 병원을 들렀다 가도, 그 미모에 반해 성민을 주치의로 바꿀 정도로 수려한 외모를 자랑했다. 그럼에도 성민은 그런 테레사를 이성으로 받아들이지 않았다.

그건 비단 테레사뿐만이 아니었다. 한국을 떠나 이민을 결심하는 순간, 성민은 수컷이기를 포기했다. 철저하게 자기를 통제하며, 수컷의 성을 억제하고 가둬 자기 속에서 배제해버렸다. 유정이 인질극을 벌이던, 그날 저녁을 끝으로 그렇게 지워져 버린 수컷의 본능이었다. 보기만 해도 역겨울 정도로 더럽디더러운 오물로 덕지덕지 뒤덮여 있던 유정의 치부였다. 거기다 태반에서 떨어져 나오지 않은 탯줄이 그대로 자궁 속까지 연결되어있었다. 그런데도 솟구치는 욕구에 집에 돌아오자마자 자위부터 한 성민이었다. 그렇게 한 번의 솟구치는 분출이 이루어진 후에야, 보이기 시작한 자신의 본모습이었다. 그건 도저히 인간의 모습이 아니었다. 이유야 어찌 됐든, 자기가 한때만이라도 좋아했던 사람이었다. 그런 사람이 자기 자식을 인질로 삼아 죽이겠다고 협박하는 절체절명의 순간이었음에도, 그 치부를 보며 성욕을 느낀 것이었다. 거기다 세상에 의지할 데라고는 자기밖에 없다는 것을 알면서도, 그런 자기 자식까지 남에게 떠넘기고 온 자신이었다. 마지막 자기 품에서 떨어지는 순간까지도, 끝까지 자기 손가락을 잡고 놓지 않으려 안간힘을 쓰던 아이였다.

천륜까지 저버린 성욕이었다. 그 추악한 게걸스러움에 그 후 도저히 자신을 용서할 수 없는 성민이었다. 그건 짐승도 아닌 그보다도 못한 버러지였다. 그런데도 누가 누구를 나무랄 수 있을지. 유정이 했던 말이 떠오르면서, 그 후 성민은 유정과는 자신이 다르다는 것을 보여주기 위해 수컷의 성을 버렸다.

실은 환자 치료가 덜 끝났음에도, 의사로서의 직분까지 저버리며 서둘러 퇴근을 한 이유였다. 매번 테레사의 노골적인 유혹에 흔들릴까 두려워, 성민은 그런 식으로 도망을 쳤다. 유정의 저주가 현실이 되지 않고, 자신을 지키기 위한 어쩔 수 없는 선택이었다. 성민은 항상 그것을 자신에게 세뇌했다. 절대 유정의 저주에서 놀아나지 않겠다고, 그리고 그것을 지금까지 실현시켜 왔다.

성민은 잠시나마 테레사에 의해 흐트러졌던 자신의 각오를 다시 한번 되짚으며, 병원을 나와 차를 몰고 집으로 향했다. 유정과 자신이 다른 이유이기도 했다. 범죄 앞에 세상 그 어떠한 이유도 정당화될 수는 없었다.

그게 욕구든 본능이든 유정과 자신이 다른 이유라고 생각했다.

그 다짐을 하며, 성민은 6년을 한결같은 마음으로 그 길을 달렸다. 아침에 출근할 때도 그랬고, 퇴근하는 지금도 그 변함없는 길을 묵묵히 달리며 증명해 보이고 있었다. 도심의 3분의 1을 가로질러, 브리즈번 외곽에 위치한 집과 병원을 잇는 31km 도로가 바로 그 길이었다.

성민은 숙명처럼 받아들인 그 길을 달게 받으며 달렸다. 그리고 도심 외곽에 위치한 대지 1500평의 자신의 집에 도착했다. 본능과 욕구가 주는 유혹까지 저버리고 도착한 집이었다. 그 과정만 이겨내면, 어떠한 본능적 욕구도, 유혹도, 다 이겨낼 수 있는 성민의 육체적 교화소이자 안식처였다. 최소한 내일 아침 집을 나서기 전까지는 그 어떠한 욕구적 본능도 성민을 흔들지 못할 것이었다. 성민은 그 각오가 행여 다시 흐트러지기라도 할세라, 차에서 내리기가 무섭게 집안으로 뛰쳐들어갔다.

"휴! 늦지 않아서 다행이다."

혼자 살기에는 너무 큰 집이었다. 게다가 하루 종일 환자들에 시달리다 돌아왔는데도, 반겨주는 이가 아무도 없는 그야말로 썰렁하니 텅 빈 집이었다. 그런데도 성민은 집에 들어서자마자 안도의 한숨부터 내쉬었다.

그 안도감에 옷도 갈아입지 않고, 청소기를 들고 집 안 정리부터 했다. 그리고 잠시 후, 집 정리가 어느 정도 마무리되어 갈 무렵이었다. 밖에서 차가 멈춰 서는 소리가 들리는가 싶더니, 누군가 현관문을 박차고 들어서는 것이었다.

"Daddy!"

"Wow! My princess Joan."

마치 무슨 오래된 연인이라도 만난 것 같은 두 사람이었다. 문을 열고 들어서기가 무섭게 두 팔을 벌려 성민을 향해 뛰어오르는 조안이었다. 그러자 들고 있던 청소기까지 그대로 내팽개치고 그런 조안을 공중에서 받아안고 빙글빙글 돌며 어쩔 줄 몰라 하는 성민이었다.

"어이구! 우리 예쁜 공주님. 누굴 닮아, 갈수록 이렇게 예뻐지실까?"

"당근 아빠 닮았지."

"거기다 요렇게 똑 부러지시기까지. 이런 예쁜 공주님이 없었으면, 이 아빠는 어찌 살았으려나 몰라."

눈에 넣어도 아깝지 않다는 표현이 틀리지 않았다. 연신 피어오르는 함박웃음에 성민은 그 입이 다물어지지 않았다. 그 덕에 조안의 볼이 남아나질 않고 있었다. 그도 그럴 것이, 누가 봐도 귀엽고 깜찍하게 생긴 아이였다. 새하얀 피부에 오밀조밀한 이목구비는 마치 인형을 연상시켰다. 거기다 세상의 때라고는 전혀 묻지 않은, 그 자체만으로도 해맑고 천진난만한 아이였다.

"아빠, 나 배고파."

"오늘은 또 뭘 거창하게 하셨길래 오자마자 배가 고프실까?"

"아빠, 빨리, 빨리. 조안 배 꼬르륵꼬르륵! 곧 있으면 너무 배고파서 죽을지도 모른단 말야."

"에게 고작 그 정도로 죽을까?"

"정말로 죽으면 어쩔 건데?"

"어이구 무서워라. 네, 네, 귀여운 우리 공주마마 얼른 가서 맛있게 밥 지어서 대령하겠사옵니다."

"메뉴는 뭔데?"

"음! 새우 오므라이스에 으깬 만두 수프."

"응, 좋아. 대신 빨리 줘야 해. 정말로 너무 배고프단 말이야."

"아무리 배가 고파도 다른 사람도 아니고 우리 공주님이 드실 건데, 대충할 수는 없지 않을까?"

"안돼, 그러다 정말로 죽을지도 모른대도."

"그렇다고 빨리하려다 잘못된 요리 드시고 우리 공주님 탈 나면 그땐 또 어찌하시려고."

"그런가? 알았어. 아빠."

"요리는 말이지, 첫째도 정성, 둘째도 정성, 셋째도 정성이거든. 제아무리 하찮은 음식이라도 만드는 사람이 맛있어져라, 맛있어져라 하며, 정성을 다하면 정말로 맛있어지는 게 요리거든."

"아! 그래서 아빠가 요리하면 뭘 해도 맛있는 거였구나."

"당연하지, 누가 드실 건데."

그렇게 성민은 음식 하나를 만들더라도 정성을 다해 조안이 잘되기만을 바라며 기도하는 심정으로 만들었다. 한 요리가 만들어지기까지 어떤 과정도 중요하지 않은 것이 없었다. 그중에 어느 한 과정이라도 어긋나면 맛있는 요리가 나올 수 없었기 때문이다. 과정 하나하나 정성을 다해 손질하고, 또 손질하고, 남보다 배는 시간이 더 걸렸지만, 성민은 군소리 하나 없이 그 모든 노고를 감내해 냈다. 조안 역시 그렇게 키운 성민이었다. 요리하는 심정으로 사소한 것 하나까지 신경을 써, 좋은 것만 보여주고, 좋은 것만 들려주고, 좋은 것만 생각하게 했다. 자기가 공언한 요리는 정성이라는 말처럼, 재료는 중요하지 않았다. 그 어떤 재료를 사용하든, 사람이 먹을 수 있는 재료라면 그다음은 요리하는 자신의 몫이었다. 그렇듯 요리는 그 사람이 어떻게 하느냐에 따라, 재료 본질을 벗고 맛있는 요리가 될 수도 있었다. 조안 역시 다르지 않았다. 그 근본은 중요하지 않았다. 근본이 어떻든, 중요한 건 자기 자신이었다. 자신이 어떻게 키우느냐에 따라 조안의 앞날이 달라질 수 있다고 믿어 의심치 않았다. 성민은 그 믿음에 요리하는 심정으로 조안을 키웠다. 그리고 그런 성민의 믿음에 보답이라도 하려는 듯, 맛있는 요리가 식탁 위에 예쁘게 플레이팅 되어 놓여졌다.

"우와! 아빠 짱. 너무 맛있어."

입안 가득 성민의 정성으로 녹아 흐뭇해하는 조안이었다. 절대 배신이 없는 성민의 정성이 담긴 요리였다. 그런 자기 정성에 바르고 예쁘게 자라준 조안에 그저 고마울 따름이었다. 성민은 그런 조안을 바라보며 덧없이 행복한 표정으로 웃고 있었다. 그리고 동시에 드는 미안함이었다. 이토록 순수하고 해맑은 아이를 키워보지도 않고 버릴 생각부터 한 자신이었다. 그런데도 조안은 끝까지 자신을 놓지 않았다. 그래서 그랬던지, 그 핏덩이 손을 떨쳐내고 돌아오는 내내 한시도 마음이 편치 않은 성민이었다. 어찌나 공허하고 허탈하든지, 그 무엇으로도 채울 수도 없고, 채워지지도 않았다.

그 허탈감에 한동안 술로 살며 방황을 한 성민이었다. 그리고 깨달았다. 자신이 제아무리 허탈하다 하더라도, 태어나자마자 부모에게 버림받은 아이만큼 허탈하지는 않으리라는 것을. 오죽하면 아빠란 작자가 매정하게 손을 뿌리치고 나오는데도 울지도 않던 조안이었다. 얼마나 허탈했으면 그랬을지. 그 심정을 생각하니, 그 후 정신이 번쩍 들면서, 다음날 날이 밝기가 무섭게 곧바로 조안을 찾은 성민이었다.

하지만 그러고도 선뜻 용기가 나질 않아, 그 후에도 며칠을 망설이며, 보육원 앞까지만 왔다 갔다 만을 반복했다. 자식을 버릴 수 없는 아빠로서의 책임감과 그런 자식이 살인마의 딸이라는 부인할 수 없는 현실 앞에 망설이고 또 망설였다. 성민의 당시 심정을 빌려보자면, 솔직히 자신이 없었다. 이미 저주에 걸린 아이였다. 그런 아이를 과연 자신이 키울 수 있을지. 용기보다 겁이 더 많이 났던 것이 사실이었다. 누군가 자신을 알고 있는 한, 그 저주는 영원히 풀리지 않고 따라다닐 것이 뻔했다. 그래서 고민 끝에 결심한 것이 이민이었다. 그 누구도 모르는 곳에 가, 자신까지도 버리고 꼭꼭 숨어 살기로 한 것이었다.

"조안, 착한 어린이는 어떻게 한다고 그랬더라?"
"알아. 이것만 보고 잘게."
거실 소파에 앉아 TV 삼매경에 빠져있는 조안이었다.
"그게 그렇게 재밌어?"
"응! 이게 요즘 인기 짱인 타임 탐정 라라야."
"탐정?"
"응, 엄청 재밌어. 그 어떤 미궁 속에 빠진 사건도, 시간을 되돌아가 현재에 남아 있는 증거를 찾아내 사건을 해결하거든."
"근데, 조안같이 어린이들이 보기엔 너무 무섭고 잔인하지 않을까?"
"뭐가?"
"말이 소녀 탐정이지, 어른들이나 할 법한 흉악한 사건들을 처리하잖아. 조안은 저런 게 이해가 돼."
"다들 보고 재밌어하는데. 뭐가 어때서?"
"조안, 사람들이 경찰을 안 하려는 이유가 뭐랬지?"
"안 좋은 것들만 보고 듣다 보니, 자기도 모르게 마음이 멍들고 상처가 날까 봐."
"그래, 어른들도 그럴까 봐 경찰을 안 하려고 하는데, 조안 같이 어린이들이 저런 걸 보면 어떻게 될까?"

"음? 사악해져."

"아빠는 있지, 다른 사람들은 다 그런다 하더라도, 우리 조안만큼은 좋은 것만 보고, 좋은 것만 듣고, 좋은 것만 생각했으면 좋겠어. 그러려면 어떻게 해야 할까?"

"알았어. 그럼 아빠 잘자."

그 말을 끝으로 아빠의 볼에 뽀뽀하고 침실로 향하는 조안이었다. 어리다는 표현이 무색하리만큼 너무나 순수한 아이였다. 단 한 번도 아빠의 말을 거스르거나, 거역해 본 적이 없었다. 물론 성민의 이해 위주의 대화형 교육법 덕이기는 했지만, 그게 아니더라도 조안은 절대적 믿음에 아빠를 믿고 따랐다. 성민은 그런 자기 품에 안겨 곤히 잠든 조안을 바라보며 고마움의 답례로 이마에 살포시 뽀뽀했다. 아직은 어려서 그런지, 자기 방은 2층에 버젓이 있는데도, 자기 방보다는 아빠 품을 더 파고드는 조안이었다.

"조안,"

나지막한 성민의 부름에 부스스한 눈을 비비며 눈을 뜨는 조안이었다.

"밥 먹고 학교 가자."

"웅!"

아직은 어려 투정이라도 부려볼 법도 하련만, 순순히 자리에서 일어나 주방으로 나오는 조안이었다. 그새 식탁에는 상큼 달콤한 향이 물씬 묻어나는 먹음직스러운 샐러드가 토스트와 함께 준비되어 있었다.

"우와! 너무 예뻐서 못 먹을 것 같아. 아빠."

"그래도 우리 공주님만 할까?"

"사진 찍어서 애들 보여줘야지."

감탄을 넘어 경이로움에 찬사를 보내는 조안이었다. 요리도 요리지만,

그 비주얼에 시선을 떼지 못했다. 매번 요리에 따라 달라지는 아빠의 플레이팅이었다. 그에 걸맞게 단순한 샐러드가 아니었다. 마치 무슨 만개한 정원을 옮겨다 놓은 듯, 접시는 물론이고 심지어 포크 손잡이 문양 하나까지 꽃과 열매로 치장돼 샐러드의 풍미를 살려내고 있었다. 그 경이로움에 먹지도 못하고 카메라 셔터만 연신 눌러대며, 스마트폰을 놓지 못하는 조안이었다.

"그렇게 예뻐."

"응. 애들도 너무 좋아하거든."

"그럼, 언제 친구들 한번 초대할까?"

"우와! 정말로 그래도 돼."

"당연하지."

"음, 언제가 좋으려나, 가서 애들한테 물어봐야지."

"대신, 아빠 쉬는 날로 주말로 하는 거다."

"응, 알았어. 근데 아빠. 애들이 자꾸 같이 게임하자고 하는데 해도 돼?"

"무슨 게임인데?"

"좀비 게임인데 애들이 자꾸 하자고 졸라서."

"그런 잔인하고 폭력적인 게임을 어린 친구들이 한다고."

"응, 선생님들도 뭐라 안 하시는데."

"그래도 우리 조안이 하기엔 너무 잔인하지 않을까? 그러다 우리 조안이 나쁜 사람이라도 되면 어쩌지? 지금이야 게임 속 좀비들을 사냥한다지만, 그러다 자기도 모르게 무뎌지는 것이 사람인데. 처음부터 나쁜 사람이 어딨겠어? 다 자기도 모르게 그렇게 무뎌지다 보니, 나쁜 사람도 나오고, 세상도 나빠지는 게 아닐까?"

"응, 알았어. 안 할게."

역시 아빠의 설득에, 단 한마디 거역도 없이 곧바로 수긍하는 조안이었다. 마치 아빠가 왜 그러는지 알기라도 한다는 듯, 그런 면에서는 그 나이가 의심스러울 정도로 수긍력이 좋았다.

"조안, 그럼 선생님 말씀 잘 듣고. 이따가 집에서 보자."

"응, 아빠."

차에서 내려 교문 앞까지 바래다주는 성민이었다. 그런 아빠를 뒤로 다른 친구들과 이내 어우러져 아이들 틈으로 사라져 버리는 조안이었다. 그런 조안을 시야에서 사라질 때까지 눈을 떼지 못하고 끝까지 지켜보고 있는 성민이었다. 그리고 조안이 완전히 보이지 않자, 그제서야 뒤돌아 차로 돌아갔다. 원래는 어려서부터 혼자 있던 조안을 돌봐주고 있던 태국계 마담 폰푼이 등하교를 시켜줬지만, 이번 학기부터는 등굣길만이라도 자신이 직접 데려다주고 싶은 마음에, 하교 때만 폰푼이 대신 조안을 픽업해 집까지 데려다주고 있었다.

"마담 폰푼!"

"헬로우 쟈니."

"오늘 환자들 예약이 밀려서 많이 늦을 것 같은데, 조안 좀 시간 외로 맡아 주셨으면 하는데, 괜찮을까요?"

"You're Welcome. 조안은 걱정 마세요. 그럼 이따가 댁에서 봐요. 쟈니."

"고마워요. 폰푼. 그럼 부탁드리겠습니다."

갑작스러운 독감 유행으로 밀려드는 예약에 온종일 쉴 틈이 없는 병원이었다. 다행히 닥터 아담과 테라사의 지휘 아래 다른 여섯 명의 간호사들이 분주하게 움직여, 신규 환자들까지는 아니더라도, 기존 환자들만큼은 가까스로 막아내고 있었다.

"테레사, 6시까지만 연장합시다."

"저야 뭐, 집에 간들 반겨 줄 사람도 없는데, 어찌한들 다 괜찮습니다. 닥터, 쟈니."

"뭐예요 테레사, 그럴 때가 난 젤로 무섭더라."

평소 달갑게 이름만 부르던 두 사람이었다. 그러다가도 간혹 지금처럼 심기가 불편하다 싶으면, 테라사 입에서 닥터가 달라붙어 나왔다.

"그래도 알아주니 다행입니다. 닥터 쟈니."

"왜 자꾸 그래요. 테레사. 무섭다니까요."

"톡 까놓고, 6년을 동고동락했는데, 어떻게 한 번도 집에 초대를 안 할 수가 있냐고요."

"난 또 뭐라고요. 좀 그럴 만한 사정이 있어서 그래요. 너그럽게 테레사가 이해 좀 해줍시다."

"그럼, 이유라도 좀 압시다. 쟈니. 도대체 집에 뭐가 있어서 그러는지? 혹시 남몰래 숨겨 둔 여자라도 있나요?"

"설마요. 테레사도 알다시피 제가 또 그런 위인은 못 되잖아요. 조만간 날 잡아서 우리 병원 식구들 초대할 거니까, 그때까지만 봐줍시다, 테레사."

"정말이죠. 쟈니."

그제야 뾰로통했던 표정이 풀리며 원래의 밝고 쾌활한 자기 모습으로 되돌아간 테레사였다. 워낙 기본 이미지가 밝아서 그런지, 들어내 놓고 성민을 좋다고 말하는데도, 전혀 그 누구도 정말로 그러리라고 생각하는 사람이 없었다. 어떤 때는 그래서 더 성민이 서운하게만 느껴지는 테레사였다. 다른 사람들이야 그렇다 치더라도, 성민만은 알아주기를 바랐다.

"헬로우?"

"쟈니? "

"네 접니다. 마담 폰푼."

"쟈니, 여기 어떤 여자가 와서 난동을 부리는데, 성민 뭐라고 자꾸 그러는데, 어떻게 할까요? 경찰 부를까요?"

순간 놀라 가슴이 덜컥하니 내려앉는 성민이었다. 6년 만에 들어보는 성민이란 이름이었다. 꽁꽁 묶어 봉인해 버렸던 그 이름이었다. 다시는 기억하고 싶지도 않은 그 이름…. 동시에 불길한 예감이 성민을 덮쳤다.

"마담 폰푼, 제가 곧 갈 테니까 진정하시고. 조안 좀 놀라지 않게 해주세요."

"네. 쟈니."

유정이 때도 이렇게까지 놀라지 않은 성민이었다. 피할 수 없는 현실이라면, 맞닥뜨리면 그만이었다. 하지만 지금은 달랐다. 피할 수만 있다면 피하고 싶은 상황이었다. 행여 유정의 저주가 현실 되어, 조안의 발목이라도 잡을까 그게 겁이 나는 성민이었다.

"Grandma, Who are you?"

"사람도 같잖은 것이, 뭐라고 지껄이는 거야."

"할머니 누구세요?"

"싹수가 노랗기는, 어디서 사람을 그렇게 노려봐. 네 아빠 어딨어? "

그러면서도 조안을 마치 무슨 벌레 보듯 하는 여자였다.

"생긴 것부터가 맘에 안 들어 아주. 세상에 나오지 말아야 할 것이 나와가지고, 제 어미가 뭔 짓을 했는지 알려나 몰라."

그리고 그때였다. 온몸이 땀으로 흠뻑 젖어 다급하게 들어오는 성민이 있다.

"이렇게 숨어 살면, 피붙이 연이 끊어질 줄 알았니?"

"엄마."

"그러고도 엄마란 소리가 그 입에서 나오지. 미련한 놈 같으니라고, 고작 저딴 것 때문에 인생을 망쳐."

"누가 뭘 망쳤다고 그래. 일단 나가서 나랑 얘기하자 엄마."

"이젠 어미마저 문전박대하시겠다."

"누가 문전박대했다고 그래 엄마. 애 앞에서 못 하는 소리가 없으니까 그러지."

"이놈아. 왜 이게 못 할 소린데, 사람 백이면 백 다 붙잡고 물어봐 이놈아. 이 어미가 못 할 소리를 했는지. 더러운 살인마 피가 어디 가는 줄 알아. 이렇게 꼭꼭 숨겨 키운다고 그 사악한 천성이 어디 가겠냐고, 이놈아."

"왜 자꾸 그래. 애 다 듣는다니까. 마담 폰폰, 조안 좀 부탁할게요."

자신의 만류에도 소용이 없자, 폰폰에게 조안을 부탁하는 성민이었다. 그러자 조안을 데리고 2층으로 올라가는 폰폰이었다.

"들으라지. 아직도 늦지 않았으니까. 저건 내가 알아서 어디 보육원으로 보내든, 멀리 입양을 보내든, 치워줄 테니까. 지금에라도 새출발해 인석아. 새출발하라고 돈까지 챙겨줬더니마는 고작 잠적해서 저딴 흉물이나 키우며, 이런 데 숨어 살아."

"이럴까 봐서 그랬지."

"이러긴 뭘 이래 이놈아. 그럼, 어미가 돼서 하나밖에 없는 자식새끼 인생 망쳐가는데 가만있으면 그게 더 이상하지, 이 녀석아. 잔말 말고, 어미 온 김에 뿌리 뽑고 가자."

"엄마가 뭐래도, 나 저 아이 못 포기해. 그니까 엄마도 더는 이러지 마. 엄마 맘 모르는 건 아니지만, 이제 와 엄마가 할 수 있는 것은 아무것도 없어. 오히려 엄마가 뭘 하려 하면 할수록 우리만 다 같이 불행해질 거야."

"그럼, 이 어미는. 너 때문에 불행해지는 건 괜찮고. 사람을 그렇게 무참히 갈기갈기 찢고 토막을 내서 죽인 그런 살인마가 낳은 딸년을 키우고 있는 자식을 보고 있는 이 어미 심정은 헤아려 봤냐고 이놈아. 너도 현장에서 그 흉측한 몰골을 다 봤다면서, 그런데도 왜 살인마 새끼를 못 놓는데?"

"몰라서 물어 엄마. 누가 뭐래도 난 저 아이 아빠거든. 지금 저 아이 몸에서 흐르는 피 절반은 엄마 피를 이어받은 나 이성민의 피라고. 엄마도 그래서 나한테 애착을 갖듯, 나도 그래서 저 아이를 못 놓는 거야."

"이놈을 어떡하면 좋아."

"가자, 엄마. 내가 호텔까지 태워다 줄게."

"자식새끼 낳아봐야 머리 크면 다 소용없다더니, 제 새끼 살리겠다고 어미를 문전박대하네그려."

"엄마, 그만하고 가자니까."

"어이구! 이 어둔하고 미련한 놈 같으니라고. 차라리 손바닥으로 하늘을 가리는 게 낫지 이놈아. 그 핏줄이 어디 가는 줄 알아. 저것도 지어미 닮아서 사람 피 맛을 보려 할걸. 그때는 어쩔 거냐고 이놈아."

차 여사는 돌아갔지만, 어머니가 남기고 간 마지막 그 말은, 여운으로 남아 성민을 혼란스럽게 하고 있었다. 그동안 봉인됐던 저주가 다시 깨어난 것이었다. 성민은 차 여사의 그 말이 아니더라도, 누구보다도 그것을 두려워했다. 그래서 노심초사 조바심을 대며, 날마다 그 봉인의 결계를 다지고 다지던 성민이었다. 그런데 어머니에 의해 자기 속에 봉인되어 있던 결계가 풀리며, 다시 살아 나온 것이었다. 그날 이후, 단 한시도 잊어 본 적이 없는 '피는 못 속인다.'는 저주의 주술 구어였다. 출처도 근거도 없는 맹목적인 편협한 문구였지만, 성민은 그 불신의 벽에 뿌리째 흔들렸었다. 가까스로 잠재워 놓기는 했지만, 다시 악몽 같은 기억들이 떠오르며 흔들리고 있었다. 단 한시도 잊을 수 없었던 악몽이었다. 잊고 지우려 제아무리 노력해봐도 눈만 감으면 떠오르는 생생한 기억들이었다. 부릅뜬 눈으로 자기를 노려보고 있던 몸통만 남아 있던 주검이었다. 아직도 눈만 감으면 바로 어제 일처럼 생생하게 떠오르는 그날의 끔찍한 기억이었다.

오죽하면 그 악몽이 현실이 될까 두려워 자신의 모국어인 한국어조차, 조안에겐 금기어로 단 한마디도 가르쳐주지 않은 성민이었다. 그 덕에 자신 속에 되살아난 저주는 어쩔 수 없다 치더라도, 조안이 차 여사의 말을 못 알아들은 것을 불행 중 다행이라고 생각했다.

그 정도로 성민은 자신을 낳고 길러준 어머니와의 천륜까지 끊으면서까지 조안을 지켜내고 싶었다. 반면 그 서운한 감정에 피눈물을 쏟으며, 억장이 무너져 내리는 심정으로 내몰리듯 되돌아간 차 여사였다. 하지만 그 덕에 또 다른 천륜은 지킬 수 있었다. 그 지켜낸 천륜을 내려다보며 안도의 한숨을 내쉬고 있는 성민이었다. 그리고 자신이 한 불효가 헛되지는 않은 듯, 아무것도 모른 채 커다란 악어 인형을 안고 소파에 곤히 누워 잠들어 있는 조안이었다.

"폰푼, 고마워요."

"별말씀을요. 안에 들어가 자래도, 오늘따라 아빠 오는 거 보고 잔다고, 저러고 있네요."

"워낙 응석받이라, 폰푼이 고생이 많네요."

"그럼 전 이만 가볼게요. 쟈니."

"네, 그럼 조심히 가세요."

"Goodnight Johnny."

매번 때를 가리지 않고, 조안을 위해 애써주는 폰푼에 대한 고마움을 담아, 문밖까지 나가 배웅을 하고 오는 성민이었다. 그리고 그사이 잠이 깨 자리에 앉아 있는 조안이었다.

"아빠 언제 왔어?"

"아빠 때문에 깼구나, 우리 공주님."

"근데 그 마귀할멈은 누구야?"

"그 정도까지는 아니고, 아빠를 너무 사랑해서 그러시는 거니까, 우리 조안이 이해 좀 해주면 안 될까?"

"알았어. 아빠 부탁이니까 들어줄게."

"어이구! 우리 공주님은 얼굴만 예쁜 게 아니라, 마음씨도 착하시지. 세상 사람들이 다 우리 공주님만 같으면 얼마나 좋을까? 그럼 나쁜 사람도, 상처받는 사람도 없으련만."

"내가 그렇게 착해?"

"어이구! 두말하면 잔소리지. 이렇게 착한 공주님이 세상천지에 또 있을까?"

"그럼, 엄마도 착했어?"

갑작스러운 조안의 돌발질문에 순간 말문이 막히며 깜짝 놀라는 성민이었다. 6년을 엄마 없이 키워왔지만, 단 한 번도 엄마에 관해 물어본 적이 없는 조안이었다. 그랬던 조안이 갑자기 엄마에 관해 물어본 것이었다.

성민은 자신이 조안을 키우기로 결심한 순간, 이미 그에 대한 질문이 나올 것을 예측하고 있었다. 그래서 그에 대한 답을 미리 준비해 거울을 보며, 닳도록 답변을 연습해뒀다. 그 후 6년을 전전긍긍하며 언제 그 질문이 나올지 몰라, 단 한시도 긴장을 놓지 못하고 있던 터였다. 하지만 막상 그 질문을 받자, 말문이 막혀버린 것이었다.

6년의 준비도 전혀 소용이 없었다. 단 한마디 일격에 그리된 것이었다. 그 짧은 순간이었음에도 식은땀이 전신을 타고 흘러내렸다. 하지만 성민에게는 선택의 여지가 없었다. 그에 조금은 지체되긴 했지만, 정신을 가다듬고 준비됐던 답변을 유창하게 늘어놓는 성민이었다.

"그럼, 그럼, 착하다마다. 아빠가 읽어주던 천사 이야기 알지. 그 천사같이 착했는걸. 너무 착해서, 자신이 벌 받을 줄 뻔히 알면서도, 다친 악마까지 구해줄 정도로 조안 엄마는 착한 사람이었어. 어디 그뿐인 줄 알아. 착하다 못해 너무 순수해서, 그 속이 훤히 다 들여다보일 정도로 거짓말도 못 했는걸. 그래서 하느님도 그런 엄마가 욕심나서 자기 곁에 두려고 일찍 데려가셨나 봐."

조안을 키우며 처음으로 해본 거짓말이었다. 그에 성민의 가슴이 고춧가루라도 뿌려놓은 듯, 뜨겁게 볶아지고 있는 것 같았다.

"그럼 난, 엄마 닮은 거네."

다시 한번 말문이 막히는 성민이었다. 이번엔 놀라 당황해서 막혔다기보다는, 무슨 말을 해야 할지 몰라 정말로 막혀버린 것이었다. 전혀 예상치 못한 질문이었다. 그에 대한 질문은 단 한 번도, 생각도, 예측도, 해본 적이 없었다. 조안의 입장에서라면, 당연히 나올 수밖에 없는 질문이었다. 그런데도 왜 그에 대한 질문은 대비를 못 했는지, 그 망막함에 성민의 머릿속은 그야말로 깜깜하다 못해 텅 빈 깡통 같았다.

그제야 다급함에 부랴부랴 그에 대한 답을 찾아보는 성민이었다. 하지만 좀처럼 떠오르지 않는 답이었다. 대신 차 여사에 의해 다시 깨어난 불신의 벽이 자신을 불편하게 했다. 과연 피는 속일 수 없는지? 그 편견이 어떻든 조안은 지금까지 아무런 불상사도 없이, 그 누구보다도 바르고 올곧게 자라고 있었다. 더는 망설일 이유가 없었다. 살인마의 피는 중요하지 않았다. 조안의 몸속엔 그 누구의 피도 아닌, 자신의 멀쩡한 피가 흐르고 있었다. 지금까지 조안이 보여준 심성이 그걸 증명했다. 누가 보더라도 의심의 여지가 전혀 없었다. 자식을 놓고 그런 고민을 한다는 것 자체가 부끄러운 성민이었다. 그 강한 확신에 잠시나마 흔들렸던 신뢰를 추슬렀다. 그리고 조안을 향해 그 어느 때보다도 확고한 어투로 자신 있게, 그에 대한 답을 했다.

"당연하지, 누구 딸인데. 엄마가 낳았으니, 당연히 엄말 닮지 누굴 닮겠어. 생긴 것도 그렇고, 예쁜 것도 그렇고, 착한 것도 그렇고, 빼박도 이런 빼박이 또 있을까?"

성민은 자기가 한 선택이 절대 틀리지 않는다고 생각했다. 정체성이 흔들리는 아이는 올곧게 자랄 수 없음을 누구보다도 잘 알고 있었다. 그 중에서도 가장 중요한 것이 그 사람의 근본인 부모에 대한 존재였다. 그 부모를 부정하는 순간 그 사람의 정체성은 흔들릴 수밖에 없었다. 그래서 자기가 할 수 있는 최선의 선택을 한 것이었다. 엄마를 부인하는 순간, 조안의 정체성은 나락으로 떨어질 것이 뻔했다. 성민은 그 나락으로 떨어진 조안을 볼 수가 없었다. 그래서 비록 그 답변이 거짓일지언정, 자신이 할 수 있는 최선의 선택을 한 것이었다.

"그랬구나, 난 엄마를 닮은 거였구나."

성민의 예상과는 다르게, 엄마를 닮았다는 답변에 갑자기 안색이 변하며 굳어지는 조안이었다. 마치 자신이 원하던 답이 아니었다는 듯, 다소 실망스럽다는 표정이었다. 하지만 성민은 조안의 그런 실망스러운 표정을 읽지 못했다. 단지, 자정을 훨씬 넘긴 늦은 시간 때문이라고만 생각했다.

"어이구! 우리 공주님 어쩌면 좋아. 그러게 들어가서 주무시지 그러셨을까?"

그 말과 함께 소파에 앉아 있던 조안을, 평소처럼 1층 자기 침실로 안고 들어가려는 성민이었다. 하지만 그런 성민의 손을 뿌리치는 조안이었다.

"됐어, 아빠. 나도 이젠 다 컸거든."

평소 조안답지 않은 행동이었다. 그러고는 쌩하니 돌아서 2층으로 올라가는 것이었다. 그에 당황하는 성민이었다. 자기 방에 재워 놓고 내려와도, 자다 보면 언제 그랬냐는 듯, 자기 옆에 누워있던 조안이었다. 그런 조안이 스스로 자기 방으로 올라가는 것이었다. 어찌 보면 조안의 말처럼 당연했다. 말이 6살이지, 한국 나이로 치면 8살이었다. 그래서 부단히 분리를 시키려 애를 쓰고 있던 터였다. 한데 막상 자기 품에 있다 벗어나려 하니, 서운한 게 사실이었다. 그런 조안을 섭섭한 눈으로 바라보고 있는 성민이었다.

"잘 자렴. 조안."

"아빠도 잘자."

반나절도 안 되는 짧은 시간이었지만, 몸도 마음도 녹초가 된 하루였다. 그 나른함에 서운함도 잊은 채, 어머니로 인해 긴장됐던 무겁디무거운 몸을 그제야 침대에 눕히는 성민이었다. 간만에 느껴보는 무게감이었다. 자식밖에 모르는 어머니에 대한 미안함은 말할 것도 없고, 그런 어머니에게서 조안을 지키기 위해 천륜까지 저버린 자신을 생각하면 몸 둘 바를 모를 지경이었다. 그래서 그런지, 눕자마자 곯아떨어지는 성민이었다.

하지만 그런 아빠와는 다르게, 조안은 잠이 오지 않았다. 차 여사가 다녀간 후로 자신에 대한 정체성이 흔들리고 있었다. 거기다 아빠의 입을 통해 얻어낸 답변이, 그런 흔들리는 정체성에 쐐기를 박아버린 것이었다. 더는 그동안 자기가 알고 있던 자신이 아니었다. 무엇보다도 슬픈 것은 아빠에 대한 배신감이었다. 단 한 번도 아빠의 말을 의심해본 적이 없는 조안이었다. 그 배신감에 조안은 자신이 누군지 조차 모를 정도로 혼란스러웠다.

그에 대한 답을 찾기 위해, 조안은 생전 잠가보지도 않았던 자기 방문을 굳게 걸어 잠갔다. 그러고는 밤 8시 이후에는 한 번도 켜본 적이 없는 스마트폰을 켰다. 강요라기보다는 스스로 한 아빠와의 약속이었다. 그런 그 약속까지 깨고, 자정을 훌쩍 넘긴 시각임에도 스마트폰을 켠 것이었다. 그리고 조심스레 영문도 아닌, 한글 키패드를 눌렀다.

'살인마'

그러자, 자신이 물었던 의구심에 대한 답변이 좌르륵 화면에 나타났다.

'함부로 사람을 죽이는 악한 사람을 귀신에 비유하여 이르는 말.'

그 답에 더는 그 어떤 질문도 던지지 않고 그대로 잠이 드는 조안이었다. 성민은 몰랐지만, 이미 조안은 한국어는 물론이고, 한글까지 깨우친 상태였다.

연이란 참으로 무서운 것이었다. 막는다고 막을 수 있는 것이 아니었다. 자신이 그렇게 금기시하며 막아놓았던 모국어였다. 하지만 인연은 아주 가까운 곳에서 운명처럼 그 벽을 허물고 들어왔다. 자신을 대신해 갓난아이 때부터 조안을 키워주고 돌봐주던 폰푼이 그 사달이었다. 태국계 호주인이라고만 알고 있던 폰푼이 한국어와 한글에 능통했던 것이다. 그리고 그것을 어려서부터 아주 자연스럽게 조안에게 가르쳐줬던 것이었다. 그 후 그 사실은 두 사람만의 비밀로 성민만 모르고 있었다.

 폰푼은 언제나 그게 미안해, 성민을 볼 때마다 죄스러웠다. 그래서 몇 번이고 털어놓을까도 생각했지만, 자신이 처한 사정 때문에 막상 그 입이 떨어지지 않았다. 한국에 있는 9살짜리 아들의 수술비 때문이었다. 한국인 남편과 결혼해 12년 병치레에. 우여곡절 끝에 얻은 아들이었다. 그마저 만삭 때 사별하고, 아들에겐 자기밖에 없었다. 그래서 그런 아들만 한국에 두고 수술비를 벌기 위해, 자신이 가사 도우미로 일하고 있던 집의 우연한 도움으로 호주까지 오게 된 것이었다. 폰푼에겐 선택의 여지가 없었다. 그런데도 자기를 믿고 가족처럼 대해 주는 성민이었다. 그래서 더 성민에게 미안한 폰푼이었다.

 "밥."
 2년 전 차 여사가 다녀간 후, 갑자기 말수가 적어지면서 혼자 있는 시간이 많아진 조안을 위해, 사회성을 길러줄 목적으로 6살 때부터 키우기 시작한 골든 리트리버였다. 그러나 지금은 다 자라, 조안보다도 훨씬 더 큰 밥이었다.
 "조안, 밥 봤니?"
 "못 봤는데."
 "녀석이 어딜 갔지."
 "강 쪽으로 내려가는 걸 본 것 같기도 하고."

자기와 2년을 동고동락하며 자기 방에서 친구처럼 지내던 밥이었다. 그런 밥이 없어졌다는 데도, 전혀 걱정하는 기색 하나 없이 무덤덤하니, 마치 남 일처럼 말하는 조안이었다.

"강 쪽? 밥이 강엔 왜 갔는데?"

"모르지. 내가 그 녀석도 아닌데 어떻게 알겠어."

아빠의 말에 더는 말조차 섞기 싫다는 듯, 남 일을 넘어 어느새 짜증으로 변해버린 조안의 어투였다.

"그래 알았으니까. 일단은 갔다 와서 찾자."

"그러던가?"

조안은 2년 전부터 이유도 없이 갑자기 신경질적으로 변했다. 성민과의 대화도 뜸해져, 주로 혼자 시간을 보냈다. 특히 남들보다도 유독 아빠의 말에 민감하게 반응하며 짜증을 냈다.

"선생님 말씀 잘 듣고."

"맨날 그 소리. 선생님이 무슨 신이야."

조안은 아빠 말이 듣기 싫다는 듯, 한 마디 쏘아붙이고는 차에서 내려 학교로 들어갔다. 하지만 성민이 할 수 있는 것은 없었다. 성민은 엄마 없이 딸을 키우는 자신의 한계라고 생각했다. 답답한 마음에 심리상담까지 받아 봤지만 헛수고였다. 돌아오는 답은 더 답답했다. 소아 사춘기일 수도 있으니, 너무 조바심 대지 말고 기다리라는 것이었다. 성민은 그 말만 믿고 기약도 없이, 2년째 기다리고 있었다. 하지만 조안은 나아지기는커녕 점점 더 심해지고 있었다.

"네, 어디라고요? 경찰서요."

성민은 무심코 받은 전화에 깜짝 놀랐다. 난데없이 경찰서에서 병원으로도 아니고, 자기 개인 핸드폰으로 전화가 온 것이었다. 성민은 예전에 한국에서 호되게 한번 당한 적이 있어, 선뜻 말을 이어나가지 못하고 연이어 되묻기만 했다.

"혹시 밥의 견주 되십니까?"

"네, 맞습니다. 우리 밥이 뭔 사고라도 쳤나요?"

그제야 마음이 놓이는 듯, 성민은 밥이 아침에 보이지 않던 것을 떠올렸다. 그리고 집히는 구석이 있었다. 강을 따라 내려가다 하류 쪽에 있던 농장지대에서 사고를 쳤겠거니 싶었다.

"직접 나오셔서 확인 좀 해줘야 할 것 같은데, 오늘 중으로 부탁드리겠습니다."

마침, 병원도 한산하고 미뤄봤자 자기만 더 찝찝할 것 같아, 곧바로 경찰서로 향하는 성민이었다. 그리고 경찰서에 도착해, 담당 경찰이 내민 사진에 경악을 금치 못했다.

"설마요. 정말로 이게 우리 밥이라고요."

"그래서 몇 가지 여쭤볼 게 있는데, 혹시 밥을 마지막으로 본 게 언제입니까?"

성민은 눈으로 직접 보고도 자기 눈을 의심했다. 불에 타 그을려 익은 살점들이 너덜너덜, 그 형체조차 알아보기 힘든 밥이었다. 경찰이 사진과 함께 건넨 인식표가 아니었으면, 도저히 믿지 못할 참혹한 모습이었다.

"어떻게 된 겁니까?"

"일단 진정하시고, 밥을 언제 마지막으로 보셨습니까?"

"어제 딸아이가 자러 올라갈 때 뒤따라 올라가는 것까지는 봤는데, 아침에 녀석이 보이질 않아서 물어보니 딸아이도 모르겠답니다."

"그럼, 따님하고 더 마지막까지 있었을 가능성이 크다는 거군요. 지금

따님은 어딨습니까?"

"네! 지금 뭐 하자는 겁니까? 우리 딸이 밥을 저리 만들기라도 했다는 겁니까? 뭡니까?"

"아, 뭔가 오해하신 것 같은데, 따님이 그랬다는 것이 아니라, 절차상 그런 거니까 이해 좀 부탁드리겠습니다. 따님과 연락 좀 해봐도 되겠습니까."

"이제 겨우 8살짜리한테 뭘 물어보겠다는 건지 모르겠지만, 저리 끔찍한 사진을 들이밀 거면 거부하겠습니다."

"이런 따님이 그렇게까지 어릴 줄은 미처 생각을 못 했습니다. 그래도 워낙 잔혹하게 학대하다 죽인 사건이라. 어떻게든 확인이 필요해서 말인데, 따님에겐 대신 물어봐 주셨으면 합니다."

"학대라니요?"

"보신 사진 속 모습보다, 실체는 더 잔혹합니다. 다리 마디마디 다 부러뜨려 고문하다, 산채로 불에 태워 죽인 것 같습니다."

"누가 왜, 우리 밥한테 그런 끔찍한 짓을."

"그래서 말인데 혹시 짐작되는 사람 없으십니까? 최근 들어 사이가 안 좋았다거나 싸우셨던 분들이라도 좋습니다."

"딱히 그럴만한 사람들이 없는데, 꼭 있어야 합니까?"

"아닙니다. 보통 이런 경우엔 원한 관계에 의한 경고일 가능성이 커서, 참고차 여쭌 겁니다. 없으시다니 신경 쓰지 마시고, 놀라셨을 텐데 선생님께선 이만 돌아가셔도 됩니다."

성민은 밥에게 왜 그런 일이 일어났는지, 이해할 수 없었다. 멀쩡히 살아 있는 생명을 끔찍하게 고문을 해서 불에 태워 죽인 것이었다. 자신이 기억하는 한, 호주에서 사는 8년 동안, 자신에게 그런 짓을 할만한 사람은 없었다. 사적이든, 직업적이든, 남에게 해코지는 물론이고, 원한을 살 만한 짓을 한 적이 없었다. 그런데 누가 왜 그런 끔찍한 짓을 밥에게 했는지 성민은 도무지 이해할 수 없었다.

"밥은 찾았어?"

학교에서 돌아온 조안이 밥에 관해 물었다. 하지만 성민은 밥의 사고를 조안에게 말해주지 않았다. 대신 경찰에 실종 신고를 했다고만 말했다. 차마 그 끔찍한 실체를 말해 줄 수가 없어서였다. 밥의 죽음도 죽음이지만, 그보다 더 중요한 것이 조안의 안위였다. 그래서 가뜩이나 소아 사춘기에 감수성까지 예민해진 조안을 자극하고 싶지 않은 성민이었다. 경찰이 대신 물어달라는 질문 역시, 이미 자신이 알아서 더는 아는 게 없다고 답변을 해둔 터였다.

그 일이 있은 후, 조안과의 사이에서 운신의 폭이 더 좁아진 성민이었다. 대놓고 말은 하지는 않았지만, 밥의 부재는 조안에게 있어 생각보다 타격이 큰 것 같았다. 가뜩이나 적던 말수가 더 줄어든 조안이었다. 거기다 웃음기까지 사라져 그런 조안을 대하는 성민의 심정은 하루하루가 그야말로 가시방석이었다.

그래서 고민 끝에 생각한 것이, 그런 조안을 위해 마침 돌아오는 며칠 안 남은 생일을 맞이해, 이번엔 새를 선물로 준비했다. 종자는 앵무새로 말수가 적어진 조안의 좋은 친구가 될 것 같아서였다.

"Happy birthday to you! Happy birthday to you! Happy birthday dear Joan. Happy birthday to you!"

비단 테레사의 성화가 아니더라도, 더는 조안의 정체를 더는 숨길 수 없던 성민이었다. 그래서 2년 전부터는 병원 식구들에게 집을 개방했다. 그리고 오늘같이 조안의 생일이나, 각종 이벤트 날에는 병원 식구들을 불러 저녁 파티를 하고 있었다. 오늘도 조안의 생일을 맞아 병원 식구들이 성민 집에 모였다.

"축하해 조안."

조안을 위한 축하 합창이 끝나고 케이크의 촛불이 꺼지자, 누가 먼저랄 것도 없이 조안을 향해 폭죽을 터트리며 축하의 말을 건네는 사람들이었다. 조안도 그런 사람들이 싫지 않은 듯, 그에 보답했다. 평소 아빠를 대할 때와는 사뭇 다르게, 간만에 얼굴 가득 웃음꽃이 만발하고 있었다. 이젠 제법 병원 사람들과도 친해진 조안이었다.

"조안, 선물."

테레사였다. 준비해 온 선물을 조안에게 건네며, 조안을 끌어안고 그 볼에 키스 세례를 퍼부었다. 그런 테레사를 뒤로 다른 사람들의 똑같은 행동들이 이어졌다. 토씨 하나, 틀리지 않는 대사에, 흡사 리플레이를 보는듯한 행동거지들이었다. 그 모습에 대견스럽다는 듯 감격에 젖은 폰푼이 눈물을 흘리며, 마지막으로 조안을 꼭 끌어안은 후에야 끝이 난 행동들이었다.

"너무 예쁘게 잘 자라줘서 고마워. 조안."

비록 피 한 방울 섞이지 않은 남이었지만, 조안에 대해서만큼은 진심인 폰푼이었다. 언제나 한국에 있는 자기 아들을 생각하며, 같은 마음으로 조안을 자식처럼 돌봐왔다.

"폰푼 정말로 고마워요. 나 대신 우리 조안 잘 돌봐줘서."

"우리 조안 너무 귀엽잖아요. 되려 제가 더 행복했는걸요. 쟈니."

조안을 끌어안고 울고 있는 폰푼의 어깨를 두드리며, 고마움을 표하는 성민이었다. 그러면서도 마치 전염이라도 된 듯, 반쯤 젖어 있는 눈시울이었다.

"자 다들 뭐해요. 좋은 날은 축배로 신께 감사를."

테레사가 잔을 높이 치켜들고 분위기를 띄웠다. 그러자 다른 사람들도 테레사를 따라 잔을 높이 들어 축배를 올렸다. 더할 나위 없는 분위기에 마냥 즐겁고 행복한 사람들이었다. 조안의 생일이어서가 아니라, 서로를 아끼고 위해주는 가족 같은 유대감이 그리 만들고 있었다. 그리고 그 순간과 사람들은 테레사의 SNS 속에 역사로 기록되었다.

"넌 어쩜, 누굴 닮아서 이렇게 예쁘니? 아빤 아닌 것 같고, 엄마를 닮았나 보네."

"아니거든요. 아빠 닮았거든요."

그 말에 무슨 가시라도 박힌 듯, 테레사의 말에 갑자기 욱하며 화를 내는 조안이었다.

"아니면 아니지, 뭘 그렇게 화까지 내니?"

"테레사가 이해해, 아무래도 소아 사춘기인가 봐."

그것을 본 성민이 조용히 테레사에게 다가가 조안을 대신해, 그 이유를 귓가에 대고 나지막하게 설명해주었다.

"Okay, Johnny. 하하하."

그제야 테레사 역시 알았다는 듯, 성민의 볼에 입을 맞추며 크게 너털웃음을 쳐댔다. 반면 그런 테레사에게 심기가 더 꼬이며 못마땅해하는 조안이었다. 그 불편한 심기를 눈빛에 담아 테레사를 매섭게 쏘아보며 고스란히 토해내고 있었다.

'난 저 여자가 싫다. 처음 보는 순간부터 마음에 들지 않았다. 특히 아빠를 바라보는 그 눈빛, 보기만 해도 역겨울 정도로 날 기분 나쁘게 했다. 같은 여자로서 직감적으로 알 수 있었다. 저 여자는 아빠를 탐내고 있었다. 내 유일한 안식처인 아빠를 말이다. 세상에서 유일하게 날 믿고 지켜줄 수 있는 그런 아빠를 내게서 빼앗으려 하는 것이었다. 아빠 없는 난, 아무것도 아닌 존재였다. 그걸 누구보다도 더 잘 알기에, 난 절대 저 여자에게 내 아빠를 빼앗기지 않을 것이었다. 기필코….'

그건 테레사 역시 마찬가지였다. 겉으로야 아무렇지도 않은 듯, 웃고 떠들고는 있지만, 그녀의 속마음은 달랐다. 조안이 테레사를 경계하는 것만큼이나, 테레사도 조안이 못마땅하고 불편했다. 그래서 조안을 볼 때마다, 약점 중에서도 가장 아파 보일 곳만을 골라 찔러댔다. 오늘만 해도 엄마가 뻔히 없다는 것을 알면서, 엄마를 일부러 거들먹거려 화를 돋운 것이었다. 그리고 보란 듯이 그때마다 네 아빠는 네 편이 아닌, 내 편을 들어준다는 것을 과시해 보였다. 그 우월감에 분노로 일그러진 조안을 보며 흐뭇해하고 있었다. 그리고 그런 조안을 향해 자신의 속마음을 까 보이며 조소를 보냈다.

'봤니? 같잖은 게 어디서 남에 앞길을 막기는. 고작 너 따위 쥐방울만 한 것 때문에, 내 아까운 청춘을 8년씩이나 허비했다는 게 말이 되니? 나 같은 여자의 유혹을 뿌리칠 때는 나도 어느 정도 짐작은 하고 있었거든. 여자가 아니면 절대 그럴 수가 없잖아. 그래서 집에 무서운 악처라도 숨겨놓은 줄 알았지. 한데 뭐니, 막상 그 실체를 확인하는 순간 얼마나 어이가 없던지. 싸가지라고는 쥐뿔도 없는 너 같은 어린 계집애였을 줄은 생각도 못 했거든. 그 허비한 세월이 아까워서라도 절대 포기 못 하지. 그럼 내가 얼마나 억울하겠니? 최소한 싫다 좋다 말 한마디만이라도 해줬더라도 이렇게까지 억울하지는 않지. 한데 네 아빠가 어땠는 줄 아니? 뻔히 내가 자기만을 바라보고 있다는 것을 알면서도, 잔인하리만큼 답변을 안 해줬거든. 그게 다 너 때문이라는데 낸들 어쩌겠어. 그러니 너만 없어지면 되는 거잖아.'

테레사의 기고만장함에 분위기는 한층 더 무르익고 있었다. 그 덕에 성민은 포도주를 꺼내러 지하실을 다섯 번이나 반복해 오고 갔다. 그런데도 성민은 악의 없이, 부담 없이, 함께 해주는 그런 사람들이, 한없이 고마웠다.

그 인정에 취해, 조안은 외톨이가 되었다. 파티의 주인공이었음에도 더는 그들에게 보이지 않았다. 조안은 그런 사람들을 뒤로 쓸쓸히 자리를 떴다. 조용히 그렇게 2층 자기 방으로 조안은 사라졌다. 하지만 그런 조안에게서 끝까지 시선을 떼지 않고 뒤따르는 이가 있었다.

그런 줄도 모르고 조안은 자기 방에 들어가 테레사에 대한 주체할 수 없는 분노를 모바일 좀비 게임을 하며 삭히고 있었다. 비록 게임 속 설정이긴 했지만, 한 여자아이가 몰려드는 좀비들을 무참히 도륙하고 있었다. 죽이고 또 죽이고, 조안의 손놀림에 따라 화면 속은 피범벅이 되어 갔다. 그리고 그런 조안의 잠긴 방문을 누군가 머리핀을 뽑아 열고 들어오는 것이었다.

"뭐예요 아줌마."

테레사였다. 전혀 생각지도 못했던 사태에 깜짝 놀란 조안이었다. 부랴부랴 하던 좀비 게임을 꺼보지만, 때는 이미 늦은 후였다. 좀비 게임을 하는 것을 이미 테레사에게 들킨 후였다. 그에 테레사를 향해 눈알을 부라리며 불쾌감을 표시하는 조안이었다.

"너 이런 애였니? 아빠가 알면 어떨까?"

"그런 아줌마는 내 방에 잠긴 문까지 따고 들어왔다는 것을 아빠가 알면 어떨까요?"

"꼬우면 말하던가? 과연 아빠가 누구 편을 들까? 네가 이런 막돼먹은 애인 줄 알면서도 네 편을 들어 줄까?"

"그러는 아줌마는, 자기 딸한테 이러는데, 과연 우리 아빠가 아줌마 편을 들어줄까요?"

협박에 협박으로 한 치의 양보도 없이 팽팽히 맞서고 있는 두 사람이었다. 하지만 둘 중 누구도 확신할 수 없었다. 조안도 테레사도 성민이 과연 누구 편을 들지, 확신이 서지 않았다. 지금까지의 상황으로 봤을 때는 의심의 여지 없이, 성민은 핏줄인 조안의 편을 들어 줄 것이 뻔했다. 하지만, 정작 조안은 그런 아빠를 믿지 못하고 흔들리고 있었다. 다른 사람이라면 모를까, 자신은 살인마의 딸이었다. 그리고 아빠는 그런 자신을 감추기 위해 자기를 낳아준 어머니까지 버리며, 먼 타국 땅까지 이민을 와 6년 동안이나 주변 동료들에게조차 자신을 내놓지 않고 꼭꼭 숨긴 사람이었다. 그 이유는 뻔했다. 아직은 어려 깊이 있게 표현은 할 수는 없었지만, 자신이 떳떳하지 못한 이유였다. 그것을 알기에 자신할 수 없는 조안이었다.

그래서 테레사의 무례하고 어처구니없는 협박에도, 이러지도 저러지도 못하고 팽팽히 맞설 수밖에 없는 조안이었다. 그리고 그런 조안의 나약한 심성을 정확히 꿰뚫고 있는 테레사였다. 누가 보더라도 명백히 불리한 싸움이었다. 그런데도 테레사는 포기하지 않고 조안의 약점을 집요하게 파고들었다. 자신이 불리하다는 것은 굳이 말할 필요도 없었다. 지금까지 자신이 봐온 성민의 성향으로는 절대 조안과 자기를 놓고 자기 편을 들어주지 않을 것이었다. 하지만 테레사에겐 믿는 구석이 있었다. 그리고 확신할 수 있었다. 자신이 처음 본 조안의 모습은 계부의 눈치를 보며 애정을 구걸하는 천덕꾸러기 그 이상도, 그 이하도 아니었다. 그 자세한 내막은 알 수 없었지만, 드러난 조안의 흔들리는 믿음을 파고든 테레사였다.

"그럼, 다음에 또 보자. 조안."

파티가 끝나고, 성민의 환대 속에 집을 나서는 테레사가 조안을 향해 던진 말이었다. 전혀 그 어떤 죄의식도 없는 당당함이 묻어나는 승리자의 어투였다. 그 패배감에 조안은 자기도 모르게 주눅이 들었다. 그리고 그런 테레사가 범주 할 수 없는 사람처럼 느껴지면서 두렵고 무섭게만 보였다.

그 생각에 자정이 훨씬 지났는데도 잠이 오질 않는 조안이었다. 아빠 없는 세상을 상상하며, 세상의 나락을 맛보고 있었다. 빛도 하나 없는 암흑 같은 세상에 아무것도 보이지가 않았다. 어디로 가야 할지, 뭘 하고, 뭘 어떻게 살아야 할지, 그야말로 막막하기만 한 세상이었다.

절대 그런 나락으로 떨어질 수 없는 조안이었다. 그 간절하고 절실한 분노에 치를 떨다 못해, 차라리 그럴 바에는 자기만 억울하지 않게 세상 다 같이 망하게 해달라고 빌고 또 빌었다. 그래도 억제가 안 되자, 그 주체할 수 없는 분노를 좀비 게임으로 풀었다. 죽이고, 또 죽이고, 밤새 조안은 분노 속에 좀비들을 죽였다. 날이 새는 줄도 몰랐다. 어느새 아침이 되고 아빠가 밖에서 자기를 부를 때까지 조안은 좀비들을 죽였다. 그런데도 여전히 자기 속에 들끓고 있는 분노였다. 도저히 참을 수 없을 정도로 뭔가를 하지 않고서는 죽을 것만 같은 분노였다. 그래서 죽지 않기 위해, 스마트폰을 켜고 어딘가로 전화를 거는 조안이었다.

"Hello?"

"이 씨발년, 내가 너 반드시 죽여버릴 거야. 이 씨발년아. 개구리처럼 배를 갈라 핀셋으로 네 내장을 하나씩 다 끄집어낼 거라고 이 씨발년아."

"Hello? Hello?"

전화를 받자마자, 생전 듣도 못한 외국어가 난무하자, 영문도 모른 채 연발 헬로우만 되풀이하고 있는 테레사였다.

"왜, 귓구멍이 막혀서 안 들리냐, 이 씨발년아. 내가 널 산채로 해부해 버릴 거라고, 이 씨발년아. 살은 발라서 생으로 씹어 먹고, 가죽은 벗겨서 집게로 집어 널어놓을 거라고, 이 씨발년아."

"Hello? Hello? What?"

조안의 일방적인 통화에 다른 말도 필요 없이, 헬로우와 왓만 계속해서 외쳐대는 테레사였다. 하지만 그마저 딱 거기까지였다. 일방적으로 자기 할 말만 다 하고는 그대로 끊어버린 전화였다.

그제야 분이 풀리며 숨통이 트이는 것 같은 조안이었다. 조금 전까지만 하더라도 주체할 수 없을 것만 같은 분노에 금방이라도 죽을 것만 같던 자신이었다. 그랬던 자신이, 뭔가를 했다는 것만으로도 숨이 트이며 살 것 같았다. 미처 알지 못했던, 새로운 자신을 자기 속에서 찾아낸 것이었다. 그게 무엇이든, 누군가 알아듣지 못하는 말을 한다는 것은, 참으로 좋은 것이었다. 그 희열감으로 간만에 얼굴 가득 화색이 돌고 있는 조안이었다.

그 새로운 발견에 조안은 하루 종일 신이 나 있었다. 날 듯한 들뜬 기분이 하늘을 찌르며, 구름 속 너머, 신천지를 경험하고 있었다.

"조안, 너도 하고 싶으면 해."

크리스티나였다. 아이들 사이에서 한참 인기 절정인 휴대용 게임기를 조안에게 건네며, 흔쾌히 허락하는 것이었다. 평소 그렇게 한 번만 해보자고 졸라도 줄을 서라며, 거드름을 떨던 크리스티나였다. 한데, 오늘은 어찌 된 일인지, 조르지도 않았는데 스스로 해보라며 건네는 것이었다.

"까고 있네 씨발년, 그깟 게임기가 뭐라고, 별것도 아닌 것 가지고 잘

난 척은."

일언지하에 거절하며, 조안이 뱉어낸 말이었다.

"What?"

그러나, 크리스티나는 그 말이 뭘 의미하는지 몰랐다. 단지 자신이 할 수 있는 언어로 what만 연발할 뿐이었다.

"조안, 뭐 신나는 일이라도 있니?"

"그렇게 표나니? 나 지금 날아갈 것 같거든. 이 씨발년아."

이번엔 선생님이었다. 평소답지 않은 조안의 들뜬 분위기에, 그 이유를 물었다. 하지만 돌아오는 대답은 생전 듣도 못한 알 수 없는 말이었다. 그에 선생님 역시 연거푸 what만 되풀이할 뿐이었다. 그러자 그런 선생님을 올려다보며 환하게 웃어 보이는 조안이었다. 그 표정이 어찌나 해맑고 천진난만해 보이던지, 그전까지 언어의 벽에 가로막혀 있던 선생님이었지만, 그 답례만큼은 조안에 버금가는 미소로 화답했다. 아빠가 그렇게 신처럼 따르라 당부하던 선생님이었다. 그런 신마저 정복하는 순간이었다.

그야말로 너무 신이 나 있는 조안이었다. 자기가 무슨 말을 하는 줄도 모르는 사람들이었다. 그런데도 자기가 웃어 보이면 그 표정만 보고 좋아들 했다. 설마하니 자기가 한 말들이 욕일 것이라고는 생각도 못 하는 것 같았다. 미소의 힘은 그렇듯 강했다. 그 속에 감추어진 자신의 사악함까지 가려줄 정도로, 미소는 그렇게 그들의 눈을 멀게 했다. 그에 한층 더 자신감이 올라 신이 나 있는 조안이었다.

2년을 아빠 몰래 이불을 뒤집어쓰고, 원어를 듣고 보고 익힌 노고의 대가였다. 틈만 나면 밤마다 불법 사이트를 통해, 한국 영화와 한국 드라마에 빠져 살았다. 그 덕에 웬만한 한국 욕은 다 구사할 줄 아는 조안이었다. 거기다 발음까지 정확해 목소리만 들어서는 한국인으로 착각할 정도였다.

그 자신감에 더 큰 내일을 기약하는 조안이었다. 단순히 해부학적 용어가 아닌, 보다 더 진화되고 적나라한 원초적인 화술로, 내일 아침 테레사는 다시 한번 기겁하며 놀라 나자빠질 것이었다. 말을 못 알아듣더라도 상관없었다. 뜻과는 무관하게 듣는 것만으로도 기겁할 것이었다. 그 떠오르는 영감들에 조안은 벌써부터 머릿속이 즐거워 미칠 것만 같았다. 생전 써보지도 않은 성적 표현들이 해부학과 만나, 주옥같은 말들로 쏟아져 나왔다. 발정 난 암캐에게 그보다 더 잘 어울릴 수는 없었다.

"우리 조안 오늘따라 너무 보기 좋은데, 뭔 좋은 일인지, 아빠도 좀 알면 안 될까?"

너무 좋아도 문제였다. 표정 관리가 안 돼, 아빠에게 그만 들킨 것이었다. 저녁을 먹는 내내 자기 생각에 빠져, 싱글벙글 절제가 안 되고 있던 조안이었다. 아주 오랜만에 보는 조안의 생기 넘치고 발랄한 모습이었다. 그런 조안의 모습에 덩달아 신이 난 성민이었다.

"아직은 비밀이야. 나중에 더 재밌어지면 그때 알려줄게. 지금은 막 재밌어지려고 하는 참이거든."

"그니까 더 궁금한데?"

"그럼 나 먼저 올라간다."

더는 귀찮다는 듯, 자기 밥만 다 먹고 자리에서 일어나는 조안이었다. 그리고는 쌩하니 돌아서 뒤도 안 돌아보고 자기 방으로 향했다. 그리고 그런 조안이 계단 중간 정도 올랐을 때였다. 들고 있던 스마트폰에서 진동이 울리는 것이었다. 번호를 확인하니 모르는 번호였다. 그것도 기존에 자신이 알고 있던 번호와는 전혀 다른 007로 시작되고 있었다. 그 호기심에 통화 버튼을 드래그하는 조안이었다. 그러자 아주 익숙한 언어가 해일처럼 밀려오는 것이었다.

"야 이 씨발년아. 뱃속에 X가득 넣고 내장탕을 끓여서 xx에 빨대를 꽂고 빨아먹어도 시원찮을 이 씨발년아. 그래서 고작 한다는 짓이 아비 등에 달라붙어 등쳐먹냐, 이 씨발년아. 너 같은 년은 고속도로 한복판에 깔아놓고 로드킬로 가죽만 남을 때까지 으깨져 봐야 정신을 차리지. 이 씨발년아."

언어만 익숙한 것이 아니라, 그 상황까지 낯익은 장면이었다. 그리고 자기가 내일을 기약하며 준비했던 영감들보다도, 더 원초적이고, 더 강력한 주옥같은 어휘들이었다.

"왜, 쫄리냐 이 씨발년아. 너 같은 년은 죽어도 편히 못 죽지. 그러게 어디서 벌어진 입이라고, 입을 함부로 놀리긴 놀리냐고, 이 씨발년아. 버러지처럼 태어났으면 주제를 알고 쥐 죽은 듯 살았어야지, 어디서 살았다고 꿈틀대긴 꿈틀대냐고, 이 씨발년아."

그 말을 끝으로 자기 말만 하고 일방적으로 끊는 상황까지 데자뷔처럼 너무나 똑같은 것이었다. 그리고 떠오르는 한 사람……. 전화상의 목소리는 전혀 다른 사람이었지만, 조안의 뇌리에 직감적으로 떠오르는 한 사람이 있었다. 하지만 조안은 어떻게 그런 일이 가능한지는 알 수 없었다.

자기가 알고 있는 범위 내에서의 그 사람은 절대 그럴 수가 없었다. 2년 전 전화번호를 바꾼 후, 그 누구에게도 가르쳐주지 않은 자신의 전화번호였다. 그리고 한국어로 말할 때의 자기 목소리를 구별할 수 있는 사람은 그것을 가르쳐준 폰폰 단 한 명밖에는 없었다. 아빠조차 자신의 한국어를 한 번도 들어보지 못해, 설령 얼굴 없이 목소리만 들어서는 불가능한 일이었다.

그런데도 자기를 꼭 집어, 받은 것보다 도리어 배로 갚아 준 것이었다. 조안은 그 전화 한 통화에 내일의 기약은 물론이고, 붕 떠 올랐던 기분까지 산산이 부서져 내렸다. 그 심정을 그대로 보여주듯, 놀란 마음에 자기도 모르게 전화기를 내동댕이쳤다.

"드르르륵! 드르르륵!"

바닥에 나뒹굴면서도 살아 있는 전화기였다. 보란 듯이 다시 울리기 시작하는 진동이었다. 하지만 이번엔 선뜻 전화를 받지 못하고 망설이는 조안이었다. 그렇게 한참을 망설이다, 마지못해 전화기를 집어 들고 번호를 확인했다. 아주 익숙한 번호였다.

"왜? 놀랐니?"

아니나 다를까 테레사였다. 치명타에 빼박으로 목줄을 쥐고 쐐기라도 박으려는 듯, 이미 배로 갚아줬음에도 성이 덜 찼는지 곧바로 전화를 걸어 온 것이었다. 정말이지 피도 눈물도 없는 차갑디차가운 냉혹한 여자였다.

"왜 말이 없어? 그렇게 한국어로 짖어대면 내가 모를 줄 알았니? 이 앙큼한 계집애야. 어린 것이 어쩜 그렇게 입이 찰진지. 혼자 듣기 아쉬워, 내 녹음까지 해놨는데, 어떠니 니네 아빠한테 한번 들려줘 볼까?"

"그러던가? 이 씨발년아. 그래봤자 버림밖에 더 받겠어. 말하라고 이 씨발년아."

기울어진 승패에 더는 전화기조차 들고 있을 수 없는 조안이었다. 그 좌절감에 끊기지도 않은 전화기를 그대로 벽을 향해 던져버렸다. 동시에 지금까지 일던 분노 하고는 차원이 다른 엄청난 분노가 파도처럼 조안을 집어삼켰다. 자신조차 어찌할 수 없을 정도로 통제 불능의 어마어마

한 분노였다. 그대로라면 숨이 턱턱 막혀 단 1초도 못 버티고 금방이라도 죽을 것만 같았다. 지난번에도 그랬듯 눈에 보이는 뭔가라도 잡고, 그 분을 풀지 않으면 안 될 것 같았다.

그 살기 위한 집념으로, 조안은 창 쪽에 놓인 아빠가 생일 선물로 사준 새장으로 향했다. 이제는 버젓이 이름까지 있는 앵무새 페페가 사는 새장이었다. 그리고 조안은 새장 문을 열고, 페페를 꺼내 들었다. 그러고는 망설일 것도 없었다. 조안의 손에서 으직! 하는 소리가 남과 동시에 페페의 한쪽 다리가 맥없이 부러져 버렸다.

그와 동시에 페페의 고통과 온기가 자신의 손을 통해 뇌까지 그대로 전달이 되는 것이었다. 순간 깜짝 놀라는 조안이었다. 그제야 자신을 휘몰아쳤던 분노에서 벗어나 정신이 드는 것이었다. 그러면서 연신 혼잣말로 고통 속에 몸부림치는 페페를 보며 같은 맥락의 말만 반복해서 되뇌는 조안이었다.

"미안해, 페페, 내가 지금 무슨 짓을 한 거니? 정말로 미안해 페페,"

그제야 후회하며, 서둘러 구급함에서 부목과 붕대를 꺼내, 페페의 부러진 다리를 바로 세워 감아주는 조안이었다.

"아무래도 내가 미쳤나 봐. 페페. 어떻게 너한테 이런 짓을 하다니……"

도무지 이해할 수 없는 조안이었다. 어쩌다 자신이 그렇게 됐는지조차 모를 일이었다. 치료가 끝난 페페를 다시 새장 속에 넣어 주면서도, 조안은 그런 자신이 보기 흉해 눈물로 시야를 가렸다. 테레사도, 분노도, 그 무엇도 이유가 될 수는 없었다.

그리고 그다음 날이었다. 조안은 일어나기가 무섭게 페페를 새장에서 다시 꺼냈다.

"Good morning Joan. Good morning Joan."

배알도 없는 페페였다. 부러진 다리에도 평소처럼 조안을 보자 인사를 건넸다. 자신이었다면 절대 불가능한 일이었다. 자기 다리를 부러트린 사람한테까지 인사를 건넬 정도로 자신은 너그럽지 못했다. 하지만 페페는 변함없는 마음으로 조안을 반기며 인사를 건넸다.

"넌 내가 밉지도 않나 보네? 그럼. 잘 가 페페."

페페의 부리에 자신의 입을 가져다 대며 마지막 인사를 건네는 조안이었다. 그리고 창밖을 향해 두 팔을 뻗어 페페를 날려 보냈다.

"미안해 페페. 나도 내가 너무 무서워. 아무래도 네가 알고 있던, 내가 아닌 것 같아. 페페, 그래서 널 위해 이러는 거니까, 부디 잘 살아."

다시 같은 일이 벌어져 페페에게 위해를 가할까 봐, 자신을 믿지 못하는 마음에 페페를 위해 놓아준 것이었다.

"조안, 페페 어딨니?"

벌레를 무서워하는 조안을 대신해 출근 전 페페 밥을 챙겨주기 위해 조안 방을 들른 성민이었다. 한데 있어야 할 페페가 보이지 않자, 그걸 의아해하며 조안에게 묻는 것이었다.

"너무 답답해하는 것 같아서 놔줬어."

"뭐? 놔줬다고."

"온종일, 혼자 갇혀 있는 게 너무 불쌍하잖아."

"그래도, 아빠한테 말은 하고 놔주지."

어이가 없는 성민이었지만, 더는 조안을 추궁하지 않았다. 어린 마음에선 얼마든지 그럴 수도 있을 것만 같았다. 거기엔 다른 이유는 있을 수 없었다. 간절히 조안의 말이 맞기만을 바랄 뿐이었다.

그리고 며칠 후, 뒤뜰 정리를 하고 있던 성민의 눈에, 목이 부러지고 다리가 꺾인 채로 죽어있는 페페가 발견됐다. 순간 멈칫하며 당황해하는 성민이었다. 하지만 이내, 아무렇지도 않은 듯 주변을 한번 둘러보는가 싶더니, 누가 볼세라 잽싸게 손으로 땅을 파서는 페페를 묻어 버렸다. 그러고는 체중을 실어 두 손으로 땅을 다지며, 다시 한번 주변을 둘러보는 성민이었다.

그런 후에야, 성민은 자리에서 일어나 뒤뜰을 벗어났다. 그리고 집이 아닌, 자기 차로 향했다. 갑작스러운 무기력증에 머릿속이 깜깜해지면서 뭘 해야 할지 몰라서였다. 우려가 현실로 나타난 것이었다. 성민은 자신의 기우가 현실이 된 것이 두렵고 무서웠다. 부인하려야 부인할 수 없을 정도로, 모든 정황이 한 사람을 가리키고 있었다.

밥도, 페페도, 우연이라 하기엔 조안과 너무나 밀접한 관계가 있었다. 강 쪽으로 가는 것을 봤다는 밥은 집에서 500여 미터 떨어진 강 하구에서, 다리뼈가 다 부서진 채 고문을 당하다 불에 타 죽어 발견됐다. 그리고 불쌍해서 놔줬다는 페페는 목이 꺾인 채, 다리가 부러져 뒤뜰에 죽어 있었다. 행여 그런 일이 벌어질세라, 노심초사 그 정성을 다해 키워왔건만 결국 괴물이 되어 버린 조안이었다.

성민은 도저히 그런 조안을 볼 수가 없었다. 어떻게 뭐라 말하고 대해야 할지. 두렵다 못해 막막했다. 그 두렵고 막막함 속에 무작정 차를 몰고 도로를 질주했다. 피는 속일 수 없다 하더라도, 조안에게는 최소한 절반은 자신의 피가 흐르고 있었다. 그래서 성민은 더 두렵고 막막했다. 이제는 자신의 피마저 믿을 수가 없었다. 그렇지 않고서야, 자신이 키우던 생명을 고문까지 하다 죽일 수는 없었다. 그건 사람이 아니라, 악마였다. 성민은 그런 조안을 다시는 볼 수가 없을 것만 같았다.

그래서 위로가 필요한 성민이었다. 막막했던 심정에 드디어 목적지가 생긴 것이었다. 성민은 차를 돌려 그 목적지로 향했다. 그리고 목적지에 도착하자, 생전 울려보지도 않았던 경적을 무겁디무거운 머리를 그대로 떨궈 눌렀다. 그러자 집안에서 한 여자가 잔뜩 화를 내며 뛰쳐나왔다. 테레사였다. 하지만 이내 익숙한 차량이 눈에 보이자, 화는 온데간데없이 사라지고 차량을 향해 달려오는 테레사였다.

"쟈니! 왜 그래요. 쟈니?"

언제 들어도 위로가 되는 다정한 목소리였다. 이역만리 타국 땅에서 그 목소리마저 없었더라면, 이미 성민은 거기까지 오지도 못하고 쓰러졌을 것이었다. 항상 같은 자리에서 성민만을 생각하고 걱정해주는, 성민에게 있어서는 의지의 목소리였다. 그제야 떨궜던 고개를 들고 차에서 내리는 성민이었다.

"무슨 일이에요. 쟈니?"

풀린 다리심에 비틀거리는 성민을 부축하며, 재차 그 이유를 묻는 테레사였다. 하지만 성민은 대답 대신 부축받고 있던 몸을 틀어 테레사의 품에 그대로 안겼다.

"무슨 일인지 모르겠지만, 일단 들어가서 진정부터 시켜요. 쟈니."

8년 동안 단 한 번도 본 적이 없는 성민의 흐트러진 모습이었다. 너무 완벽해 파고들 틈조차 보이지 않던 남자였다. 그런 남자가 제 발로 찾아와 자기 품에 안긴 것이었다. 그 감격에 성민을 부축해 집 안으로 들어가는 테레사였다. 그리고 그 어떤 남자도 앉아보지 못한 자신만의 영역이자, 체취로 물신 녹아있는 소파를 성민에게 내줬다.

"잠깐만 기다려요. 쟈니."

잠시 후 위스키 한 병을 들고 다시 나타난 테레사였다. 그러고는 얼음이 가득 담긴 커다란 컵에 한 잔 가득 따라 성민에게 권했다.

"마셔봐요. 조금은 진정이 될 거예요."

말도 필요 없었다. 술을 보자 성민은 단숨에 원샷을 했다. 그러자 다시 잔을 채워주는 테레사였다. 성민은 그렇게 연거푸 다섯 잔을 원샷 했다.

"이젠 좀 진정이 돼요? 말해봐요. 도대체 뭔 일이기에, 쟈니가 이 지경이 된 거예요."

"테레사, 나 이제 어쩌면 좋아요."

술기운인지, 테레사에 대한 믿음 때문인지는 모르겠지만, 급기야 참고 참았던 눈물이 자기도 모르게 흐르는 성민이었다.

"우리 지금까지 잘 헤쳐나왔잖아요. 그니까 날 믿고 무슨 일인지 말해봐요. 전 항상 쟈니 편인 거 알잖아요."

테레사의 위로에 더는 망설일 것도 없다는 듯, 성민은 그동안 자신에게 일어났던 사연들을 있는 그대로 다 털어놓았다. 자신이 직접 겪었던 끔찍한 사건부터 조안의 태생까지, 그리고 최근 조안이 뭘 했는지까지. 자기가 기르던 밥과 페페를 잔인하게 고문해 죽인 것 하며, 그런 조안이 무섭고 두려운 자신의 속내까지. 그간의 벌어졌던 일련의 말 못 했던 사연들을 다 털어냈다. 8년을 꽁꽁 싸매고 붙들어 놨던 금기였지만, 한번 그 입이 열리자, 봇물 터지듯 쏟아져 나오는 악몽들이었다.

"테레사 나 이젠 어쩌면 좋아요. 애초에 이런 선택을 한 것부터가 잘못인 것 같아요. 내 얄팍한 오지랖이 결국 이런 사달을 만든 것 같아요."

"그게 왜 쟈니 잘못이에요. 쟈니는 할 만큼 한 거예요. 그니까 자책도 죄책도 하지 마세요. 이제부턴 내가 쟈니를 지켜 드릴게요."

"고마워요. 테레사."

"그럼, 내가 너무 섭하잖아요. 내게 쟈니는 충분히 그럴 자격이 있어요."

테레사는 지치고 상처 난 수컷을 달랠 줄 아는 여자였다. 그 감동에 자연스레 알몸이 된 두 사람이었다. 그리고 상처 난 수컷은 암컷의 목덜미를 가차 없이 물어뜯으며 온몸으로 위로를 받았다.

타인의 상처는 누군가에겐 기회였다. 테레사가 그토록 바라던 순간이었다. 바로 그 순간만을 기다리며 무려 8년을 한 남자만 바라봐왔다. 그리고 드디어 그 기다림에 종지부를 찍게 된 것이었다. 시작은 중요하지 않았다. 그 시작이 자신의 의지와는 무관하게 조금은 불미스러웠다 할지라도, 지금만큼은 달랐다. 그 누구의 부탁도, 강요도 아닌, 순수한 자신의 의지로 성민을 받아 안은 것이었다. 그래서 그런지 술과 땀으로 혼비백산해 자신 위에서 울부짖는 성민의 모습이 한없이 사랑스러웠다.

그렇게 격정의 시간이 지나고, 만신창이가 되어 그대로 곯아떨어진 성민이었다. 그 모습조차 테레사의 눈엔 신기하고 경이롭게만 비쳤다. 강하다기보다는 누군가의 손길이 절실히 필요한 나약한 한 남자였다. 테레사는 그런 성민을 지켜보며, 그 어느 때보다도 열의에 불탔다. 그 열기에 쪼그라든 성기를 어루만지며, 자신 속 가득 충만해 있던 격정의 순간을 되새김질했다.

"조안 미안해. 다 아빠 때문이야. 아빠만 아니었어도 우리 조안은 이렇게까지 되지 않았을 거야. 어쩌면 좋니? 우리 조안."

술과 약에 취해 제정신이 아닌 상태였음에도, 조안 걱정에 울먹이며 잠꼬대하는 성민이었다.

"불쌍하고, 안쓰러운 우리 쟈니. 진작에 내가 나섰어야 했는데, 그랬더라면 이렇게까지 아파하지 않았으련만."

성민의 고달픈 모습에 가슴이 무너져 내리는 테레사였다. 그 애처로움에 어느새 테레사의 눈에서도 눈물이 고여 흘러내렸다.

"이 몹쓸 년. 내 쟈니한테, 그동안 무슨 짓을 한 거야?"

테레사는 주체할 수 없는 감정에 두 주먹을 불끈 쥐며 온몸을 부르르 떨었다.

"도대체 무슨 짓을 했길래, 우리 쟈니가 이러는 거냐고. 이 못된 것아."

테레사는 조안을 걱정하는 성민의 잠꼬대에 격한 감정이 복받치고 있었다. 그 모습이 맞은편 거울 속에 그대로 비치고 있었다. 지금까지 그 누구도 알지 못했던 전혀 다른 테레사의 모습이었다. 그동안 테레사하면 떠오르던 밝고 쾌활한 예쁜 모습은 온데간데없이 사라지고, 전혀 다른 테레사가 그 속에 비추어지고 있었다.

"드륵… 드륵… 드르륵…! …."

바닥에 널브러져 있던 성민의 점퍼 속에 들어있던 전화기였다. 그리고 그건 불편한 테레사의 심기를 한층 더 고조시켰다. 하지만 멈출 줄 모르는 진동음이었다. 계속되는 진동음이 끊어졌나 싶으면, 다시 울리고, 그러기를 네 번씩이나 전화가 끊어졌다 다시 오기를 반복했다. 그에 심기가 거슬리며, 짜증이 난 테레사였다. 그러자 점퍼에서 전화기를 꺼내 확인하는 테레사였다.

"못된 계집애 같으니라고, 이게 다 누구 때문인데, 그렇게 있을 때 잘했어야지."

확인할 것도 없었다. 조안이었다. 아빠가 말도 없이 사라져 자정이 다 되도록 집에 들어오질 않자, 기다리다 지쳐 전화를 건 것이었다. 하지만, 테레사는 그런 조안의 전화를 받지도 않고 가차 없이 끊어버렸다. 그리고 더는 전화도 걸지 말라는 듯, 전원을 꺼 경고를 보냈다.

"내 쟈니는 오늘 너한테 못 가. 너 때문에 너무 지치고 피곤해, 내가 너

없이 편히 쉴 수 있도록 푹 재웠거든."

 그랬다. 성민은 모르고 있었지만, 테레사는 마지막 잔에 수면제를 탔다. 마치 이런 날이 올 것을 대비라도 해둔 사람처럼, 성민이 술에 취해 갈 무렵, 미리 준비됐던 술병으로 바꿔치기한 것이었다.

 "더는 울지 마, 내 사랑. 그 못된 계집애 걱정은 이젠 하지 않아도 돼. 쟈니는 그냥 푹 쉬고만 있어. 그럼, 모든 것이 다 끝나 있을 거야. 이 잠에서 깨고 나면, 그동안 쟈니를 짓눌렀던 악몽은 더는 꾸지 않을 거야. 사랑해. 쟈니."

 그 다짐에 잠든 성민의 입술에 자신의 입술을 포개는 테레사였다. 마치 그 모습이 가족을 지키기 위해 전장으로 나가는 군인 같았다. 그러면서도 행여 가족들이 놀랄세라 깨우지도 못하고, 혹시 모를 불상사에 대비해 하직 인사까지 겸하는 결의에 찬 출정 직전 군인의 모습 그대로였다.

 "그럼 갔다 올게."

 그 말을 끝으로, 잠든 성민을 대신해 다시 한번 성민의 쪼그라든 성기를 부여잡고 흔들어대며, 답을 얻어 구하는 테레사였다. 그러고는 마치 무슨 스파이 영화에서나 볼 법한 장면을 연출해 냈다. 알몸에 속옷도 없이, 얼굴만 빼고 머리에서부터 발끝까지 몸 전체가 다 검은, 꽉 낀 트레이닝슈트를 차려입고 집을 나섰다.

 그리고 집을 나서기가 무섭게 그 여세를 몰아, 차 쪽을 향해 손에 쥐고 있던 원격 시동키 버튼을 누르는 것이었다. 그러자 차량 후미에 자리하고 있던 트렁크 덮개가, 커다란 괴물이 그 입을 크게 벌리듯 서서히 위로 올라가며 열리기 시작했다. 다 열렸을 때의 모습은 더 무시무시했다. 옥외 현관 등에 그 어수선한 내부가 직사되며 입안 가득 먹이를 문 괴물이 금방이라도 그 입을 닫을 것만 같았다. 하지만 테레사는 겁도 없이, 그 열린 괴물의 입속에 자신의 상체를 집어넣고 뭔가를 열심히 챙기는 것이었다. 제일 먼저 챙긴 것은 벨트 쌕이었다. 그걸 꺼내 자신의 허리에 단단히 고정시켰다. 그다음부터는 모든 게 일사천리로 이루어졌다. 빙벽을 찍고 오를 때 사용하는 낫처럼 생긴 한 쌍의 아이스바일을 챙겨 양쪽 허리 고리에 끼워 넣는 것을 시작으로, 휴대용 가스 토치며, 굵고 커다란 드라이버까지, 손에 잡히는 대로 장착이 됐다. 그러는 사이 허리춤은 어느새 용도도 모를 것들로 주렁주렁 매달려 있었다. 그리고 그 끝으로 트렁크 안쪽에 접혀 고정되어 있던 전동 킥보드를 꺼냈다. 마치 그 모든 것들이 이미 준비하고 연습해 두기라도 했던 것처럼, 너무나도 자연스럽게 이루어지고 있었다. 그 후 테레사는 그 꺼낸 전동 킥보드를 타고 집을 떠나 어둠 속으로 유유히 사라져 버렸다.

"조안."

"폰푼, 지금 와 줄 수 있어?"

"쟈니는?"

"모르겠어, 폰푼. 말도 없이 나가서 전화도 안 받고, 어디 갔는지도 모르겠어."

자정이 넘도록 성민이 돌아오질 않자, 조안은 뭘 어찌해야 할지, 두렵고 막막했다. 한 번도 그런 적이 없는 아빠였기에 더 겁이 나고 두려웠다. 그 초조함에 아빠 못지않게 믿고 따른 폰푼에게 전화한 것이었다.

"내가 아는 쟈니는 그럴 리가 없는데."

"이젠 어쩌면 좋아. 폰푼?"

"조안, 진정하고. 내 말 잘 들어. 아무 일도 없을 거니까, 내가 갈 때까지 문단속 잘하고, 절대 그 누구도 열어주면 안 돼. 알았지."

"응! 빨리 와야 해, 폰푼. 나 무섭단 말이야."

"금방 갈 거니까, 내 말 잊지 말고."

조안은 폰푼이 시킨 대로, 집안을 돌아다니며, 열린 창문들이며, 밖으로 통하는 문들을 꼭꼭 걸어 잠갔다. 그러면서도 혼자 있다는 두려움에 자기도 모르게 눈물이 앞을 가렸다. 하지만 울어도 소용이 없었다. 그것을 봐주고, 달래 줄, 아빠가 없어서였다. 우는 것도 다, 아빠가 있어 가능했다. 투정도, 짜증도, 화도, 그것을 들어주고 달래 줄, 아빠가 있어서 그럴 수 있었다. 그랬던 조안에게 아빠의 부재는 상상도 할 수 없는 일이었다. 행여 이런 날이 올까 봐 악몽처럼 조바심 대며, 2년을 하루도 편히 잔 적이 없는 조안이었다.

2년 전 아빠의 엄마란 여자가 찾아왔을 때부터 시작된 악몽이었다. 자신의 나이로는 도저히 감당하기 버거운 단어였다. 그 여자의 입에서 그 단어인 살인마란 단어가 튀어나오는 순간, 이미 예견된 악몽이었다. 그때부터 조안은 성민의 딸이 아닌, 살인마의 딸로 살았다. 그리고 언젠간 버려질지도 모른다는 두려움에 한시도 편할 날이 없었다. 그에 하루하루 아빠의 눈치를 살피며, 제발 버리지만 말아 달라 하소연을 하고, 또 하소연한 조안이었다. 그 모습이 성민의 눈에는, 때론 투정처럼 보이기도 하고, 짜증처럼 비쳐지기도 했던 것이었다. 그만큼 그 단어는 조안이 감당할 수 있는 무게가 아니었다.

"멍! 멍! 멍…!"

"밥?"

갑자기 밖에서부터 들려오는 개 짖는 소리였다. 그리고 함께 2년을 같이 살아, 소리만 들어도 밥임을 단번에 알 수 있는 조안이었다.

"밥! 밥!"

조안은 밥의 소리에 밥을 부르며, 창 쪽으로 다가가 밖을 살폈다. 하지만 소리만 들릴 뿐, 밥은 보이지 않았다. 그런데도 밥은 계속해서 짖어대고 있었다. 그에 망설이는 조안이었다. 생각은 이미 문을 열어줘야 한다는 쪽으로 흔들리고 있었다. 그러나 조안은 절대 그 누구에게도 문을 열어줘서는 안 된다는 폰푼의 말이 떠오르며, 이러지도 저러지도 못하고 있었다.

"어쩌지? 저러다 다시 가면 안 되는데."

그렇게 한 얼마를 더 망설였을까? 계속해서 짖어대던 밥의 소리가 멈춘 것이었다. 그리고 이번엔 밥이 아닌, 페페가 밖에서 자기를 부르고 있었다.

"조안. 귀요미 조안. 조안 귀요미….”

역시 단번에 페페임을 알 수 있는 조안이었다. 그 누구도 아닌, 자기가 직접 가르쳐 준 단어였다. 동시에 조안은 등골이 오싹할 정도로 소름이 돋았다. 3달 전에 없어진 밥도 모자라, 자기 손으로 직접 날려 보내줬던 페페까지 갑자기 나타나 짖어대고 불러대는 것이었다. 그에 겁에 질린 조안이었다.

"폰푼, 어디야. 나 너무 무서워. 폰푼."

조안은 너무 겁이 난 나머지 다시 한번 폰푼에게 전화를 걸었다.

"조안. 거의 다 왔으니까, 조금만 더 기다려."

"그게 아니고, 밖에서 지금 밥하고 페페가 날 부르고 있단 말이야."

"조안, 그건 또 무슨 소리야. 밥하고 페페라니?"

"몰라, 저러다 쟤네들 잘못되는 건 아니겠지?"

"조안, 곧 도착할 거니까, 걱정하지 말고, 절대 무슨 일이 있어도 문 열면 안 돼."

"응! 알았어. 폰푼."

곧 도착한다는 폰푼의 말에 조금은 안심이 되는 조안이었다. 하지만, 그때까지 기다리기엔 순간순간이 너무 무섭고 겁이 났다. 그래서 소파에 두 손을 모아 쪼그리고 앉아, 아빠를 향한 간절한 기도를 했다.

"대체 아빠 어디 간 거야. 나 정말로 무섭단 말야. 내가 미워서 간 거라면, 내가 앞으로 잘하면 되잖아. 그니까 제발 빨리 오란 말이야. 약속할게. 다시는 아빠한테 못되게 굴지도 않을 거고, 아빠 말 잘 듣고, 착한 사람이 될게. 나 살인마 딸 아니야. 난 아빠 딸이란 말이야. 그니까 나 버리지 마. 아빠."

아빠를 향한 조안의 진심 어린 간절한 기도였다. 2년 동안 단 한 번도 아빠에게 표현해 보지 않았던, 자기 속에 꽁꽁 가둬만 둔 채 속만 끓이고 있던 두려운 자신의 마음이기도 했다. 그리고 마치 그 기도가 통하기라도 한 것처럼, 기적 같은 일이 정말로 일어난 것이었다. 그렇게 간절히 바라고 있던 조안의 귀조차 의심케 할 정도로 밖에서 아빠가 자기를 부르고 있는 것이었다. 너무나도 또렷하고 생생한 아빠의 목소리였다.

그제야 조안은 아빠가 왜 갑자기 사라졌는지 그 이유를 알 것 같았다. 밥도, 페페도 어떻게 된 영문인지 모든 수수께끼가 풀리는 것이었다. 그 안도감에, 조안은 그 어느 때보다도 부푼 마음에 벅찬 감동으로 자리에서 벌떡 일어나 현관을 향해 달려나갔다. 그 모든 것들이 다, 아빠가 자기를 위해 준비한 서프라이즈 이벤트라고 생각한 것이다. 왜 그 생각을 못 했었는지, 자길 혼자 놔두고 말도 없이 사라질 아빠가 절대 아니었다. 그랬을 때는 다 그만한 이유가 있었던 것이라 생각했다. 그 들뜬 마음에 밥과 페페 그리고 아빠를 맞이하기 위해 잠겼던 문을 두 손으로 활짝 열어젖혔다.

"아빠."

그 애절한 호칭과 함께, 벅찬 마음에 안에서부터 아빠를 부르며, 문을 박차고 뛰쳐나오는 조안이었다. 하지만 그런 조안의 목덜미를 누군가 그대로 낚아채 들어 올리는 것이었다.

"잡았다 요년."

테레사였다. 문을 강제로 따고 들어가는 플랜B까지 가지는 않았지만, 자신이 생각했던 것보다 힘든 실랑이였다. 결국 플랜A의 필살기였던 성민까지 소환한 후에야 가까스로 얻어낸 성과였다. 그 성과에 감흥이라도 하려는 듯, 테레사는 자신의 손에 들고 있던 스마트폰을 조안을 향해 보란 듯이 흔들어 보였다. 스마트폰에서는 여전히 성민의 다정한 목소리가 조안을 부르고 있었다.

"이 못된 것. 하여간에 사람 애먹이는 데는 이골이 났지. 그냥 쉽게 열어주면 어디가 덧나니? 요것아."

"뭐예요?"

"뭐긴, 너 잡으러 온 저승사자지."

덩치 차이가 워낙 심해 저항 한 번 못 해보고, 너무나도 쉽게 제압을 당한 조안이었다. 그런 조안을 질질 끌고, 마치 무슨 개선장군이라도 된 양 집안으로 들어서는 테레사였다. 그러고는 조안을 향해 씩 하고 한번 웃어 보이더니, 뒤돌아 열린 현관문을 다시 닫아걸어 잠갔다.

"어떠니? 이젠 좀 실감이 나니?"

"밥은 어딨나요?"

"밥? 너 아직 모르는구나. 죽었는데……. 다리뼈는 다 부러지고, 그 고통에 울부짖다 불에 타 죽었지, 아마?"

"도, 도, 도대체, 당신 우리 밥한테 무슨 짓을 한 거야."

"그래도 생각보단 일찍 죽어서 덜 고통스러웠을 거야."

"밥이 무슨 잘못을 했다고, 왜 그런 건데요?"

"밥…. 밥은 잘못 안 했지. 네가 잘못해서 그렇지. 어디 밥뿐이겠어, 페페는 또 어떻고, 목이 꺾일 때의 그 느낌 너 그거 아니? 아 맞다, 페페 다리는 네가 꺾었지. 결국, 다 너 때문에 죽은 거네. 그러게 도와주지는 못할망정, 훼방은 놓지 말았어야지. 그러니 어쩌겠어? 나도 그 정도 훼방은 놔줘야 공평하지 않을까?"

"말도 안 돼."

"말이 왜 안 돼, 그 덕에 일이 이렇게 쉽게 풀렸잖아."

"설, 설, 설마, 우리 아빠도…."

"왜? 내가 우리 쟈니까지 죽였을까 봐. 이게 다 우리 쟈니를 위해서 이러는 건데, 너 너무 과한 상상하는 거 아니니? 그니까 우리 쟈니는 걱정 안 해도 돼. 너만 없어지면 그동안 쟈니를 괴롭히던 모든 악몽도 곧 끝날 거니까?"

"아줌마, 정말로 악마 같은 사람이야."

"악마? 내가 알기론 그 반대인 것으로 아는데, 악마는 너지, 쟈니가 다 말해 줬거든. 네 속에 악마가 있다고. 너 살인마 딸이라며."

"아니야, 누가 살인마 딸인데, 난 우리 아빠 딸이라고."

"너, 꿈도 참 야무지다. 뻔뻔한 거니? 아니면 모르는 거니?"

"아니야, 아니라고. 아줌마가 뭘 안다고 그러는 건데?"

"거기까지는 내 알 바 아니고, 아참, 너 혹시 니네 아빠가 너 구해주러 오고 뭐 이런 거 기대하는 건 아니겠지. 그래서 말인데, 그럴 일은 절대 없을 거니까, 꿈도 꾸지 마셔."

"그러는 아줌마야말로 날 죽이면 살인마가 되는데, 우리 아빠가 그런 아줌마를 좋아할까요?"

"그건 걱정 안 해도 돼. 어떤 못된 계집아이의 불장난에 넌 이 집과 함께 흔적도 없이 불에 타버릴 거니까. 넌 원래 그런 못된 아이였잖아. 밥도 폐폐도 다 네가 죽였고…. 오해는 하지 마. 내 생각이 아니라, 우리 쟈니 생각이니까. 그니까 버릇없이 또박또박 말대꾸 그만하고, 그냥 쉽게 가자, 조안."

그 말과 함께 허리쌕에 걸고 있던 아이스바일을 꺼내 드는 테레사였다. 그러고는 서서히 조안에게 다가가 날카로운 아이스바일을 높이 치켜들고 그대로 내리찍었다. 그 공포감에 자기도 모르게 바지를 적셔버린 조안이었다. 그리고 그때였다. 그 둘의 사이에 끼어드는 불청객이었다.

"안돼! 멈춰요. 테레사."

그야말로 절체절명의 순간이었다. 조금만 더 늦었더라도 조안은 내리꽂히는 테레사의 아이스바일에 그대로 찍혔을 것이었다. 하지만 그런 절체절명의 순간, 주방에서 폰푼이 쏜살같이 튀어나오며, 내리찍고 있던 테레사를 멈춰 세운 것이었다. 그에 시선이 자동으로 소리의 근원지로 향하며 깜짝 놀란 테레사였다.

"당신이 거기서 어떻게?"

심상치 않은 낌새에 창밖 밑에 숨어 그 상황을 지켜보며 기회를 엿보고 있던 폰푼이었다. 그러던 중 사태가 긴박하게 흐르자, 밥의 배변 활동을 위해 만들어 놓았던 주방창고 쪽문을 뜯고 들어온 것이었다.

"테레사, 왜 이러는지는 모르겠지만, 이젠 그만 해요. 아니면 경찰 부를 거예요."

"경찰? 이미 올 때까지 왔는데, 여기서 멈추라고. 웃기는 소리. 잘됐네, 어차피 너도 눈엣가시였는데, 하나 죽이나, 둘 죽이나, 똑같지 않겠어."

 어처구니가 없는 테레사였다. 애들 장난도 아니고, 이제 와 멈추라니, 그럴 거였으면 시작도 안 했을 것이었다. 이미 사람까지 죽일 각오로 집을 나선 자신이었다. 그런 자신에게 그 숫자는 중요하지 않았다. 중요한 건, 임무를 무사히 끝내고, 빨리 쟈니에게로 돌아가는 것이었다.

 "당신 그러면 나도 가만 안 있을 거야."

 테레사의 완고함에 뒷걸음질 치며, 본능적으로 주방 칼꽂이에 꽂혀 있던 식칼 하나를 뽑아 드는 폰푼이었다.

 "왜? 그 칼로 날 찌르시게, 그럼 이 못된 계집애가 먼저 죽을걸."

 폰푼의 저항에 가소롭다는 듯, 조안의 머리채를 움켜잡아 목을 바로 세우는 테레사였다. 그러고는 갈고리처럼 휜 아이스바일의 날카로운 옛지로 조안의 목을 겨눴다. 그에 들고 있던 칼을 그대로 다시 내려놓는 폰푼이었다.

 그리고 그 틈을 놓치지 않는 테레사였다. 칼을 내려놓느라 엉거주춤한 폰푼을 향해 잽싸게 다가가 가차 없이 아이스바일을 내리꽂았다. 한 번, 두 번, 세 번, 연거푸 폰푼의 왼쪽 목 뒷부분을 반복해서 내리꽂았다. 그에 멍한 눈빛에 초점을 잃고, 아이스바일이 꽂힌 채 그대로 바닥에 무릎을 꿇고 주저앉는 폰푼이었다. 마지막 일격은 얼마나 세게 박혔던지, 다시 뽑으려야 뽑히지도 않는 아이스바일이었다.

 "그러게 남에 가정사에 껴들긴 왜 껴들어. 넌 있지, 눈치가 없어서 죽는 거야."

 피를 흘리며 맥없이 주저앉은 폰푼을 뒤로, 테레사는 다음은 너라는 듯 몸만 돌려 조안을 노려보며, 또 다른 아이스바일을 꺼내 들었다.

 "어쩌지 이 못 된 계집애, 원래대로 다시 돌아왔네."

조안을 향해 절망의 메시지를 던지는 테레사였다. 마치 굶주린 맹수가 죽어가는 먹잇감을 보며 너는 이제 끝났다는 듯, 입맛을 다시는 것 같은 회심의 미소였다. 그리고 그 미소와 함께 조안을 향해 첫발을 내딛는 테레사였다.

"조안, 달아나. 빨리."

죽은 줄로만 알았던 폰푼이었다. 바닥을 기며 죽어가면서도 테레사의 한쪽 다리를 끌어안고, 필사적으로 매달려 있는 것이었다. 이미 죽은 사람이라 해도 과하지 않을 정도로, 목부터 흘러내린 피가 왼쪽 상체를 반으로 갈라 붉게 물들어 있었다. 그런데도 그 숨이 다하면서까지, 조안을 향해 달아나라 외치고 있는 것이었다.

하지만 조안은 그런 폰푼의 처절한 노력에도 불구하고 몸이 굳어 움직일 수가 없었다. 테레사가 자신을 향해 아이스바일을 내리꽂는 순간, 그 살기 어린 눈빛에, 몸은 이미 주눅이 들어 마비된 상태였다. 그건 절대 자기가 그동안 알고 있던, 사람의 눈빛이 아니었다. 살인마란 단어를 처음 듣고 2년을 상상했지만, 미처 상상조차 할 수 없었던 그런 눈빛이었다. 자신이 알고 있는 상식 범위 내에서는 그 표현할 단어조차 떠오르지 않을 정도로, 살기와 광기로 가득 찬 무시무시한 눈빛이었다.

그 광기에 주저앉아 바지를 적신 것도 모자라, 괄약근까지 풀려버린 조안이었다. 버젓이 자신의 눈앞에서 다른 사람도 아니고 자기를 지키기 위해, 폰푼이 발버둥을 치며 죽어가고 있는데도 전혀 그 어떠한 것도 할 수가 없었다. 심지어 자신을 향해 달아나라 외쳐대는 폰푼의 그 간절한 목소리조차, 급기야는 귀까지 막혀가는지 아련히 멀게만 들려오는 것이었다. 오로지 온전한 곳이라고는 눈밖에 없었다. 그런 와중에도 어찌나 또렷하고 선명하게 보이던지, 얄미울 정도로 잔인한 눈이었다. 그러나 그 눈은 볼 줄만 알았지, 아무 도움도 못 됐다.

"조안…, 달아나…, 조안…."

처음엔 자기 귀가 잘못됐다고 생각한 조안이었다. 그랬던 조안의 귀에 확연한 차이를 내며, 점점 더 그 힘이 다해가고 있는 폰푼의 목소리였다. 하지만 달라지는 것은 없었다. 조안은 여전히 아무것도 할 수가 없었다. 그보다 더 무서운 것이, 테레사의 피로 얼룩진 광기 어린 눈빛이었다.

"으휴! 짜증 나. 니들 정말, 왜 그러니?"

죽어가면서도 자신의 바짓가랑이를 부여잡고 필사적으로 저지하고 있는 폰푼을 보며, 짜증스럽다는 듯 불쾌감을 표하는 테레사였다.

"이러니까 내가 스트레스를 받지. 주인 따라가는 것도 아니고, 너 어차피 이 집 하녀 아니었어. 근데 왜 자꾸 주제넘게 이러는 건데. 응?"

그 말과 함께 박혀있던 아이스바일을 발로 밟아, 마저 끝까지 짓이겨 넣는 테레사였다.

"이제 좀, 말귀를 알아들었니?"

테레사의 재차 공격에 더는 그 어떠한 움직임도 보이지 않는 폰푼이었다. 일순간에 경직됐던 모든 근육이 이완되면서, 바닥에 그대로 얼굴을 묻고 고꾸라졌다.

"봤지, 이게 다 너 때문이거든. 너만 없었으면 내가 왜 이런 고생까지 하겠냐고. 이 못된 것아. 죽어 죽으라고."

그사이 온몸이 피투성이가 된 테레사였다. 그 피투성이 된 마귀 같은 모습으로 아이스바일을 높이 치켜들고 조안을 향해 달려들었다. 더는 지체하고 싶지 않다는 듯, 그 날카로운 엣지를 조안의 정수리를 향해 그대로 내리꽂았다.

"윽!"

순간적이고도 짧은 외마디였다. 무언가 누군가의 몸속을 파고들었을 때 나는 소리였다. 그리고 누군가 그 파고든 무언가의 일격에 쓰러지는 것이었다.

"이 끈질긴 년."

미처 다 뱉어내지도 못한 테레사의 세상을 향한 아쉬움이 담긴 마지막 메시지였다. 하지만 입안에서만 맴돌다 이내 사라져, 그 누구에게도 들리지 않았다.

다시 한번 구세주처럼 등장한 폰푼이었다. 마지막 기력을 다해 자신이 바닥에 내려놓았던 칼을 집어 들고, 테레사의 등 뒤에서 그대로 내리꽂아 버린 것이었다. 테레사가 그걸 감지했을 때는 이미, 그 짧은 외마디 괴성과 함께 조안을 온몸으로 덮치며 쓰러진 후였다.

"저, 정, 식, 아…."

모든 상황이 끝났음을 알리는 폰푼의 입에서 나온 애절하고 간절한 누군가의 이름이었다. 죽어가면서도 끝까지 그 이름을 다 부른 폰푼이었다. 8년 동안 제대로 한 번도 불러보지 못했던 한국에 있는 투병 중인 어린 아들의 이름이었다. 그 한 맺힌 마지막 메시지를 끝으로 폰푼은 숨을 거뒀다. 하지만 그녀의 눈은 여전히 아들에 대한 그리움에 죽지 않고 살아 있었다.

조안은 그런 폰푼의 마지막조차 함께 해주지 못했다. 자신을 향해 점점 더 확대되어오는 아이스바일의 날카로운 엣지에 순간 정신을 잃은 조안이었다. 시간이 지나 정신을 차렸을 때는, 이미 싸늘하게 식어 죽어 있는 폰푼이었다.

"폰푼, 죽지 마. 죽지 말란 말이야. 폰푼."

뒤늦게 조안은 그런 폰푼을 끌어안고 죽지 말라며 눈물로 애원해보지만, 폰푼은 아무런 대답이 없었다. 그래서 더욱이 화가 나는 조안이었다. 마지막 순간까지 자신을 지켜주기 위해, 희생을 감수한 폰푼이었다. 피 한 방울 섞이지 않았지만, 자신을 어려서부터 키운 정 하나로 그리 한 것이었다. 하지만 자신은 그런 폰푼이 죽어가는데도 그 곁조차 지켜주지 못했다. 그리고 그 죽은 후에까지 아무것도 해주지 못하는 자신이었다. 조안은 그런 자신이 너무 밉고 싫었다.

테레사의 말처럼 다 자기 때문에 죽은 것이었다. 밥도, 페페도, 폰푼도, 자기만 아니었다면 죽지 않아도 될 소중한 생명들이었다. 그런데도 죽은 자에 대한 위로는 물론이고, 죽인 자를 향한 그 어떠한 분노도 표출하지 못하고 있는 자신이었다. 여전히 폰푼의 몸엔 흉물스러운 흉기가 끔찍하게 박혀있었다. 너무나도 가엾고, 측은한 폰푼이었다. 살아 있으면서도, 그 죽은 자의 고통이 그대로 느껴지는 조안이었다. 반면 테레사는 뭐가 그리 당당한지, 죽어서까지 두 눈 부릅뜨고 웃고 있는 것이었다. 그 표정 속엔, 죄의식이나, 뉘우침은 전혀 없었다. 그에 조안은 분개하고 있었다.

그리고 그제야 깨달은 조안이었다. 자신은 절대 살인마의 딸이 아니라는 것을. 그렇지 않고서는 지금 자신 속에서 들끓고 있는 온기가 느껴질 수 없었다. 그 어느 때보다도 따뜻한 온기가 느껴지는 자신의 피였다. 그 온기 서린 의무감에, 조안은 비로소 자신이 할 수 있는 일이 떠오르며, 폰푼의 몸에 흉물스럽게 박혀있던 아이스바일을 잡아 뽑았다.

"폰푼, 이젠 덜 아플 거야. 고마워, 폰푼."

죽은 자에 대한 기도가 끝이 나자, 조안은 자신의 근원적 밑바닥 속에서부터 들끓고 있던, 온기에 대한 본격적인 의무를 실천해 보였다. 뽑은 아이스바일을 들고 자신 속에서 그렇게 두려워했던 살인마를 향해 가차 없이 내리쳐 단죄를 고했다. 찍고, 또 찍고, 테레사의 몸이 너덜너덜 만신창이가 될 때까지, 찍고 또 찍었다.

그리고 그때였다. 잠긴 현관문을 발로 차 부수며 누군가 들이닥친 것이었다. 성민이었다. 술에 취해 수면제를 먹긴 했지만, 조안 걱정에 수면제의 약효를 이기고 집으로 달려온 것이었다. 하지만 성민은 맞닥트린 현실 앞에, 그 달려온 의미조차 잃어버렸다.

눈이 떠지는 순간 머리는 깨지고 빠개졌지만, 아차 싶은 성민이었다. 확인도 안 됐는데, 조안부터 의심한 자신이었다. 생각해 보면 조안이 그럴 이유가 없었다. 소아 사춘기에 다소 자신의 말을 거역하며 못되게 굴긴 했어도, 그건 어디까지나 자신에게만 한정된 성장통이었을 뿐, 밥과 페페와는 전혀 무관했다. 그런데도 자신은 밥의 불에 탄 사진을 보는 순간 조안을 떠올리며 의심했다. 그리고 죽은 페페를 보는 순간, 그 의심은 확신이 되어 단정 지어버렸다. 그동안 조안을 얼마나 믿지 못했으면 그랬을지. 자기만 아니라고 우긴 불신의 결과였다. 그 모든 이유를 떠나, 세상 사람들 다 그런다 하더라도 자신만은 그러면 안 됐다. 그 누구보다도 조안을 믿고 감싸줘야 할 자신이었다. 자신은 그럴 의무가 있는 아빠였다.

성민은 그 뒤늦은 후회에 핸들과 도로가 따로 노는 위험천만한 상황까지 감수하며 집으로 달려온 것이었다. 한데 눈 앞에 펼쳐진 광경 앞에, 지난 악몽들이 되살아나며 기겁했다. 온몸이 피투성이인 채 테레사의 머리맡에 앉아 있는 조안이었다. 그러고는 이미 안면부가 함몰돼 알아볼 수조차 없었음에도, 계속해서 그런 테레사를 내리찍고 있는 것이었다.

"그만해, 조안."

호통이라기보다는 절규에 가까운 성민의 탄식이었다. 하지만 조안에겐 그 소리가 들리지 않았다. 소리는 물론이고 감각까지 마비돼, 전혀 다른 세상 속에 갇혀버린 조안이었다. 그러자 그 갇혀버린 세상 속으로 직접 몸을 던져 뛰어드는 성민이었다. 피투성이인 조안의 손을 강제로 휘어잡아, 들고 있던 아이스바일을 뺏어 내동댕이쳤다. 그러고는 역겹다는 듯, 조안을 매섭게 쏘아보며 나무랐다.

"너. 미쳤니? 제정신이냐고 조안."

그제야 아빠를 인지하고 고개를 들어 빤히 쳐다보는 조안이었다. 하지만 성민은 그런 조안의 시선을 기다려주지 않았다. 조안을 멈춰 세우기가 무섭게, 서둘러 테레사와 폰푼의 생사를 확인하는 성민이었다. 그리고 잠시 후, 성민의 길고 절망적인 한숨 소리가 그들의 생사를 예측해줬다.

"나 아니야. 아빠. 나 아니라고. 내가 안 그랬다고. 아빠,"

어이가 없다 못해 자신의 귀를 의심하는 성민이었다. 버젓이 자신의 눈앞에서 그 만행을 저질러 놓고도, 그걸 부인하는 조안이었다. 이번엔 확인도 안 하고 단정부터 지었던 밥과 페페 때 하고는 달랐다. 자신의 두 눈으로 그 생생한 현장을 직접 본 것이었다. 그런데도 계속해서 부인하며, 같은 말만 되풀이하고 있는 것이었다.

"내가 안 죽였다고, 아빠."

그런 조안을 향해 대답 대신 뺨을 한 대 후려치는 성민이었다. 태어나 처음이었다. 단 한 번도 때려 본 적이 없는 조안이었다. 그런 조안을 일련의 망설임도 없이, 가차 없이 후려친 것이었다. 그때는 어찌할 거냐는 차 여사의 말이 비수처럼 뇌리에 꽂히며, 더는 사람도 같잖게 느껴진 것이었다. 어떻게 사람을 둘씩이나 끔찍하게 죽여 놓고도, 아니라 발뺌할 수 있는지. 피는 못 속이는 것을 넘어, 침묵 속에 자길 가둬버린, 그 피의

원천보다도 더 악랄하고 사악한 조안이었다. 그건 누가 보더라도 사람의 모습이 아닌, 악마 그 이상의 모습이었다. 하지만 성민은 그런 흉물로 변해버린 조안을 자신의 온몸으로 끌어안았다.

"정신 차려, 조안. 정신 차리라고, 아빠 말 잘 들어. 넌 아무 짓도 안 한 거야. 넌 아무 짓도 안 한 거라고……."

그 모습이 어떻게 변했든, 부인할 수 없는 것이 있었다. 핏줄이었다. 그 불변의 법칙 앞에 흉물마저 끌어안는 성민이었다.

"정말이야, 아빠. 나 아니야."

이해할 수 없는 조안이었다. 아빠가 왜 그런 말을 하는지조차 몰랐다. 자신은 누가 뭐래도 결백했다. 그래서 자신의 그 결백함을 주장하며, 같은 말만 계속해서 되풀이할 뿐이었다.

"아빠 말 못 들었어. 정신 차리라고 했지, 조안."

"내가 안 죽였다니까. 아빠."

그러면 그럴수록 더 공허하게만 들리는 조안의 하소연이었다. 그래서 그랬던지, 갑자기 자리를 박차고 일어서는 조안이었다. 그러고는 자신의 머리채를 움켜쥔 채 흔들어대며, 아빠를 향해 그 답답함을 폭발시켰다.

"나 아니야. 나 아니라고……."

조안의 최후 항변이었다. 하지만, 그것마저 아빠에겐 그저 공염불이었다. 너무 억울해 가슴이 터질 것 같아 죽을 것 같았지만, 자신이 그 어떠한 말을 하더라도 믿어주지 않는 아빠였다. 그에 조안도 더는 항변을 하지 않았다. 일어났던 자리 그대로 다시 주저앉아 그 입을 닫아버렸다.

그다음부터는 오롯이 성민의 몫이었다. 조안을 진정시키기가 무섭게, 성민은 망막한 자신의 머릿속을 가다듬어, 생각을 쥐어 짜냈다. 그러다 생각이 정리된 듯, 뒤뜰에 있는 창고로 뛰쳐나가는 것이었다. 그리고 잠시 후, 정원을 가꿀 때 사용하던 농업용 외발 손수레에 삽과 비닐을 찾아 넣고, 집 안까지 끌고 들어오는 것이었다.

그러고는 뭔가 놓쳤다는 듯, 잠깐 망설이는가 싶더니, 두 사람의 시신에서 핸드폰을 꺼내 전원을 끄는 것이었다. 그 후부터는 모든 것이 일사천리로 이루어졌다. 끌고 들어온 손수레에 비닐을 펼쳐 깔고 시신을 끌어다 허겁지겁 싣는 성민이었다. 그것만으로도 힘이 버거운 듯, 성민은 이마는 물론이고 온몸이 땀으로 흠뻑 젖었다. 하지만 거기서 멈추지 않고, 성민은 서둘러 시신이 담긴 손수레를 끌고 숲으로 향했다.

칠흑 같은 어둠을 뚫고 오로지 감에만 의존한 채, 방향을 잡아 질주하는 성민이었다. 그렇게 한 얼마를 내달렸을까? 빼곡한 나무 사이에 큰 나무가 뿌리째 뽑히며 생긴 꽤 큰 구덩이가 나왔다. 언뜻 봐도 두 사람을 넣고 묻기엔 충분할 정도의 꽤 큰 구덩이였다. 그 구덩이 속으로 수레의 손잡이를 자신의 턱 높이까지 들어 올리는 성민이었다. 그러자 폰푼과 테레사의 시체가 서로 뒤엉키며 구덩이 속으로 굴러떨어졌다.

"미안해요. 폰푼, 테레사. 날 절대 용서하지 마세요."

성민은 그렇게밖에 할 수 없는 자신에 대한 용서를 구했다. 그 저주받은 운명을 탓하며, 삽을 들어 주변의 흙을 한 삽 푸는 성민이었다. 그리고 그 퍼낸 흙을 구덩이 속으로 던지려다 말고 다시 내려놓았다.

그 후 들고 있던 삽까지 내려놓고는, 왔던 길을 되돌아 내닫는 성민이었다. 그대로 묻기엔 뭔가 미심쩍은 것들이 남아서였다. 그래서 그 미심쩍음을 없애기 위해, 창고로 향했다. 한 걸음을 두 걸음씩, 수레를 끌고 올 때와는 비교도 안 되는 걸음이었다. 마치 축지법이라도 쓴 듯, 200여 미터의 거리를 단숨에 돌파했다. 그러고는 일치의 지체도 없이 창고에 있던 비축용 휘발유 통을 들고, 또다시 왔던 길을 되짚어 구덩이를 향해 내닫는 것이었다.

 가빠진 숨소리에 목은 타고, 다리는 천근만근 무거웠지만, 그 마음은 힘든 줄도 모르는 성민이었다. 그 헐떡거림 속에 휘발성 냄새가 강하게 진동하며, 밤기운을 타고 온 사방으로 퍼졌다. 급한 마음에 구덩이가 앞에 보이자, 달리는 속도 그대로 휘발유 통의 마개를 연 것이었다. 그리고 도착과 동시에 휘발유 통을 아래로 뒤집어 이리저리 흔들어대며, 구덩이 속으로 쏟아붓는 성민이었다. 그 모든 것들이 일련의 동작으로, 라이터를 켜 구덩이 속에 던진 후에야 끝이 났다.

 그러자 검은 그을음과 함께, 구덩이 속에서 시뻘건 불길이 꽃처럼 피어올랐다. 그 화기에 휩싸여 활활 타들어 가는 두 주검이었다. 그렇게 무려 30분을 넘게 태웠다. 더는 사람의 모양을 하고 있지 않은 폰푼과 테레사였다. 옷가지들은 물론이고, 화기에 살점까지 녹아내려 형체조차 알아보기 어려운 두 주검이었다.

 그제야 성민은 오랜 기다림을 끝내고, 삽을 들어 주변 흙들을 퍼 구덩이를 메우기 시작했다. 서툰 삽질이었지만, 허리 한 번 안 펴고 온몸으로 하는 삽질이었다. 그래서 그런지 그 속도만큼은 몇 사람 몫을 하고 있었다. 삽질한 지 얼마 되지 않아, 거의 다 메꿔진 구덩이였다. 그러자 이번엔 주변 나무들을 캐, 그 위에 옮겨 심는 성민이었다. 그리고 마지막 마무리로 주변 나뭇잎들을 긁어모아, 그 위에 뿌린 후 발로 밟아 땅을 다졌다. 그렇게 다지고 다져, 시체처리가 끝이 난 후에야 성민은 다시 집으로 돌아왔다.

 하지만 성민의 질주는 그게 끝이 아니었다. 집으로 돌아오기가 무섭게, 성민은 두 사람의 스마트폰을 챙겨 또다시 집을 나섰다. 그러자 자신이 치워야 할 또 다른 흔적들이 성민을 기다리고 있었다. 폰푼의 차와 자신의 차가 주차장도 아닌, 집 앞에 지그재그로 뒤엉켜있는 것이었다. 그리고 그 옆에는 테레사의 전동 킥보드가 바닥에 나뒹굴고 있었다. 당시 그들의 긴박했던 상황을 그대로 보여주고 있었다.

조안의 뺨을 내려치는 순간 이미 거기까지 계획이 되어있던 성민이다. 그 찰나 하는 순간이었지만, 자신이 뭘 해야 할지 너무나도 선명하게 떠오르는 것이었다. 마치 하늘의 계시 같았다. 그렇지 않고서는 그 짧은 순간 그 모든 것들이 명확하게 정립이 될 수는 없었다.

그런 자신의 이미 예측된 계획대로, 성민은 폰푼의 차에 테레사의 전동 킥보드를 싣고 시동을 켰다. 그리고 차를 몰고 집을 나서, 질주를 이어나갔다. 그 후 정확히 4.832km를 달려, 도심과는 약간의 거리가 있는, 아담한 집 앞에서 차를 멈췄다. 바로 폰푼의 집이었다. 조안을 자기 자식처럼 돌봐주고 있던 폰푼에 대한 고마움에 2년 전 집에서 멀지 않은 곳에 크지는 않지만, 아담한 집을 선물로 마련해준 것이었다.

"폰푼, 이 빚은 절대 잊지 않을게요. 너무 착해서 불쌍한 우리 폰푼. 부디 좋은 곳에서 행복하세요."

폰푼의 집을 정면으로 마주하며, 죄책감에 마지막 인사를 하는 성민이었다. 그 마지막 인사를 뒤로 이번엔 테레사의 전동 킥보드를 타고 왔던 길을 돼 밟아 집으로 향했다. 그러면서도 성민은 볼을 타고 흐르는 눈물에 앞이 보이질 않았다. 어쩌다 자신이 그렇게 됐는지, 참으로 참담했다. 어디서부터 뭐가 잘 못 돼 그리됐는지, 생각하면 생각할수록 참담했다. 그러고도 유정을 비난할 수 있을지, 8년 전 그 답을 놓고 방황했던, 그 시점으로 되돌아온 성민이었다.

유정과 다를 바가 하나 없는 자신이었다. 자신은 아니라 부인을 하지만, 험난한 계곡을 가로질러 아슬하게 놓인 다리가 보이자, 폰푼의 스마트폰을 꺼내 다리 아래로 가차 없이 내던져 버린 자신이었다. 그런 자신이 유정과 다른 것이 뭐가 있을지, 흡사 자신 앞에 거울이 있다면, 유정보다 더한 괴물이 거울 속을 뚫고 나와 자신을 집어삼킬 것만 같았다.

이제 더는 자신은 없었다. 오로지 자신이 그렇게 8년을 경멸하고 끔찍하게 생각하고 있던 괴물만 존재할 뿐이었다. 그 절망감에 성민은 테레사의 스마트폰마저, 아득한 절벽 아래로 집어 던졌다.

"나에 대한 당신의 감정 뻔히 다 알면서, 좋아한단 말 한마디 못 해줘서 미안해요, 테레사. 우리가 사귀다 잘못돼, 행여 당신이 떠나기라도 할까 봐 그랬던 거예요. 연인으로서의 테레사도 간절히 바랐지만, 그보다 유능한 동료를 잃는 것에 대한 두려움이 더 컸던 것 같아요. 부디 내 우유부단함을, 용기가 없음을, 용서해 주세요, 테레사."

성민은 그렇게 자신을 합리화하며, 폰푼도, 테레사도, 세상 밖으로 훨훨 털어냈다. 그 마지막 죄의식을 끝으로 세상에서 폰푼과 테레사는 영원히 그 자취를 감춰 소멸했다. 더는 세상에 조안이 두 사람을 끔찍하게 죽였다는 증거는 남아 있지 않았다. 성민은 그 안도감에, 곧 떠오를 새날의 태양을 기다리며 집으로 돌아왔다.

하지만 그런 성민을 기다리는 것은, 지워도 지워도, 끝날 것 같지 않은 살인마의 딸로 재림한 조안의 차고 넘치는 또 다른 흔적들이었다. 조안이 테레사의 안면부를 찍어대던 그곳엔, 엉겨 붙은 핏덩이가 흥건하게 고여 그대로 남아 있었다. 성민은 그 피비린내에 머리가 깨질 것만 같았다. 마치 해볼 테면 해보라는 듯 조롱이라도 하는 것만 같은 피비린내였다.

끝나지 않은 악몽 앞에, 성민은 다시 한번 현실을 직시하며 각오를 다졌다. 부랴부랴 밖으로 나가 장작더미를 한 아름 안고 들어와, 벽난로에 불을 지폈다. 그리고 카펫을 둘둘 말아, 그 불타는 벽난로 속으로 집어넣어 버렸다. 다행히 방수 카펫을 깐 덕에 바닥까지는 핏물이 스며들지 않아 여분의 카펫을 창고에서 갖다 깔자 완전무결해진 바닥이었다. 그것을 시작으로 성민은 집안 곳곳을 돌아다니며 혹시 남아 있을 흔적들을 확인하며, 닦고 지워냈다.

그렇게 집안에 남아 있던 흔적들을 지운 성민의 시선이 조안으로 향했다. 마지막 남은 치명적인 증거였다. 그 증거만 없앤다면 오늘 일은 아무도 모를 것이었다. 비로소 끝날 것 같지 않던 악몽도 끝이 보이기 시작했다. 성민은 그 끝을 맺으려 욕실로 향했다. 그리고 잠시 후 욕실로 들어갔던 성민이 비누와 샴푸를 호주머니 속에 챙겨 밖으로 나왔다.

조안은 여전히 그 자리에 주저앉아 넋이 나가 있었다. 온몸은 피투성이에 초점도 없이, 절망을 넘어 세상 끝에서 누군가의 처분만을 기다리고 있었다. 욕실에서 나온 성민이 그런 조안에게 다가갔다. 그러고는 가차 없이 조안의 옷가지들을 모조리 벗겨냈다. 동시에 그 벗겨진 옷가지들은 차례대로 벽난로 속으로 던져 그 흔적을 감췄다.

졸지에 벌거숭이가 된 조안이었다. 하지만 그게 끝이 아니라는 듯, 성민은 그런 벌거숭이가 된 조안을 들춰 안고, 밖으로 나가 어딘가로 뛰기 시작했다. 조안이 밥을 마지막으로 봤다고 한 그곳이었다. 집 아래로 흐르고 있던 강으로 향하는 길이었다. 그 길을, 조안을 안고 단숨에 주파해 강으로 뛰어드는 성민이었다.

의무감이었다. 그리고 살아야 했다. 그 살기 위해, 조안을 강물에 내려놓고, 머리에서부터 발끝까지 몸 구석구석을 씻기고 또 씻겼다. 밤사이 벌어졌던 끔찍한 흔적들이 모두 지워질 때까지 씻어 지우고, 또 지웠다. 그러면서도 속으로는 주문처럼 되뇌는 성민이었다.

'아무 일도 없을 거야. 그래 아무 일도 없을 거야. 이건 꿈이야. 이 밤이 새고 잠에서 깨면, 언제 그랬냐는 듯이 다 원래대로 돌아가 있을 거야. 그래 이건 꿈이야.'

성민은 그 주문과 함께, 말끔히 씻겨진 조안을 다시 들춰 안고 집으로 돌아왔다. 그리고 괴물이 되어 버린 조안을 품에 끌어안고 잠을 청했다. 아주 오랜만에 자신의 품에 안겨 잠이든 조안이었다. 하지만 전혀 변한 것이 없었다. 2년 사이 덩치만 조금 더 자랐을 뿐, 여전히 괴물이 되기 전 그 모습 그대로였다. 그 평온함에 불안감에서 벗어나, 자기도 모르게 스르륵 잠이 드는 성민이었다.

"아빠."

성민은 눈 부신 햇살에 자기를 부르는 소리에 악몽이 꿈이기를 바라며 눈을 떴다. 그런 성민의 품에 안겨, 뜬눈으로 밤을 지새운 조안이 아빠를 부르고 있었다.

"아빠. 내가 안 그랬어."

조안은 확인하고 싶었다. 그래서 뜬눈으로 밤을 지새우며, 아빠의 입을 통해 확인이 듣고 싶어 아침이 되기만을 기다린 것이었다. 그래야 자신을 두고 벌어진 끔찍했던 악몽에서 벗어나 살 수 있을 것만 같았다.

"알아. 넌 절대 그럴 리가 없어. 우린 그냥 평소 우리가 살던 때로 되돌아가면 되는 거야."

"응, 아빠."

그 간단한 말 몇 마디에 두 사람은 아무렇지도 않게 잠에서 깨, 악몽 이전의 순간으로 되돌아갔다. 그 속엔 더는 주검이 된 자들에 대한 사연 따위는 존재하지 않았다. 신기한 일이었다. 세상은 변한 것이 없는데, 그 마음 먹기에 따라 나락에서 부활한 자신들이었다.

그 후, 두 사람 사이는, 비 온 뒤에 땅이 더 굳어진다는 옛말처럼, 그 어느 때보다도 더 돈독하고 믿음으로 충만했다. 조안도 성민도 차 여사가 찾아오기 이전의 모습으로 되돌아갔다. 그런 꿈같은 현실 속에서 언제 그랬냐는 듯, 예전의 밝고 쾌활했던 그 시절처럼 해맑게 웃고 있는 조안이었다. 그런 조안의 웃음소리에 하루하루가 마냥 행복에 겨운 성민이었다.

그리고 그런 조안이 고마운 성민이었다. 그 모든 시련을 감내해 준 조안에 그저 감사할 따름이었다. 아빠를 향한 자신이 했던 약속대로, 예전의 밝고 천진난만했던 그때로 되돌아가 준 것이었다. 그 마음은 조안 역시 다르지 않았다. 진실은 중요하지 않았다. 그깟 하찮은 진실 따위에, 다시 아빠를 잃을 수는 없었다. 믿든 안 믿든, 그건 중요하지 않았다. 어차피 자신은 이미 부인하려야 부인할 수 없는 살인마의 딸이었다. 그 낙인은 자신이 살아 있는 한 영원히 따라다닐 저주였다. 그래서 진실 따위는 중요하지 않았다. 중요한 것은, 그런데도 자신의 곁에 남아준 아빠였다. 그것만으로도 조안은 더 바랄 게 없었다.

아빠 없는 공백은 자기가 생각했던 것보다도 더 큰 지옥이었다. 하루도 안 되는 그 짧은 시간, 그 지옥을 맛본 것이었다. 절대 그런 일은 다시는 겪고 싶지 않았다. 그러기 위해서라면 조안은, 그곳이 어디든 세상 끝까지라도 아빠를 따라갈 각오가 되어있었다.

그보다 더 쉬운 선택은 없었다. 어렸지만 본능적으로 깨달은 조안이었다. 설령 그 각오에 진정성이 없다 할지라도 아빠를 잃지 않기 위해서는 어쩔 수 없는 선택이었다. 비록 자신의 딸조차 믿지 못하고, 흉물스러운 살인마로 오인은 하고 있지만, 그럼에도 불구하고, 자신을 지켜줄 수 있는 세상에 존재하는 유일한 사람이었다. 조안은 아빠를 떠나, 그런 사람을 잃고 싶지 않았다. 그래서 아빠가 원하는 대로, 좋은 것만 보려고, 눈을 감고 가렸고, 좋은 것만 듣기 위해 귀를 닫고 막았다. 그리고 아빠의 입맛에 맞게 좋은 것만 말하고 들려주었다.

조안의 그런 변화는 성민을 들뜨게 했다. 8년을 저울질하며 어둠 속에 자신을 가뒀던 유정의 저주조차 잊게 할 정도로, 세상이 달리 보이며 빛으로 충만해 아름다웠다. 그 속엔 과거는 없었다. 오로지 미래만 있을 뿐이었다. 그래서 성민도 조안처럼 새로운 것만 보고, 새로운 것만 생각했다.

들춘다고 다 능사는 아니었다. 때론 들춰내기보다는 모른 채 묻어 둘 필요도 있었다. 과오란 인간에게 있어 미덕일지도 몰랐다. 그것마저 없다면 그건 신이지 인간이 아니었다. 신이 인간을 만들며 허점을 남긴 데는 다 그만한 이유가 있을 터였다. 결국, 과오는 신의 섭리이자 인간이라는 증표였다. 성민은 그런 자신의 선택이 하늘을 감복시켜 조안을 교화시켰다고 믿었다. 더는 조안의 몸속에 괴물은 존재하지 않았다. 최소한 성민의 눈에 비친 조안의 모습은 그랬다.

그 후로도 8년을 더 지켜본 조안이었다. 하지만 조바심에 숨조차 제대로 쉬지 못하고 지켜보던 그 예전 8년하고는 전혀 달랐다. 남들이야 뭐라건, 자신만의 확고한 신념에 믿음과 신뢰로 지켜본 성민이었다. 그 덕인지, 그 끔찍한 일을 겪고도 그저 그 또래의 여느 아이들처럼 평범한 16살의 조안만 존재할 뿐이었다. 공범 관계란 참으로 좋은 것이었다. 그 자체만으로도 신뢰였다. 그러자 눈이 뜨이며 보이기 시작하는 아름다운 실체였다. 제아무리 흉악무도한 악인이라 할지라도, 같은 악인의 눈에는 그저 자기와 다를 것이 없는 사람일 뿐이었다.

그렇게 조안은 대를 이은 괴물에서 평범한 사람으로 다시 태어났다.

더는 성민은 조안을 살인마의 딸로도, 괴물로도 보지 않았다. 저주는 한낱 의지가 약한 자에 의해 스스로 만들어지는 것일 뿐, 의지만 강하면 저주는 성립이 안 됨을 깨달은 것이었다. 그동안 자신을 옭아맸던 저주를 조안이 몸소 행동으로 보여주며, 그 저주를 깨버린 것이다.

 자기도 모르는 사이, 양심도 죄책감도 무뎌진 성민이었다. 오로지 자신이 한 선택에 대한 책임만 존재할 뿐이었다. 얄팍한 이기심에 이기지도 못할 자기 양심 따위는 이젠 중요하지 않았다. 그제야 오랜 방황의 늪에서 벗어나, 조안도, 자신도, 지극히 평범한 보통의 사람이 된 것이었다. 그동안 자기만 아둔해서 몰랐을 뿐, 다들 그렇게 살고 있었다. 죄는 지었다고 무조건 죄가 되지는 않았다. 죄는 드러나야 죄지, 드러나지 않는 한 그건 죄가 아니었다. 제아무리 치가 떨리고 경악할 범죄도, 드러나기 전까지는 죄가 안 되는 것이 세상이었다. 그런 세상에서 진작에 왜 그렇게 살지 못했는지 성민은 그것마저 후회했다.

 그동안 저주처럼 따라다녔던 모든 것들조차, 자기만 가만히 있었더라면 아무 일도 일어나지 않았을 것들이었다. 자기 소중한 사람을 위해, 그것도 못 해 그런 사달이 난 것이었다. 만약 자신이 그때 유정의 편에서 아무것도 하지 않았더라면, 조안도 살인마의 딸이란 오명은 물론이고 그런 끔찍한 시련도 겪지 않았을 것이었다.

 그 눈 한 번 감는 것이 뭐가 그리 어렵다고, 그 호들갑을 떨며 머나먼 길을 돌아왔는지 모를 일이었다. 하루에도 만오천 번은 넘게 깜박이는 것이 눈이었다. 그런 쉬운 것을 왜 못 해서, 자기 자식까지 지옥 속에 가뒀는지 어처구니가 없는 성민이었다. 그 눈만 한 번 감았을 뿐인데, 세상이 달리 보이며 신천지가 펼쳐진 것이었다. 성민은 그 신천지 세상이 다 자기 것인 양, 더할 나위 없이 뿌듯하고 행복했다.

귀환. 금기의 땅

part 3

신천지에서의 삶은, 성민과 조안의 많은 것들을 바꿔 놓았다. 아이에서 어엿한 숙녀가 된 조안이었다. 신체적 성징까지 더는 조안의 몸에서 아이는 없었다. 키도 성민보다 3cm나 더 컸다. 그리고 조안은 그림을 아주 잘 그렸다. 특히 디지털 페인팅에 관심이 있어, 최근엔 NFT 출품에 도전하고 있었다. 그래서 오늘은 그런 조안을 위해 성민이 준비한 특별한 이벤트가 기다리고 있는 날이었다. 조안의 우상이자 한국 교포로 세계적인 명성을 낳고 있는 현존 최고 NFT 작가인, 소피 킴의 작품 전시회가 그녀가 나고 자란 호주 시드니 뉴사우스웨일스 아트 갤러리에서 열리고 있었다. 그 티켓을 프리미엄 500달러까지 얹어주며 어렵사리 구해, 조안과 함께 전시를 즐기고 있는 성민이었다.

"역시 아빠밖에 없어. 최고."

"근데 좀 징그럽지 않아?"

"난 너무 좋은데."

"이게?"

"예술은 말이지 아빠. 보이는 물리적 성상만 쫓아서는 안 돼, 영감적 시선으로 작가의 관점에서 소통하는 거야. 이 작가가 지금, 이 시대를 향해 우리에게 뭘 말하고 있는지. 그게 예술이래도."

"아빠는 그래도 모르겠는걸. 사람 장기 속에 동물들이 산다는 게 좀 흉물스러운 것 같기도 하고."

"그건 우리가 무심코 먹은 것들이 우리에게 어떤 영향력을 끼치는지, 한 번쯤 생각해 보자는 거잖아."

동물들을 앙증맞고 귀엽게 포장해 내기는 했지만, 장기를 여과 없이 적나라하게 보여줘 성민의 눈엔 혐오적인 느낌이 강한 그림들이었다. 하지만 조안은 작품들을 일일이 아빠에게 설명해주며 그런 성민을 답답해했다.

"갈수록 더 징그럽네, 이 작가 정신병자 아니야."

수술을 밥 먹듯이 하는 의사인 성민이었지만 선뜻 납득하기 어려운 그림들에 다시 한번 자신의 속내를 드러냈다. 그에 비하면 입구 쪽에 있던 장기 속에 사는 동물들은 양호한 편이었다. 안으로 들어서면 설수록 상태가 더 심해져, 토막 난 인체를 동물들이 도시락처럼 들고 다니며 뜯어 먹는 것이었다. 제아무리 예술이라지만, 성민의 상식으로는 정신병자로밖에는 보이지가 않았다.

"아빠, 남들이 들으면 어쩌려고. 이 작가가 얼마나 유명한데, 한 번도 자기 모습을 드러낸 적이 없는데도, 내놓는 작품마다 없어서 못 팔정도로 완판인걸."

"그런 유명한 사람이 왜 숨어 사는데?"

"숨어 사는 게 아니고, 은둔이라니까."

"그게 그거지 뭐. 은둔이나, 숨어 사는 거나. 얼굴이 못생겼나?"

"미치겠다, 아빠. 그게 아니고, 편견 없이 작품으로만 소통하고 싶어서 그런 거라잖아. 딱 보면 느낌이 오지 않아."

"내 딸이지만, 우리 공주님은 누굴 닮아서 이렇게 똑똑하실까?"

"치! 할 말 없으면 매번 그러더라."

미디어아트를 겸해서 그런지, 한 작가임에도 3개 관으로 구성된 큰 규모의 전시였다. 그래서 그런지, 둘러보는 데만도 시간이 꽤 걸리고 있었다. 입장한 지 1시간이 다 돼서야 마지막 관에 들어선 두 사람이었다. 마지막 관은 작가의 탄생을 테마로 빛과 조명, 음향과 영상이 어우러진 디지털 입체 관이었다. 그 웅장함에 들어서자마자 입이 벌어지는 조안이었다.

"우와! 너무 멋지다."

"작가가 요즘엔 이런 것도 기획하나 봐."

"에이, 아빠. 여긴 작가가 한 게 아니고, 작가의 탄생을 테마로 갤러리 측에서 기획한 거라잖아."

"어쨌든 대단한 작가인 것 같기는 하네."

"저기 봐, 아빠. 작가 어렸을 때래. 어쩜 저렇게 앙증맞을 수가 있어, 너무 귀엽다."

"애들이 다 그렇지. 넌 더 귀여웠거든."

"정말이지, 아빠 앞에서 내가 무슨 말을 하겠냐? 누가 그걸 몰라서 그런데, 워낙 베일에 가려져 있다 보니, 존경의 의미로 귀엽다는 거지. 나도 내가 더 귀여운 줄은 알거든. 하하하."

"그러게 죄지은 사람처럼, 숨어 살긴 왜 숨어 살아."

"그게 아니래도, 자꾸 그러시네."

"그게 아니면….'"

"와우!"

눈이 번쩍하는 감탄사와 함께 스크린에 투영된 사진 한 장에 아빠의 말을 끊는 조안이었다.

"호주에서 떠나기 전이면 17살 정도 됐으려나, 그런데도 어쩜 저렇게 예쁠 수가 있지. 거봐 내 뭐랬어. 아빠 말 다 틀렸잖아. 저 얼굴이 어떻게 숨어 살게 생겼는데?"

그런 조안의 말이 들리지 않는 성민이었다. 순간 동공이 자기도 모르게 확장되며 시간이 그대로 멈춰버린 것이었다. 자신의 눈으로 직접 보고 있으면서도, 그 눈을 의심케 하는 일이 벌어진 것이다. 교차하는 현란한 빛과 함께, 줌업을 반복하며 보여주고 있는 영상 속 인물에, 성민은 한동안 잊고 있던 악몽이 되살아난 것이었다.

절대 잊을 수 없는 바로 그 얼굴이었다. 그때 그 여자였다. 식탁 위에 팔다리가 잘려 몸통만 죽어있던 바로 그 여자였다. 잊으려야 잊을 수도 없었다. 부릅뜬 두 눈에 자신을 정면으로 노려보고 있던 여자였다. 다른 사람이라면 모를까, 그 여자만큼은 세월이 골백번 지난다고 하더라도 확신할 수 있었다.

한데 그 죽은 여자가 소피 킴이란 이름으로 버젓이 살아, 작품 활동을 하고 있었다. 성민은 도무지 이해하려야 이해할 수 없었다. 그래서 자기 눈을 의심하며, 동공을 고정시킨 채, 확인하고, 또 확인했다. 세상엔 닮은 사람들은 얼마든지 있었다. 하지만 흉터까지 닮을 수는 없었다. 그 흉터를 누구보다도 정확하게 기억하고 있던 자신이었다. 부릅뜬 눈과 눈 사이, 흡사 인도 여성들의 빈디처럼 미간에 나 있던 별 모양의 깊게 파인 흉터였다. 도저히 있을 수 없는 일이 벌어진 것이었다. 세상에 죽은 사람이 되살아 돌아올 수는 없었다.

"조안, 아빠 잠깐 화장실 좀 갔다 올게. 보고 있어."

성민은 그 있을 수 없는 일에, 화장실을 핑계로 밖으로 나왔다. 그리고는 곧장 화장실이 아닌, 데스크로 향했다.

"저 혹시, 3관 영상 속에 등장하는 인물이 정말로 작가가 맞나요?"

"네, 작가가 맞습니다."

"그럼 혹시, 작가 현재 사진도 볼 수 있을까요?"

"저희가 알기로는 작가의 초상에 대한 현재 자료는 구할 수 없는 것으로 알고 있습니다. 영상 속 사진은 작가가 초기 시드니에서 활동하던 당시 공모전 프로필 사진입니다."

"그럼, 작가를 만나려면 어떻게 해야 하나요?"

"그건 저희 소관 밖이라, 거기까지는 말씀드릴 수가 없습니다."

묻고 나니 더 답답한 성민이었다. 이제 와 죽은 여자가 누구든, 달라질 건 아무것도 없었다. 어차피 16년 전에 이미 세상 속에서 지워진 사건이었다. 그런데도 성민은 도저히 그 영상 속 얼굴을 지울 수가 없었다. 우연이라 하기엔, 닮은 정도가 아니라 너무 똑같았다. 그래서 집에 돌아와 조안이 식사를 마치고 자기 방으로 올라가기가 무섭게, 소피 킴이라는 작가명을 검색했다. 최소한 은둔 작가라 하더라도 세상이 다 떠들썩할 정도로 유명한 작가라면, 흔하디흔한 SNS상 어딘가엔 그 근황 하나 정도는 나와 있으리라 생각했다. 그러나 그건 성민의 착각이었다. 1시간여를 넘게 연관 검색을 하며 뒤져봤지만, 작품 이미지만 차고 넘쳐날 뿐이었다. 개인 신상에 관한 자료는 고작해야, 이미 조안에게 들어 알고 있는 20년 넘게 은둔 작가로 활동하고 있다는 것이 전부였다. 그 외의 그 어떠한 신상 기록도 나와 있는 것이 없었다.

말 그대로 완전 베일에 가려진 미스터리 작가였다. 최소한 현재 어느 지역에 거주하는지 그 행적만이라도 있을 법도 하련만, 호주를 떠났다고만 나와 있지 그 이후의 행적에 대해서는 그 어디에도 나와 있지 않았다.

그래서 더 성민의 궁금증을 자극하는 이유이기도 했다. 다른 건 다 몰라도, 그 행적만이라도 알고 싶었다.

그 궁금증에 성민의 공과 사는 어느새 그 경계가 허물어졌다. 하루하루 시간이 지나면 지날수록 그 경계는 더 허물어져, 급기야는 진료한 시간보다 컴퓨터 앞에 앉아 있는 시간이 더 많아진 성민이었다. 그러나 그 성과는 자신의 본분까지 저버리며 할애했던 시간에 비해 답답하리만큼 너무나도 미미했다.

그러자 더는 안 되겠던지, 방향을 틀어 직접 크고 작은 호주 내 미술협회며 단체들에 전화를 걸기 시작하는 성민이었다. 하지만 그 역시, 초반에는 순탄치가 않았다. 답변은커녕, 질문도 던지기도 전에 거절을 당하기 일쑤였다. 그렇게 초반의 시행착오를 겪고, 오기가 생긴 성민이었다. 그 후 성민의 신분은 기자가 됐다. 그 가짜 신분으로 다시 전화를 걸기 시작했다. 그제야 성민의 전화에 끊지 않고 응대하는 사람들이었다. 그러나 그 결과는 다를 게 없었다. 매번 같은 답변만 돌아올 뿐이었다. 아는 것이 없어 해줄 말이 없다거나 아니면, 이미 알고 있는 내용을 답습해 주는 수준이었다.

하지만 성민은 포기하지 않았다. 완전히 방법을 달리해, 자신의 선에서 안 되자 사립탐정을 고용한 것이었다. 그리고 그 결과물이 5일째 되던 날, 메일로 보내져 왔다. 그 기대감에 메일을 확인하는 성민이었다. 그러나 자신이 기대했던 것만큼 결과가 좋지 않았다. 자신이 이미 알고 있는 내용에, 15세에 데뷔해 호주에서부터 은둔 작가로 활동하다, 17살 때 호주를 떠나 한국으로 이주했다는 내용만 추가돼 있었다. 그 후의 일은, 미국 CIA가 와도 알아낼 수 없다는 농담 섞인 답변이었다.

그래서 이번엔 아예 그 대상을 바꿔, 추가 의뢰를 한 성민이었다. 소피 킴이 안되면 그 가족을 찾으면 될 것 같아서였다. 그리고 며칠 후, 그에 대한 두 번째 답변이 또다시 메일로 보내져 왔다. 첫 번째 의뢰 때와는 다르게, 그 문구의 시작부터 세심함이 느껴지는 메일이었다.

'친애하는 고객님께, 항상 귀하의 안녕과 평화가 깃들기를 기원하며, 의뢰하신 소피 킴의 가족 현황은 다음과 같습니다. 현재 소피 킴의 가족으로 특정할 만한 대상은 호주 내에는 없으며, 유일한 가족이었던 한인 1세대 부모는 아주 오래전 한국 여행 도중 사고로 사망하였음이 확인됐습니다. 그 외의 더 자세한 것은 한국…….'

두 번에 걸치기는 했지만, 수임료 5000달러짜리 정보치고는 너무 단출한 결과였다. 그에 메일을 읽다 말고, 헛웃음을 짓는 성민이었다. 하지만 그래도 소득이 전혀 없는 것만은 아니었다. 우연치곤 너무 맞아떨어지는 것이 있었다. 한 가지도 아니고, 세 가지씩이나 한 곳을 가리키며, 공통으로 겹치고 있었다. 그럴 우연은 세상에 없었다. 성민은 그 확신에 그동안 엄두조차 낼 수 없었던, 어떤 결심이 섰다.

지금이야 마냥 웃으며 행복하다지만, 그 행복이 언제 깨질지는 아무도 몰랐다. 조안 속엔 그만큼 무서운 것이 도사리고 있었다. 이미 8년 전에 자신의 눈으로 직접 본 무서운 괴물이었다. 그 무서운 괴물이 언제 어떻게 조안을 다시 집어삼킬지 몰랐다. 인생은 길고 세상은 결코 호락호락하지 않았다. 이제 겨우 조안 나이 16살이었다. 앞으로 어떤 시련과 우여곡절이, 그 긴 세월 조안을 흔들어 놓을지 몰랐다. 그에 비하면 지난 시련들은 시련도 아니었다. 자신이 그렇게 두려워하며 우려하던 진짜 시련은 아직 찾아오지도 않았다. 그건 조안 자신이 살인마의 딸이라는 것을 아는 순간이었다. 그 순간이 오면 조안 속 괴물은 자제력을 잃고 통제를 벗어나, 폭발하고 말 것이었다. 그러기 전에 그 위험요인을 없애줘야 했다.

그리고 그 조건도 너무 쉬웠다. 멀쩡히 살아 있는 소피 킴만 찾으면 되는 것이었다. 그렇게만 된다면, 유정이 만들어낸 저주도 자연스럽게 풀리는 것이었다. 저주란 받은 자에겐 가혹할지 몰라도, 들여다보면 별것 없었다. 개인과 개인의 인과관계 원흉이 얽히고설킨 인맥상의 산술적 문제일 뿐이었다. 그 속에 존재하는 숫자 하나만 신뢰를 잃어도, 저주는 그 근간까지 흔들리며 성립이 안 됐다. 유정이 만든 저주는 유정이 사람을 죽였다는 것에서부터 기인했다. 그 저주의 기인만 부활시켜 세상 앞에 되돌려 놓으면 되는 것이었다. 그러면 그다음부터는 세상이 다 알아서, 썩은 구시대의 희생양이라며 들고 일어나 줄 것이었다. 그 속에 지난 진실 따위는 중요하지 않았다. 중요한 것은 깨진 신뢰에 대한 의혹이었다. 그 의혹 앞에 범인이 아닐지도 모른다는 가정만으로도, 세상은 이미 유정에게 씌어놓은 살인마란 저주를 풀 것이었다. 성민은 그 이상도 바라지 않았다. 딱 거기까지만 바랐다. 그것만으로도 조안은 살인마의 딸이란 낙인에서 벗어날 수 있었다.

"조안, 아빠가 할 말이 있는데."

"뭔데?"

"병원에 갑자기 일이 생겨, 한 2주 정도 외국에 다녀와야 할 것 같은데, 아빠 없이 혼자 잘 지낼 수 있지."

말은 2주였지만, 기간은 예측할 수 없는 성민이었다. 그런데도 아빠 없이 하루도 못 사는 조안이 걱정돼, 거짓말을 한 것이었다.

"그게 뭔 소린데? 아빠 지금 그걸 말이라고 하는 거야. 어떻게 나한테 혼자 있으라는 건데?"

조안이 어떻게 나올지는 어느 정도 예상은 한 성민이었다. 하지만 자기가 예상했던 것보다도 더한 과민 반응을 보이는 조안이었다. 그 말을 꺼내기가 무섭게 버럭 화부터 내며, 성민을 향해 매섭게 쏘아보는 것이었다.

"그래서 아줌마한테는 아빠가 이미 말해뒀거든, 당분간 조안하고 집에서 함께 지내게 될 거야."

"그딴 아줌마가 아빠하고 같아? 나 아직도 아빠 없으면 무섭단 말이야."

"그럼 어쩌지?"

"어쩌긴 뭘 어째, 나도 따라갈 거야."

"아빠도 당연히 그러고 싶지. 한데 학교는 어쩌고?"

"그깟 학교가 문제야. 몰라, 난 죽어도 아빠 따라갈 거야."

성민은 조안의 막무가내에 어쩔 수 없이 계획을 수정했다. 학기 중임에도 조안을 데리고 한국 땅을 밟았다. 조안을 위해 떠났고, 조안을 위해 다시는 밟지 않으리라 다짐했던 한국 땅이었다. 하지만 성민은 자기 스스로 금기를 깨고, 조안까지 데리고 16년 만에 다시 한국 땅을 밟았다.

"조안, 낯설고 말도 안 통할 텐데 괜찮겠어?"

"걱정 마! 내가 누구 딸인데, 아빠만 있으면 난 뭐든 다 할 수 있으니까."

우려 섞인 성민의 표정과는 달리, 그런 성민을 비웃기라도 하려는 듯, 조안은 고개를 살짝 돌려 다른 곳을 보며 씩 하고 웃어 보였다. 성민만 몰랐을 뿐, 조안에게 한국은 단지 와본 적만 없었다뿐이지, 피부색이 달라 차별받던 호주보다도 더 익숙한 곳이었다.

"아빤, 그런 여유가 어디서 나오는지 모르겠다."

"말했잖아. 아빠가 있는데 뭐가 걱정이냐니까."

"그래 우리 딸, 긍정적이어서 좋네. 이왕지사 이리된 거, 울상보다는 웃상이 더 났겠지 뭐."

"내 말이, 그니까 아빠도 그만 인상 펴고 웃어."

"대신, 거처가 불편하더라도 감수할 수 있지."

"어딘데, 호텔?"

"하루이틀 묵는 것도 아닌데, 호텔은 좀 그렇잖아."

"그럼, 어딘데?"

"그냥 일반 가정집이야. 사진상으로 봤을 때는 괜찮아 보였는데, 조안한테는 호주하고 생활방식이 달라 어떨지 모르겠네."

"걱정 안 해. 내가 살림할 것도 아니고, 아빠가 다 해줄 거잖아. 나야 아빠만 있으면 어디든 오케이지. 가자고, 고고고."

큰 캐리어 세 개를 나눠 끌고 입국장을 나오는 성민과 조안이었다. 하지만 그 표정은 판이하게 다른 두 사람이었다. 낯선 땅에 대한 기대와 다시 밟은 땅에 대한 두려움이 각자의 얼굴에서 그대로 표출되고 있는 두 사람이었다.

그래서 그런지 시선의 흐름조차 다르게 보고 있는 두 사람이었다. 한 사람은 한껏 부풀어 오른 기대에 낯선 땅이 주는 모든 것들을 자기 속에 담기 바쁜가 하면, 다른 한 사람은 검은 커다란 선글라스로 자신을 가리고, 강한 경계심에 다시 찾은 땅과 자신을 거리 두려 애쓰고 있었다.

"Excuse me, 물품보관소로 가려면 어느 쪽으로 가야 합니까?"

성민은 입국장을 나와 공항 안내소를 들러, 영어로 물품보관소를 물었다. 호주에서부터 예약해 뒀던 렌터카 키를 찾기 위해서였다.

"Hi! Nice to meet you."

그리고 그때였다. 그런 성민의 뒤에서 캐리어를 지키며 기다리고 있던 조안에게, 40대 초반의 한 동양 여성이 다가오더니 반가이 인사를 건네는 것이었다.

"어쩌면 이렇게 예쁘게 생겼을까? 이런 딸 갖은 엄마는 얼마나 좋을지. 아줌마가 너무 부러워서 그런데, 우리 사진 한 장만 같이 찍을 수 있을까?"

"네, 그렇게 하세요."

조안의 허락이 떨어지자, 처음 보는 사람치곤 너무 과하다 싶을 정도로, 조안과 볼까지 맞대고 자신의 스마트폰으로 셀카를 찍는 여자였다.

"뭐니 조안, 누구니?"

그런 조안을 멀찍이 안내소에서 지켜보고 있던 성민이 되돌아와 물었다.

"예쁜 건 호주나 한국이나 같은가 봐. 내가 너무 예쁘다고 사진 한 장만 같이 찍자는데 어쩌겠어."

"그래도 모르는 사람한테 얼굴 함부로 내밀고 그러면 안 되지."

"뭐야, 질투?"

"그럼, 남의 집 귀한 딸을 생면부지 외간여자가 넘보고 있는데, 질투 나지 안 날까?"

"겨우 사진 한 장 찍은 거 가지고, 너무 과민 반응하시기는."

"그래도 그렇지 별 이상한 여자 다 보겠네."

"그러게 누가 이렇게 예쁘게 키워 달래."

조안은 성민의 노파심에 대답 대신 애교로 응수했다. 아빠보다 키만 큰 것이 아니라, 이미 모든 면에서 성민을 압도하고 있었다. 성민은 그런 조안에 더는 당해 낼 재간이 없다는 듯, 말 대신 캐리어 하나를 손에 쥐여주었다. 그러고는 물품보관소에서 렌터카 키를 찾아, 공항을 벗어나 거처로 향했다.

"건물들이 다 똑같아. 뭐 하는 건물들이지?"

조안은 차창 밖으로 길게 늘어선 아파트 단지들을 보며, 신기하다는 듯 그 궁금증을 자아냈다.

"아파트, 한국에선 주로 사람들이 저런 공동주택에서 살고 있거든."

"그래, 신기하다. 나도 한번 살아보고 싶다."

"그럴 줄 알고, 아빠가 우리 묵을 곳도 저런 아파트로 얻어 놨지롱."

"언제는 급하게 얻어 놔서, 불편할 거라더니, 그새 말을 바꾸시기는."

"우리 딸은 다 좋은데, 항상 이렇게 정곡을 찌른단 말이야. 높은 자리 있을 때 너그럽게 봐주면 좀 좋아."

"누가 높은 자린데? 그래서 그런 사람을 떼놓고 혼자만 오려고 그러셨구나?"

"이렇게 같이 왔으면 됐지, 우리 딸, 언제 적 일을 가지고 이리 쪼잔하시기는."

그 사이 어느덧 거처에 도착한 두 사람이었다. 거처는 성민의 고민 끝에 내려진 결정이었다. 호주에서 봤던 소피 킴이란 NFT 작가의 한국 내 정확한 행방을 몰라, 일단은 조안에 맞춰, 조안이 생활하기에 불편함이 없을 대한민국 최고 도시인 서울에 거처를 두기로 한 것이었다. 처음엔 자신이 나고 자라 익숙한 강림 시로 할까도 생각했지만, 혹시 모를 시선들이 무서워 서울로 결정한 것이었다.

"우와! 몇 층이야?"

"51층이라는데, 아빠도 말만 들었지, 이 정도로 높을 줄은 몰랐는걸."

"너무 잘 됐다. 나 이런대서 한번 살아보고 싶었거든. 우린 몇 층이야? 될 수 있음, 높았으면 좋겠다."

"글쎄, 조안 마음이랑 아빠 마음이 같을지는 모르겠는걸. 궁금하면 직접 한 번 맞춰 보시던가?"

엘리베이터에 타자마자 고민하는 조안이었다. 좀처럼 누르지 못하고 손가락만 들어 버튼만 이리저리 오가는 것이었다. 그러다 성민의 눈치를 한번 살피는가 싶더니, 맨 꼭대기 층인 51층을 눌렀다.

"실은 망설일 것도 없었는데, 아빠랑 놀아주느라 그런 거 알지."

"헐, Really?"

고속 엘리베이터였음에도 다른 세대들의 타고내림까지 겹쳐, 상당히 꽤 긴 시간을 올라가는 엘리베이터였다. 그리고 마지막까지 남은 두 사람이었다.

"거봐! 맞잖아. 아빠, 내 이럴 줄 알았다니까."

두 사람의 장난기 속에, 더는 오를 때가 없는 최상층부인 51층에 멈춰 선 엘리베이터였다. 그에 조안은 주먹을 불끈 쥐며 자신의 승리를 자축했다. 그리고 그에 걸맞은 전리품으로 현관문을 열고 안으로 들어서자, 탁 트인 통유리 넘어 서울의 멋진 야경이 그들을 기다렸다.

"와우! Oh my god! Beautiful, Wonderful, Excellent."

조안의 입에서 나올 수 있는 감탄사는 다 나오고 있었다. 그야말로 월 임대료 800만 원이 아깝지 않은 집이었다. 그 정도로 시야가 막힘없이 탁 트여, 드넓은 도심 전경이 한눈에 들어오는 전망이 좋은 집이었다. 조안을 위한 성민의 특별한 선물이기도 했다. 조안을 데리고 들어온 이상, 일이 다 끝났다고 해서 한두 달 있다 되돌아갈 수만도 없었다. 그래서 한 학기를 마치고 갈 생각으로, 조안에게 색다른 경험을 선사하고자 준비한 선물이었다.

"그냥 우리 여기서 살자, 아빠. 너무 멋지고, 아름다워."

"우리 딸만 좋다면, 아빠야 뭐든 못할까."

"정말이지. 나 그럼, 여기서 살래."

"이런, 누구 덕에 졸지에, 남의 나라 집까지 사게 생겼는걸."

그리고 그다음 날, 한국 생활 이틀째를 맞는 조안이었다. 들뜬 기분에 아빠보다도 먼저 일어나, 생전 해보지도 않았던 웨이브를 머리에 다 넣으며 분주한 아침을 맞고 있었다.

"아빠, 나 어때? 괜찮아?"

조안의 물음에 웃음밖에 안 나오는 성민이었다. 서툰 솜씨에 웨이브를 넣는다고 넣은 것이, 이리 뻗치고, 저리 뻗치고, 그야말로 낮도깨비가 따로 없었다.

"그럼, 누구 딸인데, 너무 예쁘지."

그럼에도 불구하고 성민은 그런 조안이 마냥 예뻐만 보였다.

"아니, 그런 거 말고, 정말로 봐달란 말이야. 이게 요즘 한국에서 유행한다길래 해봤는데, 그니까 어떠냐고?"

"그래, 잠깐만. 이렇게 하면 더 예쁠 거 같은데."

들고 있던 조안의 고대기를 직접 잡아드는 성민이었다. 그러고는 뻗친 부분들을 다시 자연스럽게 잡아주는 것이었다.

"너무 뻗쳐도 꼴사납거든. 어디서 보고 따라 했는진 모르겠지만, 아빠가 보기엔 이게 더 통하지 않을까 싶은데."

"진짜?"

"이 아빠가 누구야? 16년 경력의 조안 리, 전용 미용사 아니셔. 그동안 아빠가 해준 머리 책잡힌 적 있어? 없지. 그니까 이 아빠만 믿고, 첫

날부터 늦기 전에 얼른 나가자."

"좋아!"

성민은 정착이 아닌 단기 예측을 하고 온 터라, 행여 불미스러운 일에 조안이 휘말릴까 두려워 남학생이 없는 여고에 전학을 시켰다. 처음엔 그런 여고마저 학교폭력이 우려돼 대사관을 통해 국제 학교에 전학시킬 생각이었지만, 조안이 극구 우겨, 한국 학교로 결정한 것이었다. 그나마 여고는 성민의 의지를 끝까지 관철시켜 가능한 것이었다.

"조안, 말도 안 통하는데, 정말로 괜찮겠어?"

"걱정하지 말래도, 자꾸 그러시기는, 스마트폰 AI 통역기 쓰면 아무 문제 없을 거니까, 걱정 마셔!"

"그럼, 파이팅! 무슨 일 있으면 아빠한테 곧바로 전화하고. 알았지, 우리 딸."

그런 성민이 우려를 뒤로, 차에서 내려 우르르 몰려드는 다른 아이들과 섞여 아무렇지도 않다는 듯 학교로 들어가는 조안이었다. 그리고 그제야 성민의 눈에 보이는 아차 하는 실수였다. 다들 교복을 입고 있는데, 조안만 사복을 입고 있는 것이었다. 미처 거기까지는 생각도 못 한 성민이었다. 하지만 이미 늦은 후회에 당장은 어찌할 수 없어, 비상 연락망에 나와 있던 조안이 배정받은 학급의 담임선생님에게 대신 전화를 걸어 내일을 기약했다.

그 후 성민은 조안의 하교 시간을 계산하며, 서둘러 서울을 벗어나 청주로 향했다. 소피 킴을 찾기에 앞서, 그전에 먼저 할 일이 있어서였다. 그리고 2시간여를 지나 맞닥트린, 그 겉모습부터 심상치 않아 보이는 거대한 건물이었다. 철저히 외부와 격리된 높은 담과 삭막함이 느껴지는 청주 외곽에 위치한, 바로 유정이 수감되어 있는 교도소였다.

접견 신청은 이미 한국에 들어오기 전에 호주에서, 한국 교정민원콜센터를 통해 예약해 둔 상태였다. 그래서 그런지, 도착해 정문 민원실에서 간단한 신원 확인이 끝나자, 곧바로 접견실로 입장할 수 있었다. 하지만 성민은 마음을 놓지 못했다. 행여 거절이라도 하면 어쩌나 하는 생각에 오는 내내 마음을 졸인 터였다. 그러나 그 우려는 교도관과 함께 문을 열고 접견실로 들어오는 유정을 보는 순간 말끔히 사라졌다.

"여전히 예쁘네."

"너도 뻔뻔스러운 건 여전하네."

16년이란 세월이 지났건만, 그 세월을 비웃기라도 하려는 듯 여전히 예쁜 유정이었다. 칙칙한 죄수복에 초췌한 모습을 연상하고 왔던 자신이었다. 하지만 자기가 생각했던 것과는 달리, 여전히 변함없는 새하얀 피부에 그사이 살까지 붙어, 예전에 없던 완숙미까지 더해져 말랐을 때보다도 더 보기가 좋아져 있었다.

"안 나오면 어쩌나 했는데, 나와줘서 고마워."

"안 나오긴, 올 때가 됐는데도 깜깜무소식이길래 내가 얼마나 기다렸다고. 그래서 난 또, 날 잊고 새 장가라도 간 줄 알았는데, 이리 다시 찾아온 걸 보면 나만 한 여자는 아직 못 만났나 보네. 그래, 다시 보니까 어때? 지금 봐도 막 꼴려? 너 원래 그런 놈이었잖아. 고상한 척은 혼자 다 하더니마는, 어떻게 신고까지 해 놓고 날 다시 품을 생각을 했는지 몰라. 난 있지, 아직도 그게 이해가 안 돼. 그리 못내 아쉬울 것 같았으면 신고하지 말든가? 내 그랬잖아. 세상 사람들 다 그렇게 산다고. 살인이 아니라 그보다 더한 짓을 하고도 멀쩡히 다들 잘 사는데, 고작 그깟 눈 한번 감는 것이 뭐가 그리 어려워서 위선을 떤 건데? 난 그런 줄도 모르고, 정말로 내 몸을 불살랐지 뭐야. 그런 나한테 네가 한 짓을 봐. 자기만 살겠다고, 이런 철창 속에 날 가뒀잖아. 날 이렇게 만든 건 다 너야. 살인자란 굴레도 다 네가 씌운 거잖아. 너만 그때 내 인생에 껴들지만 않았더라도, 내가 왜 이런 철창 속에 갇혀 있겠어. 결국, 내 인생은 다 네가 망친 거야. 그러고도 뻔뻔스럽게 자기는 아무렇지도 않다는 듯 끝까지 발뺌하는데, 그때 내 심정이 어땠는지 아니? 그런데도 난 널 끝까지 믿었거든, 다른 건 다 몰라도, 최소한 네가 보여준 사랑만큼은 순수하리라 생각했어. 그래서 내 속에 생명이 꿈틀대는 순간, 두렵고 무서웠지만 널 믿고 낳은 거였어. 그리고 너에 대한 그 믿음으로, 널 불렀던 거야. 난 이렇게 끝나더라도, 우리 사랑은 그렇게라도 흔적으로 남기고 싶었거든. 방법은 좀 요란했지만, 살인마인 내가 그런 극단적인 방법 말고 널 만날 방법이 없잖아. 아니면 네가 날 순순히 만나러나 왔겠어. 그럼, 우리 아이는 어떻게 됐겠어. 너한테 선택의 기회조차 오질 않고 어디 보육원으로 보내졌겠지. 그래서 네 여자로서 그 책임을 다하기 위해, 너한테 직접 전해주고 싶었던 거야. 어때? 감동은 아니더라도 고맙지. 아닌가 보네, 그때 난 진심이었는데, 밤샌 산고에 만신창이가 돼 의식을 잃어가면서도, 이를 악물고 버티며 진심으로 널 기다렸거든. 근데 넌 어땠는 줄 알아? 어떻게 그럴 수가 있는지, 제 새끼가 탯줄도 끊기지 않은 채, 그 어미의 산도 속에 연결돼 안겨 있는데도, 그것도 치부라고 아랫도리가 꿈틀거릴 수가 있는지. 그때 알았지, 네 본심은 그것밖에 모른다는 것을. 그 순간 넌 내 눈에 사람이 아니었어. 짐승도 그보다는 낫다는데, 하물며 사람이 그럴 수는 없잖아. 그래서 난 널 응징하기 위해, 네 위선을 스스로 시험하라고 저주를 내렸던 거야. 한데 생각보다 강하네, 이렇게 직접 살아서 대면하기보다는 부고를 더 기대했는데. 낯도 참 두껍지, 그러고도 무슨 낯짝이 있다고 다시 날 찾아 왔는데."

"왜? 말 안 했어."

성민은 답변 대신 반문으로 유정의 길고 긴 한 맺힌 넋두리를 단숨에 재워버렸다.

"궁색할 때마다 말 돌리는 것까지 여전하네."

"왜? 말 안 했냐고."

"뭔가 잘못됐나 보네? 그래서 내 탓이라도 하러 왔니? 사람이 살면서 자기가 누굴 죽였다고 말하는 것보다 더 힘든 게 있을까? 그보다 솔직한 사람이 세상에 있겠냐고? 난 너한테 그랬는데, 이제 와서 뭐가 문젠데?"

"궁금하지 않아?"

"뭐가? 너 혹시, 그런 건 아니지?"

유정은 성민의 입에서 누군가의 안위에 대한 암시의 말이 나오자, 그 전까지 능청스럽던 태도에 순간 변화가 생기며 자기도 모르게 격양됐다.

"그건 또 걱정되나 보네. 그건 걱정 마. 아주 잘 있으니까. 보여 줄까?"

성민은 스마트폰을 꺼내 유정 쪽으로 화면을 돌려 보여주며, 그동안 조안이 어떻게 살았는지 핏덩이 때부터 현재까지의 모습들이 담긴 사진을 보여주었다.

"어때? 예쁘지. 이런 말까진 하기 싫지만, 널 닮아서 그런지 키도 나보다 더 커."

"잘 키웠네?"

"그니까 말해줘. 그날의 진실을."

"이제 와 그게 무슨 소용이 있는데?"

"무슨 소용. 넌 그동안 우리가 어떻게 살았는지 아니? 네가 퍼부은 그 지랄 같은 저주 때문에, 우리가 그동안 어떻게 살았는지 아냐고? 단 한 시도 편한 날이 없었어. 눈만 감으면 떠오르는 악몽에, 행여 그런 악몽이 재현돼, 우리 조안이 너처럼 될까 봐, 내가 얼마나 마음을 졸이며 살았는지 네가 알아? 그게 어디 나만 그랬을까? 네 말대로 어차피 나야 사람도 아니니 그렇다 쳐, 하지만 우리 조안은 무슨 죄가 있는데? 도대체 그 아이가 무슨 죄가 있어, 그 지옥 같은 세상을 유산으로 물려받아야 하는 건데? 누구보다도 그 지옥을 네가 더 잘 알잖아. 자신이 살인마의 딸이라는 사실을 아는 순간 우리 조안이 어떨지? 그니까 말해줘. 우리 조안이 그 사실을 알기 전에, 이 지랄 같은 저주를 그만 끝내줘. 많은 것도 안 바랄게, 단지 그날의 진실이 전부가 아니라고만 하면 되는 거야. 그래서 네가 살인마가 아닐지도 모른다는 일말의 언질만이라도 해주면 돼. 그럼, 그다음부터는 다 내가 알아서 할 거니까."

성민의 간절한 호소에 초점이 살짝 흔들리는 유정이었다. 하지만 그런 성민의 호소도 거기까지일 뿐, 유정은 이내 마음을 다잡고는 뭔가의 생각에 잠긴 듯, 두 눈을 지그시 감아 자신의 의지를 대변했다.

"도대체 뭘 감추려는지는 모르겠지만, 난 한시도 잊은 적이 없거든. 죽어서까지 두 눈 부릅뜨고 날 쳐다보는데, 내가 그 얼굴을 어떻게 잊겠어. 한데, 그 죽은 여자가 버젓이 살아 있다잖아. 그건 어떻게 설명할래?"

그 말과 함께 스마트폰을 켜 호주에서 봤던 소피 킴의 사진을 들이미는 성민이었다. 하지만 여전히 말이 없는 유정이었다. 16년을 삭히고 삭혀, 이역만리를 날아온 성민의 분노에 찬 다그침도 소용이 없었다.

"네가 말을 해주든 안 해주든, 난 절대 우리 조안을 살인마의 딸로 놔두지 않을 거야. 그날 무슨 일이 있었는지 네가 말을 하지 않더라도, 내가 다 밝혀낼 거니까. 그래서 우리 조안이 살인마란 굴레서 벗어날 수만 있다면, 난 무슨 짓이든 다 할 거야. 그니까 말해줘. 내 딸이기 전에 네 딸이기도 하잖아. 더는 너 때문에 그 아이가 저주받은 삶을 살지 않도록 도와줘 제발. 내 이렇게 빌게. 도대체 그날 무슨 일이 있었던 거냐고?"

급기야 복받침에 울분을 참지 못하는 성민이었다. 그 울분에 접견실 유리 벽을 두 손바닥으로 짚고 두드리며, 유정을 향해 사정하다 못해 읍소하는 성민이었다. 하지만 그런 성민을 뒤로 자리에서 벌떡 일어나, 매정하게 자리를 뜨는 유정이었다.

"하지 마! 아무것도 더는, 너도 그 아이도 다치지 마. 그냥 지금처럼만 살아줘."

일어나 문 쪽으로 걸어 나가다 말고 무슨 생각인지 유정이 다시 뒤돌아서며, 성민을 향해 경고도 부탁도 아닌, 애매한 메시지를 던진 것이었다.

"그런 넌, 왜 그 말이 그렇게 어려운 건데, 네가 그랬잖아. 다들 그렇게 산다고, 한데 넌 그 말이 뭐가 그렇게 어려워서 그러는 건데, 지금이라도 늦지 않았으니까. 그날의 진실은 다 왜곡이 됐다고, 그 말 한마디만 해주면 되는데, 왜 그런 쉬운 말도 못 해서 자기 자식을 살인마의 딸로 만드는 건데? 날 탓하기에 앞서, 널 탓했어야지. 그렇게 내가 원망스러웠다면, 거짓말을 해서라도 네 것을 지켰어야지. 다들 그렇게 산다며, 그럼 왜? 네가 살인마가 아니라고 말을 못 하는 건데. 두고 봐, 내 다시 올 때는 넌 살인마가 아니게 될 거야. 그날의 진실 따위는 필요 없어, 내가 반드시 그렇게 만들 거니까. 널 위해서가 아니라, 우리 조안을 위해서. 내가 꼭 그렇게 만들어 놓을 거니까."

자기 말만 하고는 곧바로 되돌아 접견실을 나간 유정이었다. 하지만 성민은 그런 유정이 보이지 않는데도, 끝까지 자신의 말을 다 하며 각오를 다졌다.

그런 성민의 뒤로 수감 방으로 돌아온 유정이었다. 그리고 손에 들려 있는 한 장의 사진이었다. 공항에서 어떤 모자이크 처리된 여자와 볼을 맞대고 함께 찍은 조안의 사진이었다.
"누구야, 누군데 이렇게 예뻐. 딸?"
옆에서 지켜보고 있던 동료 수감자였다. 사진을 보며 눈시울이 젖어 든 유정을 보고는 심상치 않다는 듯, 그 관계를 묻는 것이었다.
"아니, 그냥 아는 사람."
그 후, 성민의 행보는 자신의 각오만큼이나 무척 분주했다. 소피 킴의 행방을 찾기 위해, 그야말로 동분서주했다. 그녀에 대한 정보가 있을법 한 곳은 전부 다 뒤지고 다녔다. 하지만 성민이 할 수 있는 것들은 많지가 않았다. 국적을 넘어, 행정적 법률적 제한으로 개인이 타인에 대한 정보 접근이 결코 쉬운 일이 아니었다.
제일 먼저 찾은 곳은 현재 국적인 호주 대사관이었다. 소피 킴에 대한 출입국 기록 열람 의뢰를 하고 반나절을 기다렸다. 하지만 그곳에서 얻을 수 있는 답은 아무것도 없었다. 되려 수상한 사람으로 오인을 받아 대사관 보안요원에게 감금돼, 여권 조회까지 한 후에야 오해를 풀고 나올 수 있었다.
그래서 두 번째로 찾은 곳이 호주문화원이었다. 하지만 그곳 역시, 돌아오는 답은 아무것도 없었다. 호주에 대한 전반적인 문화 알림 목적으로 운영될 뿐, 한국 내 호주문화인에 대한 자료는 취급하지 않는다는 것이었다. 그러면서 자국민에 관한 정보는 이미 고초를 한번 겪고 나왔던 대사관으로 가보라는 거였다.
당초 어느 정도 예상은 하고 모국 길에 올랐던 성민이었다. 하지만 자기가 생각했던 것보다 상황이 더 막막했다. 최소한 소피 킴의 현재 거주지인 한국에 들어가기만 하면 만나는 것은 어렵더라도, 그녀의 행적 정도는 어렵지 않게 알 수 있으리라 생각했다. 그러나 호주에 있을 때보다도 더 성민을 막막하게 하고 있었다. 호주에서는 그래도, 그녀가 나고 자란 곳이라서 그런지, 물어물어 수소문이라도 할 수 있었지만, 한국에서는 그마저도 어려웠다.

그 막막함에 호주에서도 그랬듯, 인적 교류의 시발점이자 단초가 됐던 그녀의 직업군인 한국 내 다양한 문화 미술협회들을 찾아다닌 성민이었다. 하지만 답은 고사하고, 그녀가 한국에 거주 중이라는 사실조차 모르고 있는 것이었다. 그런 상황에서 더는 성민이 그녀를 찾기 위해 할 수 있는 것은 아무것도 없었다.

특히 한국 국적도 아닌 성민이 외국 국적인 소피 킴을 찾는다는 것은 더욱이 쉬운 일이 아니었다. 유명인이란 이유로 쉽게 찾으리라 생각했던 성민의 착오였다. 그 답답함에 변호사를 찾은 성민이었다. 그리고 변호사와 함께 그녀에 대한 법률적 접근법을 다방면으로 검토하고 시도했다.

처음엔 변호사의 자신감에 쉽게 끝날 것도 같았다. 출입국관리사무소를 통해 입국 기록만 확인되면, 그다음 행적은 걱정할 것도 없다는 것이었다. 그 자신감으로 간만에 압박감에서 벗어나, 수업 중인 조안까지 불러내 고궁 체험을 떠난 성민이었다.

생전 처음 조안에게 입혀보는 한복이기도 했다. 자신이 도망치지만 않았더라면, 조안에겐 너무나도 당연한 것들이었다. 그런데도 신나 하는 조안과는 다르게, 성민은 그 모든 것이 이국적으로 보이기만 했다. 언어만 다를 뿐 피부색도 뭐도 다 완벽한 한국인이었다. 성민만 빼고는 그걸 의심하는 사람은 아무도 없었다.

그리고 그다음 날에야 성민은 변호사의 답변을 통해, 그 이유를 알았다. 그리 자신했던 때는 온데간데없이, 꼬리를 내리는 것이었다. 입국 기록은 확인이 됐지만, 당시는 17세 미만으로 외국인 등록증 의무대상자가 아니었다는 것이었다. 그래서 지문등록도 안 돼, 그 이후의 행적은 생활반응조차 나오지 않는다는 것이었다.

왜 자신에게만 조안이 이국적으로 보였는지 알 것 같은 이유이기도 했다. 조안은 여전히 들어내 놓으면 안 되는 감춰야만 하는 존재였다. 그 조바심에 성민은 순간 이성을 잃었다. 변호사를 향해 자기도 모르게 눈을 치켜뜨며 욱한 것이었다. 전혀 아무런 상관도 없는 변호사였다. 그런데도 그런 변호사를 향해, 얼마면 되냐며 윽박지른 것이었다. 자신이 그렇게 천박하다며 경멸했던, 몰상식한 사람이 되어버린 것이었다.

하지만 그 역시 말짱 허사였다. 변호사의 요구대로 현금으로 착수금 3천만 원까지 건넸지만, 자기가 알던 대한민국이 아니었다. 성민이 알던 대한민국은 온갖 편법과 부정이 난무하는 그야말로 썩을 대로 썩은 나라였다. 그러나 다시 돌아와 부딪혀본 대한민국은 전혀 그렇지가 않았다. 자기가 알던 대한민국은 드라마나 영화 속에서나 존재할 뿐, 법률 전문가인 변호사조차 법과 원칙에 막혀 그 해법을 찾지 못했다.

그 막막함에 절대 열고 싶지 않은, 봉인까지 스스로 풀어 젖힌 성민이었다. 그만큼 성민은, 봉인이 깨졌을 때 되살아날 악몽보다 소피 킴을 찾는 것이 더 간절했다.

"절 찾으셨다고요."

주름만 늘었지, 여전히 변한 것이 없는 까까머리에 까무잡잡한 남자였다. 16년 전 유정의 사건을 담당했던 신 형사였다. 유정을 유인하느라 성민과 멱살잡이를 하며 바닥을 뒹굴던 바로 그 형사였다. 다른 형사들은 이미, 은퇴했거나, 다른 지역으로 전출된 상태였고, 유일하게 신 형사만이 강림경찰서에 남아있었다. 그걸 변호사를 통해 전해 듣고 신 형사를 찾은 것이었다.

"혹시 절 기억하실진 모르겠지만, 16년 전 한유정 사건에 관해 몇 가지 여쭙고자 찾아왔습니다."

"아, 어쩐지 낯이 익다 싶었습니다. 근데, 그 사건은 왜?"

그제야 성민을 알아보는 신 형사였다. 하지만 신 형사는 반가움보다는 16년 만에 뜬금없이 찾아온 것에 대한 경계심을 더 드러냈다.

"다소 황당하게 들리실진 모르겠지만, 당시 죽은 여자에 대한 신상정보 좀 얻을 수 있을까요."

"그 변사자, 신원미상으로 연고가 없는 거로 기억합니다만, 신고자분께서 그건 왜?"

"개인적으로 당시 사건에 대해 궁금한 것이 있어, 부탁 좀 드리겠습니다."

"아, 그래요. 근데 이거 어쩌죠. 경찰 정보란 것이 함부로 말씀드리고 할 수 있는 것이 아니어서."

"그럼, 이것만이라도 확인해주실 수는 없을까요?"

그 말과 함께, 자신이 호주에서부터 가지고 온 소피 킴의 청소년기 사진을 신 형사에게 건네주는 성민이었다.

"이게 누군지?"

"그때, 그 죽은 여자입니다."

"당시 저희도 찾지 못했던, 신원미상 변사자 사진을 신고자분께서 어떻게?"

신 형사는 그제야 의아하다는 듯, 사진을 보다 말고 고개를 들어 성민을 뻔히 쳐다보는 것이었다.

"저도 아직은 긴가민가해, 확인되면 그때 말씀드리겠습니다."

"알겠습니다. 그럼, 잠시만 여기서 기다려 주시겠습니까? 너무 오래된 터라, 확실한 건 당시 기록을 봐야 할 것 같습니다."

사진을 보기 전까지만 하더라도, 성민의 말에 별 시답잖게 생각하던 신 형사였다. 하지만 사진을 받아보는 순간 생각이 달라진 것이었다. 16년 전 그 끔찍했던 현장이 떠오르며, 사진 속 얼굴이 자기가 보기에도 너무 익숙한 것이었다. 그래서 직접 확인에 나선 것이었다.

"오래 기다리셨죠."

"그 여자가 맞던가요?"

다급함에 말이 앞서는 성민이었다. 하지만 신 형사는 그런 성민과는 다르게, 말보다 자신의 스마트폰을 먼저 건넸다. 당시 끔찍했던 현장 사진에서 죽은 여자의 얼굴 쪽만 캡처해 가지고 온 것이었다.

"혹시나 했는데, 이 정도면 동일인일 가능성이 매우 크지 않나 싶습니다. 특히 미간의 흔치 않은 별 모양 흉터는 동일인이 아니고서는, 설명이 어려울 것 같기도 하고요. 그럼, 이제 말씀해주시겠습니까? 신고자분께서 어떻게 변사자 사진을 가지고 계신 겁니까?"

"저도 최근에야, 우연히 알게 된 사진입니다. 그래서 그 진위를 캐보려고 호주에서 예까지 날아왔고요."

"사건은 한국에서 벌어졌는데, 사진은 호주에서 구했단 말입니까?"

"혹시 소피 킴이라고 들어보셨습니까?"

"그 교포 출신의 NFT 작가를 말씀하시는 건가요?"

"형사님께서도 알고 계시는군요."

"워낙 고가에 팔린다고 어딜 가나 그 얘긴데, 대한민국 사람치고 소피 킴을 모르는 사람이 있을까요? 근데 그 소피 킴하고 이 사진이 무슨 연관이?"

"사진 속 인물이 바로 그 소피 킴입니다."

"네! 제가 지금 뭘 잘못 들었나요?"

"호주에서 제가 확인한 결과로는 확실합니다."

"죽은 사람이 어떻게……. 뭔가 착오가 있는 것은 아니고요?"

"지금 활동하고 있는 소피 킴은 모르겠고, 사진 속 인물은 소피 킴의 현지 에이전시가 직접 확인해 준 결과입니다."

"그럼, 그 살아 있는 소피 킴은 지금 어디에 있는데요?"

"바로 한국에 있습니다. 그래서 말인데 혹시 재수사 가능할까요?"

"저도 심적으로는 의심이 가긴 하는데, 그렇다고 딸랑 사진 한 장으로 재수사까지 하기엔 절차가 워낙 복잡해서, 이미 오래전에 종결된 사건인데다, 범인이 현행범으로 체포돼 자백까지 한 마당에 재수사는 아무래도 어렵지 않을까 싶습니다."

"그럼, 방법이 전혀 없는 건가요?"

"있기야 있는데, 당사자인 한유정이 죄를 부인하고 재심을 청구하는 방법이 있습니다만, 그 재심이라는 것도 증거가 명확하지 않고서는 잘 받아들여지지 않는 터라. 혹시 신고자께서 이렇게까지 하시려는 이유를 물어도 될까요?"

"그 사건 이후에 벌어진 인질극은 기억하십니까?"

"물론입니다. 갓 낳은 자기 자식을 상대로 인질극을 벌이는 일이 어디 흔하겠습니까."

"그때 그 아이, 제가 키우고 있습니다."

간절함에 금기시됐던 조안까지 소환한 성민이었다.

"아, 그러셨군요."

"어떻게 달리 방법이 없을까요?"

"그게, 호주 정부를 통해 재수사 요청을 해오는 방법이 있기는 합니다만, 그것도 아무나 할 수 있는 것이 아니어서, 변사자한테 그럴만한 가족이 있을지."

"남은 안 되는 거죠?"

"아마도, 호주 정부라고 하더라도 그건 좀 어려울 것 같죠."

"그럼 혹시, 그때 수사기록이라도 볼 수 있을까요?"

"그거야 얼마든지, 절차만 밟아 오시면, 경찰, 검찰, 법원, 어디든 기록물 열람 등사 신청을 하실 수 있습니다. 대신 그러려면 사건 당사자 또는 대리인으로 그 가족이 신청해야 하는데, 신고자분께선 사건 당사자들과 법률적 근거가 전혀 없는 터라, 어려우실 것 같습니다."

얄미운 신 형사였다. 말로는 협조적인 것 같지만, 매번 말미에 안 된다고만 하는 것이었다. 그것도 마치 약이라도 올리려는 듯, 될 듯하다 결국엔 안된다는 것이었다.

"그럼, 한유정과 친족 관계인 제 딸이라면 가능할까요?"

결국, 절대 해서는 안 될 말까지 꺼내고야 만 성민이었다. 한번 풀린 봉인은 그렇게 처음만 깨기가 어려웠지, 그다음부터는 더 이상 금기가 아니었다. 너무나도 쉽게 성민의 입에서, 그 말이 나온 것이었다.

"따님이라면 당연히 친자 관계만 증명된다면 가능할 겁니다. 한데 그렇다 하더라도 금치산자가 아닌 이상, 당사자 동의 없이는 안 되는 거로 알고 있는데, 저도 그쪽은 법률적 지식이 약해서 정확한 건 전문가 상담을 받아보셔야 할 겁니다."

조안까지 소환하며, 답을 구한 성민이었다. 하지만 원론적 견지만 확인했을 뿐, 법률적 한계를 벗어날 수는 없었다. 그래서 신 형사의 말처럼, 변호사를 찾아간 성민이었다. 처음 한국에 들어와 법률적 조언을 구하던 변호사가 있었지만, 고민 끝에 이번엔 그 변호사가 아닌, 다른 변호사를 찾은 것이었다.

"뭐니, 너?"

"짜식 놀라긴, 안 죽고 살아 돌아왔으면 됐지. 인마! 뭐, 뭘 더 바란 건데?"

"그래 이 새끼야. 안 죽고 살아 돌아와서 정말로 고맙다. 인마."

무형이었다. 성민의 어린 시절부터 한국을 떠나기 전까지 형제처럼 지내며, 서로의 애환과 우환을 함께 나누던 둘도 없는 친구였다. 지금이야 적성이 안 맞아 변호사로 전향했지만, 처음엔 그 직업까지 자기처럼 의사로 시작한 친구이기도 했다.

"미안하고, 반갑다. 친구야."

16년 만에 만난 감격에 누가 먼저랄 것도 없이, 서로를 얼싸안고 눈시울이 젖어 드는 두 사람이었다.

"그럼 이젠, 완전히 돌아온 거지."

"봐서, 너도 알잖아."

"알긴 뭘, 언제까지 과거에 갇혀서 살 건데?"

"그래서 부탁 좀 하려고. 큰맘 먹고 들어오긴 했는데, 내가 할 수 있는 게 없네."

"뭔데?"

"그때 그 사건, 수사기록 좀 열람하고 싶은데, 절차가 생각보다 복잡하네."

"그건 또 왜, 이제 와 그딴 건 들쑤셔서 뭘 할 건데?"

"아빠잖아. 할 수 있는 건 다 해봐야지."

점점 자신의 의도를 벗어나 꼬여만 가는 성민이었다. 당초 자신이 계획했던 의도는 이리 번거롭지도, 부산스럽지도 않았다. 조용히 볼일만 끝나면, 소리 소문도 없이 호주로 다시 돌아가는 것이었다. 그런데도 친구인 무형을 찾은 데는, 다 그만한 이유가 있었다. 기록물 열람등사를 위해 필요한, 조안과 유정의 친자 관계 복원 때문이었다. 다른 건 다 몰라도, 그것만은 절대 안 됐다. 그래서 복원 없이 편법을 쓰기 위해 무형을 찾은 것이다.

"가능하겠지?"

"가능 안 하면 어쩔 건데 인마. 어머니도 안 찾아뵌 놈이 나부터 찾아왔을 때는, 내가 그만한 예상쯤 못했을까. 그래 인마, 이참에 나도 네 덕에 논문 좀 써보자."

"논문?"

"자식, 칼만 들고 설쳐댈 줄만 알았지, 논문 무서운 줄은 모르기는. 대한민국 난다긴다하는 공공기관, 그거 별거 없다. 학술 연구 목적으로 자료신청만 하면, 웬만한 락 걸린 자료 아니면 술술 다 내놓거든. 이미 16년 전에 다 끝나 연고도 없는 사형수에 락 걸 이유가 없잖아. 그럼 된 거라고 인마."

다소 어이가 없긴 했지만, 정말로 통하는 것이었다. 그 덕에 성민은 조안과 유정의 친자 관계 복원 없이, 경찰, 검찰, 법원 모두에 수사기록 및 재판기록과 증거물 열람등사 신청에 성공했다. 무형은 한 곳만 해도 된다며 경찰 수사기록 쪽을 추천했지만, 혹시 모를 단서가 그중 한 곳에서라도 발견되지 않을까 하는 욕심에 성민이 우겨 세 곳 모두에 신청하게 된 것이었다.

그리고 며칠 후, 무형을 거쳐 퀵 편으로 성민에게 도착한 등사본이었다. 세 곳이라서 그런지, 그 포장부터 꽤 크고 묵직한 상자였다. 하지만 성민에게 그 무게는 중요하지 않았다. 중요한 건, 소피 킴을 찾을 단서였다. 그 성급한 기대에, 컬러 펜까지 동원해 꼼꼼히 체크하며 읽어나가는 성민이었다. 그러다 잠시 조안의 하교로 인해 멈추긴 했지만, 날을 새며 이어진 활자와의 전쟁이었다.

하지만 성민이 했던 기대와는 달리 아주 제한적인 수사 결과와 재판 중 유정에 대한 것들만 열람이 가능했을 뿐, 정작 중요한 소피 킴에 대한 단서는 그 많은 활자 속 그 어디에도 나와 있지 않았다.

첨부된 증거물 역시, 별 도움이 못 됐다. 소피 킴을 찾기는커녕 그걸 증거물이라 할 수 있을지. 10여 장의 현장 사진과 국과수 검사서들, 그리고 아파트 CCTV 캡처본과 자신을 통해 녹음된 경찰 상황실 녹취록이 전부였다.

성민이 입국한 지도 어느덧 한 달여가 다 되어가고 있었다. 그사이 봉인도 금기도 스스로 다 깨버린 자신이었다. 그런데도 단서 하나 못 찾고, 제자리걸음만 하고 있는 것이었다. 그래서 결국 생각해 낸 것이, 신 형사였다. 성민으로서는 신 형사 말고는 다른 방법이 떠오르지 않았다. 그 지푸라기라도 잡아볼 심산으로 다시 찾은 신 형사였다.

"어떻게 열람은 잘하셨습니까?"

"하긴 했는데, 제한적인 것들이 너무 많아서, 이렇게 염치불문하고 다시 찾아 왔습니다. 어려우신 줄은 알지만, 당시 수사기록 좀 어떻게 안 되겠습니까?"

"지난번에도 말씀드렸듯이, 그게 딸랑 사진 한 장 가지고, 내 맘대로 할 수 있는 것이 아니라서······."

"신 형사님께서도 그 정도면 확실하다 하셨잖습니까. 어디 사진뿐입니까? 유일한 가족인 부모까지 한국에서 죽었다는데, 뭘 더 어떤 증거가 필요할까요?"

"그건 또 무슨 말씀입니까? 부모라니?"

"말 그대로입니다. 신 형사님은 세상에 그런 우연이 가능하다고 보십니까? 부탁 좀 드리겠습니다. 모국 땅이라고 16년 만에 돌아오긴 했는데, 신 형사님 밖에 붙잡고 늘어질 사람이 없습니다."

"그럼, 우선 이렇게 합시다. 저 역시 찜찜해서 한 번쯤은 열어볼 참이었는데, 제가 수집해서 가지고 나오겠습니다. 대신 제 입회하에 현장에서만 보실 수 있습니다. 물론 사진 촬영도 절대 하시면 안 되고요."

"감사합니다. 신 형사님."

"그럼 남들 눈도 있고 하니까, 주차장에 가 계시면, 제가 준비해서 가겠습니다."

신 형사의 말대로 사람들 눈을 피해, 차로 돌아와 기다리는 성민이었다. 그리고 1시간여가 지났을 때였다. 작은 상자를 안은 신 형사가 조수석 밖에서 차 문을 두드렸다.

"좀 전에도 말씀드렸다시피, 사진 촬영은 절대 안 됩니다."

"그건 염려하지 않으셔도 됩니다. 말씀하신 대로 블랙박스도 이미 다 꺼놨는걸요."

"그럼 오래는 못 보시니, 최대한 서둘러 보십시오."

"네, 다시 한번 감사드립니다. 신 형사님."

그렇게 재차 성민을 확인한 후에야, 상자의 뚜껑을 여는 신 형사였다. 그러자 기록물 열람을 통해 확인했던 자료들과는 차원이 다른, 당시 여섯 명의 형사들이 직접 작성한 수사기록과 증거 사진들이 16년 만에 그 모습을 다시 드러냈다. 그래서 더 성민은 기대가 됐다. 그 기대에 부응이라도 하려는 듯, 첫 장부터 두서도 없이 써진 깨알 같은 글씨들이 난무하며 당시 수사상황이 여과 없이 그대로 드러났다. 하지만 그 기대는 그리 오래가지 못했다. 절반을 넘게 살펴봤음에도 소피 킴에 대한 단서는 전혀 보이지 않았다.

대신 그러면서 드는 분노였다. 정확한 이유는 알 수 없지만, 보면 볼수록 끓어오르는 분노였다. 그 분노에 표정을 감추지 못하고 점점 더 일그러져만 가는 성민의 얼굴이었다. 도무지 납득하기 어려운 당시 수사상황들에 답답하다 못해 화가 난 것이었다. 여론을 의식한 외부 종료 압박에, 뭐 하나 제대로 명확하게 밝혀진 것이 없는데도 수사가 그대로 종료된 것이었다. 오죽하면 당시 담당 형사들조차 수긍을 못 해, 수사 종료 반대 의견서까지 냈지만, 그것마저 일언지하에 묵살을 당한 것이었다.

어떻게 그런 상태로 수사가 종료될 수 있었는지, 성민은 정말이지 이해할 수 없었다. 유정이 현장에서 체포된 것 말고는, 나머지는 다 정황뿐이었다. 가장 확실한 증거인 살해 도구도 찾지 못했을뿐더러, 재판에서 결정적 증거가 됐던 유정의 자백조차, 그 근거가 자신의 전화기로 상황실에 전해지던 녹취록으로 대체된 것이었다.

마치 이건 수사가 아니라, 뭔가에 의해 최면이라도 걸린 듯, 한곳만을 보고, 한 곳만을 향해, 다들 달려간 것 같은 느낌이었다. 더욱이 화가 치미는 것은, 성민의 생각이 아닌, 당시 수사를 담당했던 형사들의 공통된 견해가 그랬다는 것이다. 더 볼 필요도 없을 것 같은 수사기록이었다. 그래서 성민은 보던 수사 철을 다시 상자 안으로 내려놓았다.

"그 표정 어떤 기분인지, 십분 이해합니다. 현행범으로 체포된 것 빼고는 맞아떨어지는 것이 하나도 없으니, 제가 봐도 답답한데 남들이야 오죽하시겠습니까?"

신 형사는 실망스러움에 자포자기한 성민의 표정을 미리 읽고는, 그 표정에 대한 기분을 대신 들려주었다.

"아 네."

"당시 저희도 그 표정이었습니다. 그놈에 선거가 뭔지. 들끓는 여론에 대선 관심도가 떨어질까 봐, 위에서 압력을 가하는데 별수 있어야 말이죠."

"그럼, 당시 수사기록은 이게 다인가요."

"보시다시피."

"재판기록에서는 이런 내용들이 없던데."

"말하면 뭐 하겠습니까? 한유정이 끝까지 묵비권을 행사했기에 망정이지, 행여 재판 중에라도 부인이라도 했더라면 장담을 못 했을 겁니다."

"그건 또 무슨 말씀이신지."

"대충 보셨잖습니까? 쪽팔려 말씀드리기도 민망합니다. 수사를 하다 말고 재판에 넘겼으니, 어디 범죄 입증이나 제대로 했겠습니까? 수사랄 것도 없었죠. 특히 유무죄 판결에 가장 영향을 끼칠 수 있는 사건의 키인, 한 집을 두고 엮여 있는 미스터리한 세 여자에 대한 정확한 출입기록조차 입증을 못 했으니, 그게 어디 수사라고나 할 수 있겠습니까?"

전문가가 아닌 성민이 보더라도 그 부분이 가장 이해하기 어려운 대목이었다. 한집을 두고 한 사람은 들어간 흔적 없이, 그 현장에서 죽은 채로 발견이 됐고, 다른 한 사람은 들어간 흔적은 있는데, 나온 흔적이 없이 그 집에서 실종됐다. 그리고 현행범으로 잡힌 나머지 한 사람인 유정은 들어간 흔적은 없는데, 나온 흔적만 발견이 된 것이었다. 하지만 재판기록 그 어디에도 범죄를 입증하기 위해 가장 중요한 부분이었던, 그에 대한 입증이 전혀 없었다.

"어디 그뿐입니까? 변사자 신원이야 말할 것도 없고, 사건 당사자들 간의 인과관계조차 밝혀내지 못해, 이런 사달이 난 게 아니겠습니까?"

허탈함에 더는 말을 잇지 못하는 신 형사였다. 성민 역시 더는 그런 신 형사를 귀찮게 하지 않았다. 자기 치부를 자기 입으로 까발린다는 것은 결코 쉬운 일이 아니었다. 웬만한 사람은 쉽게 할 수 없는 큰 용기였다. 그것만으로도 성민은 감사할 따름이었다. 그 덕에, 소피 킴에 대한 소득은 없었을지언정, 소피 킴을 찾아야 하는 이유는 더 명확해진 성민이었다. 어쩌면, 자신이 생각했던 것보다도 쉽게, 그날의 진실이 풀릴 것만 같았다.

"아빠!"

생소한 단어였다. 야자가 끝나고 다른 아이들과 섞여 우르르 몰려나오던 조안이, 학교 앞에 차를 세우고 대기 중이던 성민을 향해 던진 말이었다. 그전까지 대디라 부르던 호칭이었다. 하지만 성민은 싫지 않았다. 아주 익숙하고 친근한 단어로, 자기 역시 한때는 그렇게 부르던 사람이 있었다. 암 투병에 병마와 싸우면서도 3년을 지금 자신의 모습처럼, 학교 앞에 주차해 놓고 아들이 나오기만을 기다리던 아버지였다. 엄마의 만류도 있었지만, 아버지는 자신의 유일한 낙이라며 하루도 안 거르고, 마지막 야자가 끝나는 날까지 그렇게 기다리셨다. 그리고 그 마지막 날, 자신을 집까지 무사히 귀가를 시켜 주고는 운명을 다하셨다. 그 누구보다도 여리고 정이 많았던 어머니가 억척스러워진 이유이기도 했다.

"아빠, 친구. 혜지."

"안녕하세요."

"우리 딸만 예쁜 줄 알았더니. 어디서 이런 예쁜 친구를 사귀었을까? 만나서 반가워."

"네가 이해해, 우리 아빠가 좀 칙칙해."

영어가 서툰 혜지가 성민의 말에 어색해하며 못 알아듣자, 조안이 그 사이에 끼어들며 분위기를 띄우는 것이었다. 그리고 그와 때를 맞춰, 어디선가 불현듯 나타난 검은 양복의 떡대였다. 그러고는 말도 없이, 성민의 차보다 두 대 앞에 주차하고 있던 검은색 리무진 차량에 혜지를 끌어 태우고는 사라져버렸다.

"뭐야 저 사람."

"쟤는 나보다 더해, 집에서 경호원까지 붙여 줬다잖아."

"치! 누군 안 붙여 주고 싶어서 그러나."

"또 질투다. 난 아빠만 있으면 되니까, 걱정 말고 가자."

조안은 생각보다 적응이 빨랐다. 성민의 우려와는 다르게, 한 달 남짓한 한국 생활이었음에도, 어느새 한국인이 다 돼 있었다. 교복만 잘 어울리는 것이 아니라, 생소한 야자까지 군말 없이 소화해 냈다.

"아빠, 한국엔 언제까지 있을 거야?"

"글쎄, 생각보다 일이 좀 걸리네."

"그럼, 우리 여기서 그냥 살면 안 돼? 난 한국 좋은데, 친구들도 좋고."

"말도 안 통하는 곳이 뭐가 좋다고."

성민은 대답 대신 말을 돌렸다. 하지만 그러면서도 드는 생각이었다. 소피 킴만 찾아 일만 잘 풀리면, 자기 역시 한국을 떠날 이유가 없었다. 그 생각에 성민은 조안을 보며 쌩긋하고 웃어 보였다.

"미친, 무슨 대낮에 파자마 파티…."

뜬금없는 혜지의 문자에 어이없어하는 조안이었다.

"그러면? 밤에 외출시켜 줄 것 같아?"

"그래도."

"그래도는 무슨. 할 거야, 말 거야?"

"하긴, 너나 나나 허락해 줄 꼰대들이 아니지."

"그니까, 군말 말고 내일 1시 오케이?"

"그래, 준비물은?"

"파자마 파티에 준비물이 어딨어. 다른 건 내가 다 알아서 준비해 갈 거니까, 분위기 잡치지 않게 속옷이나 야시시하게 입고 와."

"계집애, 어린년이 발랑 까져서는, 밑 트임으로 입고가면 되려나."

"그건 네 맘이고 이년아. 시간이나 늦지 말고, 제때 오기나 해. 나 분명히 말했다."

"누가 뭐래? 너나 늦지 말고, 얼른 자 이년아. 그러다 불어터져 오지 말고."

대낮이라는 말에 처음엔 어이가 없던 조안이었다. 물론 조안 역시 드라마나 영화 속에서 접하며, 한 번쯤 해보고 싶었던 파자마 파티였다. 하지만 밤 외출을 허락하지 않는 아빠 때문에, 엄두조차 내지 못했던 것이었다. 그런 파자마 파티를 자신의 소원이라며, 밤에 못 하면 대낮이라도 하자는 혜지였다. 오죽하면 그랬을지, 16살 소녀의 소원이 고작 파자마 파티였다. 그 동병상련의 아픔에 조안은 흔쾌히 허락했다.

그런 면에서 혜지는 여러모로 조안과 너무 닮아 있었다. 엄격한 집안 통제에 저녁 7시 이후의 밤 외출은 꿈도 꾸지 못하는 것은 물론이고, 엄마 없이 외톨이로 외롭게 자란 것까지. 조안은 산 곳만 다를 뿐, 혜지를 알면 알수록 마치 자기를 보는 듯한 데자뷔가 느껴지고 있었다. 그래서 그랬던지, 아무에게나 쉽게 마음을 열지 않는 조안이었지만, 혜지에게만큼은 그 경계심을 풀고 마음을 터주었다.

"아빠. 나 오늘 혜지랑 놀기로 했는데 괜찮지."

"혜지? 아하. 그때 그 리무진."

"응."

"뭐 하고 놀 건데?"

"여자들끼리만 아는 비밀이야."

"비밀이라니까 더 궁금한데."

"제아무리 아빠라도 거기까지는 오버지."

갑자기 태도가 돌변하며, 말미를 강조해 길게 늘어트리는 조안이었다. 그러면서 장난기 가득한 얼굴로 더는 아무것도 묻지 말라는 듯, 성민을 노려보는 것이었다.

"얘는 누가 뭐랬다고, 사람을 그리 죽일 것처럼 쏘아붙이기는."

"그니까, 선 넘지 마."

이번엔 늘어트리는 것이 아니라, 반대로 말미를 짧게 치켜올리며 쐐기를 박는 조안이었다.

"요런 깍쟁이를 누가 이겨내겠어. 알았으니까, 너무 늦지 말고, 무슨 일이 있어도 어둡기 전에 들어오는 거다."

"당근이지. 내가 어디 아빠 없이 늦게 돌아다닌 적이 있던가."

무사히 아빠의 허락을 받아, 첫 관문을 통과한 조안이었다. 호주에서도 하지 못했던 아빠 없는 첫 외출이기도 했다. 아빠의 강제라기보다는 자신의 두려움 때문이었다. 그래서 성민조차, 자기 딸이 단 한 번도 홀로 외출하지 못했다는 것을 알지 못했다. 혜지 덕에 그 첫걸음을 떼는 것이었다. 어쩌면 이 첫걸음이 발목 잡힌 과거에서 벗어나 자신도 평범한 16세 소녀가 될지도 몰랐다.

그 들뜬 기분에 집을 나서는 조안이었다. 그 기분이 어떤지는 굳이 말하지 않더라도, 조안의 행동을 보면 알 수 있었다. 약속 시각은 1시였지만, 무려 2시간이나 일찍 나와 근처 속옷가게들을 혼자 돌아다니고 있었다. 평소 같으면 민망함에 거들떠보지도 않았을 원색적인 속옷들을 들춰보고 대보며, 그 기분을 만끽했다.

"이건 너무 야한가? 여자끼린데 뭐 어때?"

얼마나 그 기분에 도취됐던지, 혼잣말이라기보다는 마치 그 옆에 누가 있기라도 한 것 같이, 큰 소리로 말을 하며 돌아다니는 조안이었다. 그런데도 그 모습이 어찌나 자연스럽던지, 그 누구 하나 그런 조안을 이상하게 보는 사람들이 없었다. 예전 같았으면 엄두조차 낼 수 없었던 일이었다. 두려움이란 그렇게 떨쳐내는 순간 아무것도 아니었다.

그리고 드디어 고른 속 옷이었다. 자신이 공언했던 밑 트임은 아니었지만, 그에 못지않게 속이 훤히 들여다보이는 망사였다. 그제야 조안은 주변의 시선을 의식해, 얼굴이 붉어지고 가슴이 쿵쾅거렸다. 하지만 마음을 가다듬고 용기를 냈다. 주변의 시선은 중요하지 않았다. 그 고비만 넘기면 생애 최초의 꿈같은 파자마 파티가 기다리고 있었다. 그 기대에 조안은 당당히 계산을 마치고 피팅룸으로 들어갔다. 그러고는 보란 듯이, 그 자리에서 새로 산 속옷으로 갈아입고 나왔다.

그 여세를 몰아, 조안은 속옷가게를 나오기가 무섭게, 다음 목적지이자 마지막 종착지인 약속 장소로 향했다. 스마트폰 길 안내를 보며, 한 몇 블록을 걸었을까? 주변의 다른 건물들과는 비교도 안 될 정도로 멋지고 화려하게 치장된 커다란 건물 앞에 멈춰 섰다. 그리고 호텔 퍼스트라 쓰인 거대한 문자 조형물이 조안을 맞이했다. 우연인지 운명인진 모르겠지만, 그 이름까지 생애 최초의 특별한 추억을 쌓기에는 더할 나위 없어 보이는 그런 곳이었다. 그 감탄에 하늘을 찌를 듯 높게 솟아 있는 호텔을 올려다보며, 저절로 그 입이 벌어지는 조안이었다.

"나 앞인데, 너 어디?"

"나 마트, 사다 보니, 준비할 게 꽤 되네."

"오래 걸려?"

"곧 갈 거니까, 먼저 들어가 있어. 913호고, 문은 열어두라 했으니까, 걱정 안 해도 돼."

"알았어. 내가 뭐 준비할 건 없는 거지."

"걱정 말고, 내가 다 알아서 해갈 거니까. 넌 가서 분위기나 띄워 놓고 기다려."

"응."

일반적인 한국의 다른 또래 아이들이었다면, 선뜻 발조차 디디기 어려운 호텔이었다. 하지만 조안은 혜지의 말 한마디에 아무 거리낌 없이 호텔 안으로 들어섰다. 한국어는 능숙했지만, 그 문화까지는 다 알지 못해 나오는 자신감이었다. 그래서 주변의 따가운 시선들이 왜 자신을 보고 있는지조차 몰랐다. 그런 줄도 모르고 마냥 신이 나, 당당히 호텔 로비를 가로질러 엘리베이터를 타고 객실로 향하는 조안이었다.

"뭐야, 정말로 열려 있잖아. 한국은 길에 물건을 놔도 그대로 있다더니, 빈말이 아니었나 보네."

조안의 한국 문화에 대한 놀라움은, 그건 시작일 뿐이었다. 객실로 들어서자, 생전 처음 보는 낯선 풍경들이 조안의 호기심을 자극하며 눈을 홀려 놓았다. 한쪽 벽을 통으로 차지하고 있는 커다란 거울과 무슨 용도인지도 모르는 천정에 벌집처럼 매달려 있는 미러볼, 그리고 입구 벽에 설치된 작은 콘돔 자판기, 무엇보다도 결정적인 것은 방 가운데에 위치한 큰 원형의 침대였다. 그 호기심에 조안은 망설일 것도 없었다. 침대를 향해 자신의 몸을 날리며 내던졌다. 그러자 믿지 못할 일이 벌어졌다. 마치 침대 자체가 살아 있기라도 한 듯, 요리조리 출렁이며 조안을 흔들어 대는 것이었다.

"별것이 다 있네. 아빠한테 사달랄까."

어느 것 하나 평범한 것이 없는 조안이었다. 보고 느끼는 모든 것들이, 그저 신기할 따름이었다. 그리고 그때였다. 밖에서 인기척 소리가 들리는가 싶더니, 누군가 들어오면서 문을 닫아 잠그는 소리가 들렸다.

"기지배. 늦지 말라더니, 자기가 더 늦는 게 어딨냐?"

"듣던 대로 크네."

"누…, 누…, 누구세요?"

전혀 뜻밖의 등장인물에 조안은 깜짝 놀라 자리에서 벌떡 일어섰다. 당연히 혜지라고만 생각했지, 다른 사람이 들어오리라고는 생각도 못 했다. 한데 웬 30대 중반의 생면부지 남자가 외투를 벗어 어깨에 둘러메고 들어선 것이었다.

"놀라긴, 너 용돈 준 사람."

놀란 조안과는 달리 너무나도 당당한 남자였다. 그 당당함에 여유를 보이며, 보란 듯이 바지 지퍼를 내리는 남자였다.

"용돈요? 무슨 용돈?"

"이거 뭐 설정값이 시치미야? 그것도 나쁘진 않지. 너무 순해도 재미가 없거든."

"자꾸 이러시면 경찰 부를 거예요."

조안이 스마트폰을 들어 보이며 경고하고 나섰다. 그러자 남자는 잽싸게 그런 조안을 덮쳐 스마트폰을 뺏어 버렸다.

"너 꽃뱀이야? 어린 것이 귀엽다 해줬더니, 설정값도 정도껏 해야지.

50만 원이면 이년아. 너 같은 건 널렸어. 이게 어디서 협박 질은."

"대체 저한테 왜 그러시는 건데요? 아저씨 뭔데 이러시는 거냐고요?"

"말했잖아. 너 용돈 준 사람이라고. 긴말할 것 없이, 나도 시간 없으니까 빨리 끝내고 가자."

"뭘 끝내는 건데요?"

"정말로 몰라서 물어, 이년 이거 맞아야 정신 차리려나."

남자가 손을 들어 조안을 때릴 기세를 보였다.

"사, 살려주세요."

"너 자꾸 그럴래. 누가 죽인데, 너 이거 몰라."

남자가 이번엔 주먹 쥔 손을 세워, 그 위에 다른 손 손바닥을 반복해서 내리치며 웃어 보였다. 그제야 조안은 뭐에 맞기라도 한 듯, 정신이 번쩍 들며 알 것 같았다. 그 모든 것들이 혜지가 꾸민 음모라는 것을. 약속 시각이 1시간은 넘게 지났는데도 혜지는 오지 않고 있었다. 그 절망감에 뒤늦게 후회를 해보지만, 자기 힘으로는 남자를 이겨낼 재간이 없었다.

"잠시만요. 처음이라."

"처음? 그런 말은 안 했는데. 그럼 뭐야, 처녀 인센티브 달라고 그런 거였어? 진작 말을 하지. 이 오빠. 보기보다 후한 사람인데."

"그게 아니고, 아직 마음의 준비가 덜 돼서, 잠깐 화장실 좀 가서 진정만 시키고 오면 안 될까요?"

"안 되겠는데. 내가 너 같은 애들 처음 보는 줄 알아. 그래놓고 화장실 들어가 문 잠가 놓고 울고불고, 그거 보통 애먹는 게 아니거든."

"아니에요, 정말이요. 오래도 안 걸릴 거예요. 진정만 하고 금방 나올게요. 정말이에요. 아저씨."

"그래, 그럼 좋아. 대신 다 벗고 들어가. 나도 나무꾼처럼 보험처리는 해놔야 할 것 아니겠어. 싫음 말고."

"아, 알았어요. 그렇게 할게요."

무력 앞에 속절없는 조안이었다. 수긍은 그 성의의 표시였다. 그제야 남자는 허락의 의미로, 침대에 자신의 몸을 던졌다. 그러고는 출렁이는 물침대에 모로 누워, 조안을 향해 시선을 고정시켰다. 다음은 조안이 보여줘야 할 차례였다. 그러나 조안은 막상 벗으려니 선뜻 벗지 못하고 망설였다. 하지만 그 망설임도 그리 오래가지 못했다. 곧바로 이어진 남자의 주먹을 쥐는 무력 앞에 더는 어쩔 수 없다는 듯, 조안은 입고 있던 옷가지들을 하나, 하나 벗어 남자를 향해 던져 주었다.

"오! 망사팬티, 엄마 거 훔쳐 입고 나온 건 아닐 테고, 그래도 나름 준비는 했나 봐. 그렇게 준비까지 해 온 사람이, 처음이라도 그렇지, 각오가 중간에 꺾이면 안 되지."

"자, 그럼 이젠 됐죠?"

"엥! 그리고 토낀 년이 한둘이 아니래도 그러시네. 선녀와 나무꾼 못 읽어 봤어. 보험처리를 해줄 거면 확실히 해줘야지. 싫으면 지금이라도 처맞고 하던가? 나야 뭐. 이러나저러나 물 한번 빼고 가면 그만이니까."

집요한 남자였다. 이미 망사 속 너머 그 속살이 훤히 다 드러나, 벗을 것도 없는 속옷이었다. 그런데도 남자는 그것마저 벗으라 협박했다. 그 협박에 다시 한번, 무기력해진 조안이었다. 더는 망설일 것도 없이, 남자의 요구대로 마저 남은 속옷마저 벗어줘 버렸다.

"헐, 벗으니까 더 크네. 너 키 몇이야?"

"173cm요."

"너 완전 내 스타일이다. 선불로 팁 50만 원 더 줄게, 롱타임 하자."

그 말과 함께 남자는 누운 자세에서 지갑만 꺼내 오만원권 10장을 뽑아 세더니, 조안을 향해 집어 던졌다.

"그럼 이젠 된 거죠?"

"그래 두둑이 보험도 들어놨는데, 갔다 와. 대신 너무 오래 있지는 말고. 사람 애달다 김새면 그것도 좆같거든."

그제야 안심이 된다는 듯, 남자는 자세를 고쳐 두 팔을 양옆으로 뻗으며 큰대자로 바로 누웠다. 그러자 그 동작만큼이나 침대가 크게 요동치며 남자를 흔들어댔다. 그리고 남자의 한 손이 침대 밑으로 향해 꼼지락거리는가 싶더니, 갑자기 방 안이 어두워지며, 천장에 벌집처럼 매달려 있던 미러볼의 정체가 드러났다. 형형색색의 오색찬란한 불빛들이 조안의 눈을 홀리며 방안을 수놓는 것이었다.

하지만 조안은 그런 방안의 별천지를 뒤로, 두 손으로 자신의 치부를 가리고 돌아서 방 밖으로 나갔다. 화장실은 문도 없이 방과 객실 문 사이에 있었다. 그래서 그랬던지 조안은 화장실에 들어서자마자 요란하니 변기 물부터 내렸다. 그러고는 그 변기 물 내려가는 소리가 다 끝나기도 전에 서둘러 화장실을 다시 나왔다.

그 후부터는 뒤도 뭐도 생각할 것도 없었다. 화장실을 나서기가 무섭게 조안은 객실 문을 박차고 밖으로 뛰쳐나갔다. 그 순간만큼은 세상 그 무엇도 두렵지가 않았다. 무작정 앞만 보고 내달려 9층 계단을 단숨에 주파해 호텔을 빠져나왔다.

알몸도 그런 조안의 질주를 막지는 못했다. 조안은 고작 옷 하나에 인생을 저당 잡힐 정도로 어리석은 선녀가 아니었다. 비록 나이는 어렸지만, 자신을 지키기 위해서는 무슨 짓이든 할 수 있었다. 그보다 더한 끔찍한 경험도 이미 테레사와 폰푼을 통해 겪은 터였다. 그에 비하면 백주 대낮의 알몸 질주는 아무것도 아니었다.

호텔을 나와서도 조안의 질주는 멈추지 않고 한동안 계속됐다. 호텔을 끼고 골목을 돌아 근처 문이 열려 있던, 자그만 식당 안으로 뛰쳐 들어간 후에야 끝이 난 조안의 질주였다.

"어머머! 이게 뭔 일이래."

갑자기 뛰어 들어오는 알몸 여자에, 놀라다 못해 기겁하며 소스라치는 중년의 식당 아줌마였다.

"도와주세요."

"그래, 걱정 마. 얘야."

말보다 행동이 앞서는 아줌마였다. 영업 중이었음에도 잽싸게 문부터 닫아 잠가 조안을 안심시켰다.

"뭐니, 얘야. 어떤 못된 놈들이 이런 몹쓸 짓을."

"고마워요. 아줌마."

"고맙긴, 이런 몹쓸 놈들은 가만두면 안 되지. 경찰 부를 거니까 이젠 안심해."

말이 끝나기도 전에 이미 전화기를 꺼내 들고, 키패드를 누르는 아줌마였다.

"안 돼요, 아줌마. 경찰 부르지 마세요."

"안 되긴 뭐가 안돼. 그럼, 그런 놈들을 가만두라고."

"제발요. 아빠가 알면, 저 큰일 나요."

조안은 경찰이라는 말에, 그제야 아차 싶었다. 그래서 갑자기 태도가 돌변하며 아줌마를 만류하고 나선 것이었다. 다른 건 다 몰라도, 굳이 아빠에게까지 알려 일을 키우고 싶지 않았다. 그날의 불상사는 무사히 빠져나온 것만으로도 조안은 충분했다.

"그래도 그렇지, 괜찮겠어."

아줌마는 조안의 완고한 태도에 더는 어쩔 수 없다는 듯, 손에 든 전화기를 내려놓았다. 그러면서도 걱정스러운 마음에, 조안의 등을 토닥이며 쓰다듬어 주는 것이었다.

"네 괜찮아요. 대신 입을 옷 좀 없을까요?"

"있기야 있는데, 맞으려나 모르겠네."

역시 말보다 행동인 아줌마였다. 말이 끝나기가 무섭게, 주방으로 들어가 옷가지들을 주섬주섬 챙겨 들고나오는 것이었다.

"한번 입어 봐. 우리 딸이 엄마 도와준다고 나올 때마다 입던 건데, 얼추 맞을 것도 같고."

"네 고마워요. 아줌마."

옷은 다행히 조안에게 잘 맞았다. 하지만 속옷도 없이 딸랑 바지에 티셔츠가 전부인 옷가지였다. 그래서인지 옷은 입었는데도, 문제가 생긴 것이었다. 바지는 속옷이 없이도 괜찮았지만, 위쪽이 문제였다. 브래지어가 없어 안의 내용물이 훤히 다 드러났다.

"이런, 미쳐 거기까지는 생각을 못 했네, 안 되겠다. 난 앞치마 두 개로 꽁꽁 싸매면 아무도 모를 거니까. 내 것이라도 하자."

전혀 주저함이 없는 아줌마였다. 앉은 자리에서 그대로 윗도리를 벗더니, 자기 브래지어를 풀어 조안에게 건넸다.

"정말 고마워요."

"얘는 아까부터 자꾸 고맙다니, 그게 무슨 소리야. 나도 너만 한 딸이 있는걸. 험한 세상에 네 딸, 내 딸이 어딨겠어. 그래도 이리 무사하니 얼마나 다행이야. 그래 줘서 이 아줌마가 더 고맙지."

피만 섞이지 않았을 뿐, 엄마 같은 아줌마였다. 그런 아줌마의 진심 어린 온정에, 조안은 자기도 모르게 두 눈에 눈물이 흘러내렸다. 그러면서 떠오르는 한 사람이었다. 그 사람도 아줌마처럼 자길 위해서라면, 그게 뭐든 다 내어주었다. 8년 전 그날 일만 아니었더라면, 지금 아줌마의 모습이 딱 그 사람이었을 것이었다. 조안은 아줌마를 보며 지우고자 했던, 그날의 악몽에서 폰푼이 떠오른 것이었다.

"정말로 괜찮겠어?"

"네, 걱정하지 마세요."

"걱정이 아니라, 그리고 혼자 간다는 게 영 마음에 걸리네. 그럴 게 아니라, 내가 택시 불러줄 테니까, 그거라도 타고 가. 그래야, 내 마음이 편할 것 같아서 그래."

아줌마는 못내 미더움에 가게를 나서려는 조안의 손목을 붙잡는 것이었다. 그리고 얼마 후, 가게 앞에 택시 한 대가 정차했다. 그러자 아줌마는 직접 조안을 데리고 나와, 문까지 열어주며 택시에 태웠다. 그러고는 그 손에 꼬깃하게 접힌 오만원권 한 장을 쥐어주는 것이었다.

"우리 딸, 잘 좀 부탁합니다. 기사님."

"네 사모님, 안전하게 모시겠습니다."

한 시간도 안 되는 짧은 시간이었다. 그 짧은 시간, 조안은 뜻하지 않은 위기 속에 지옥과 천당을 오갔다. 다행히 천사 같은 아줌마를 만나 무사히 집으로 돌아올 수 있었다. 하지만 조안은 무슨 연유에서인지, 선뜻 집 안으로 들어가지 못하고 문밖을 서성이는 것이었다. 아직 넘어야 할 산이 남아서였다. 그 산을 넘지 못하고서는 위기는 끝난 것이 아니라, 더 큰 화로 번질 것이기 때문이었다. 그 우려에 집안의 동태를 살피며, 마음을 가다듬는 조안이었다.

조안은 알고 있었다. 성민은 아직도 자신이 테레사와 폰푼을 죽였다고 믿고 있다는 것을. 겉으로야 아닌 척 웃고는 있지만, 그 속엔 언제 터질지도 모르는 시한폭탄이 들어있었다. 그래서 그 불신의 벽에 새로운 오해까지 덧대고 싶지 않았다. 오해는 그날의 단 한 번만으로 족했다. 그것만으로도 조안은 세상 끝에서 살아 돌아왔다. 그 다시 찾은 삶을 한낱 어처구니없는 못된 계집애의 장난질로 깨고 싶지는 않았다.

그래서라도 어떻게든 아빠가 납득할 만한 뭔가를 준비해야만 했다. 그게 거짓 날조라 한들, 최소한 슬리퍼 차림에 음식 냄새로 찌든 남루한 옷들에 관한 스토리는 있어야 했다. 그러다 떠오르는 절묘한 영감이었다. 친구들하고 옷 바꿔 입기 게임을 하다 그리된 것이라는 변명이었다. 그중에 음식점 알바를 하다 온 친구가 있었는데, 마지막 게임에서 그 친구 옷으로 갈아입게 됐다는 스토리였다.

그보다 더 절묘할 수는 없었다. 그 절묘함에 조안은 가슴을 쓸어내리며, 현관문을 열고 집안으로 들어섰다. 하지만 집 안은 조안의 우려를 무색하게 만들었다. 컴컴하니 아무도 없는 것이었다. 다른 일요일 같았으면, 당연히 성민은 조안 때문에 집에 있었을 것이었다. 하지만 오늘은 조안이 혜지를 만나러 간다기에, 외출을 한 것이었다.

그 덕에 조안은 우려를 덜고, 아빠에게 들키지 않았다. 그러나 그 안도감은 오래가지 못했다. 한가지 고비를 넘고 나니, 또 다른 문제가 보이는 것이었다. 핸드폰이었다. 그렇다고 다시 호텔까지 갈 수도 없었다. 그 방법을 고심하다, 서둘러 옷을 갈아입고 여권을 챙겨 다시 집을 나서는 조안이었다. 그러고는 택시를 잡아타고 서울 공항으로 향했다. 처음 입국했을 때처럼 외국인 선불 유심을 사기 위해서였다. 그 후 동일 기종의 핸드폰을 구매하는 것을 끝으로, 그날의 사고는 그렇게 흔적도 없이 감쪽같이 지워졌다.

"야, 이 씨발년아. 사람 가지고 놀아. 내가 니 호구로 보이니."

"뭔 일인데, 욕질이세요."

"토꼈다고 씨발년아. 니들 독산 곰치 믿고 이 짓거리 하는 거 아니었어? 독산 곰치가 내 후배야, 이 씨발년아. 니들 사람 잘못 건드렸다고, 이 씨발년아."

"걱정 말고 기다리세요. 내가 직접 갈 거니까?"

"어디로 올 건데, 나 김새서 벌써 나왔거든 씨발년아."

"그럼, 어딘데요?"

"여기, 화풀이로 드라이브 중인데, 좀 전에 원주 이정표가 보인 것 같기도 하고."

"알았어요. 근처 카섹 하기 좋은 곳에 자리 깔고 기다려요."

"오 굿! 카섹 나쁘지 않지. 내가 또 그쪽엔 전문가거든. 전국에 카섹 하다 뒈져도 모를 정도로 호젓한 명당만 돌아다녔는데, 괜찮겠어?"

"그러시던가요."

"오키, 내비 찍어줄 테니까, 한 시간 내로 와라. 나 많이 참아서 더는 못 기다린다."

혜지는 전화를 끊자마자 외투를 걸쳤다.

"누군데, 어떤 씹새길래 그렇게 쩔쩔매는 건데."

전에 학교 앞에 혜지를 태우러 왔던, 20대 중반의 검은 색 리무진 기사였다. 소파에 누워 전화를 받고 있던 혜지를 못마땅하다는 듯 지켜보다 전화가 끝나자, 그 불쾌감을 터트리며 거친 말투로 누구냐고 물었다.

"몰라, 재수 옴 붙었어. 그 씨발년 토꼈대잖아."

"그게 우리하고 뭔 상관인데, 어디 토낀 년 한둘이야. 그렇다고 지들이 어쩔 건데, 미성년자 성매매 사기로 고소할 거야, 뭘 할 거야."

"이번엔 재수 옴 붙었대도, 곰치 오빠 선배라잖아. 우리 단독 행동하는 거 알면 어떻게 되는지 알지? 빨리 일어나, 한 시간 내로 오라잖아."

"어떤 씹새가, 사람을 팔고 지랄이야. 넌 그걸 믿어. 어디서 들었는지는 모르겠지만, 그딴 놈들 사람 파는 거 뻔하지."

"안 뻔하면, 그땐 어쩔 건데. 나보다 오빠가 먼저 죽을걸. 그니까 뻔한지 안 뻔한지는 가서 보면 알 거니까, 서둘러."

"이참에 곰치 새끼도 재껴버릴까?"

"그걸 말이라고 해. 그 악독한 새끼가 그렇게 쉽게 당할 거 같아. 잔말 말고 이번 일만 잘 마무리되면 그 아줌마가 1억 더 준다고 했으니까, 그걸로 이 바닥 뜰 때까지 군소리 마."

"근데, 그 아줌마는 정말로 1억 주기로 한 거 맞아?"

"그 씨발년만 망가트리면 준다잖아. 선수금으로 5천만 원도 줬는데, 거짓말을 하겠어."

"난 있지, 그거부터 미스터리야. 쌍판때기 한 번도 못 본 아줌마라면서."

"그런데 줬잖아. 그러면 됐지. 뭘 더 바라는데."

처음엔 혜지도 긴가민가했다. 한 달 전쯤, 학교 화장실에서 성매매 노예를 구하기 위해, 또래 여학생 한 명을 벗겨 놓고 사진을 찍으며 협박하고 있을 때였다. 그러던 중 바로 옆 칸에서 웬 아줌마가 참견하고 나선 것이었다. 그러고는 냅다 한다는 말이 불쌍한 아이는 보내주고 자기와 남아서 말 좀 하자는 것이었다.

혜지 간엔 행여 이런 일이 있을세라, 나름 계산해서 수업 중에 타킷을 불러낸 것이었다. 그런데도 재수 없이 된통 걸렸다고만 생각했다. 그 외의 다른, 그 어떠한 경우의 수도 생각하지 못한 혜지였다. 그래서 그 아줌마가 하라는 대로 협박하던 또래를 내보내 주고, 옆 칸의 처사를 기다렸다.

그러나 그 순간 반전이 일어난 것이었다. 옆 칸에서 찰각하는 촬영음이 들리는가 싶더니, 오만원권이 가득 담긴 노트북 가방 속 사진이 스마트폰에 찍혀 칸막이 밑으로 들이밀어 보여주는 것이었다. 언뜻 봐도 수천만 원은 돼 보이는 큰돈이었다. 그러면서 자기 부탁만 들어주면, 일이 끝난 후 추가로 그 돈의 두 배를 더 주겠다는 것이었다.

하지만 혜지는 그때까지만 하더라도 믿지 않았다. 별 미친 싸이코 같은 아줌마가 무슨 꿍꿍이가 있어, 자기를 떠본다고만 생각했다. 그러면서 자신이 그동안 돈벌이 수단으로 짓밟았던 아이들을 떠올렸다. 그리고 그중에 복수를 꿈꾸는 누군가의 엄마라고만 생각했다. 그런 스토리는 자신이 즐겨보던 웹툰 속에서도 흔히 존재했다.

그 확신에, 혜지는 일언지하에 깝치지 말라며 거절했다. 그러자, 다시 한번 반전이 일어나며 이번엔 사진이 아닌, 정말로 오만원권이 가득 담긴 노트북 가방을 칸막이 밑으로 밀어 넣어 보여주는 것이었다. 사진상으로 봤을 때와는 전혀 다른 느낌이었다. 아이들 성매매를 시켜 뜯어내던 푼돈하고는 차원이 다른 큰돈이었다. 거기다 그 두 배인 1억을 더 준다는 것이었다. 그 돈이면 어디 가서 숨어 살더라도, 지금보다는 나은 새 인생을 살 수 있는 돈이었다.

생각은 참으로 무서운 것이었다. 한번 그 생각이 드니, 처음의 경각심은 온데간데없이 사라져, 걷잡을 수 없이 혜지의 마음을 잠식하며 흔드는 것이었다. 그때부터는 주저할 것도 없었다. 옆 칸의 아줌마가 하라는 대로 고분고분, 자신에 대한 신상정보를 고스란히 스마트폰으로 찍어 넘겨주었다. 정부24를 통해 즉석에서 주민등록 등본을 등사해 넘겨주는가 하면, 자신이 노예라 칭하던 아이들의 약점을 잡기 위해 했던 것처럼, 학생증을 얼굴 옆에 대고 다양한 각도로 머그샷까지 찍어 옆 칸의 아줌마에게 건넸다.

그렇게 둘의 계약은 시작됐다. 그리고 혜지는 나머지 돈을 받기 위해, 조안에게 접근해 기회를 엿보며 덫을 놓고 유인한 것이었다.

"카섹하다 뒤져도 모를 데만 찾아다녔다더니, 서울 근교에 이런 곳이 다 있었어."

남자가 찍어 준 내비대로 검은색 리무진을 몰고 약속 장소로 향하는 두 사람이었다. 그러고는 약속 장소보다 조금 못가 차에서 내리는 혜지였다.

"그 씹새 십중팔구는 뻥이니까, 대주기 전에 신호보내."

"그건 걱정 말고. 오빠나 들키지 말고, 잘해."

"어쨌거나, 난 내 여자 딴 새끼랑 하는 건 싫다."

"난 있지, 오빠 입에서 그 말 나올 때마다 욕 나와. 이 씨발놈아. 그래서 허구한 날, 제 동생 밑구녕 판 돈으로 먹고살았냐?"

"내가 또 뭘 어쨌다고, 말이 그렇다는 거지. 조심하라고 이 기지배야."

혜지는 차에서 내려 스마트폰 손전등을 켜고 으슥한 산기슭을 돌아 약속 장소로 걸어 올라갔다. 그리고 한 3분여를 걷자, 길 사이에 빼곡한 소나무 숲 사이, 차가 한 대 보였다. 그러자 그런 혜지가 걸어 올라오는 것을 보고는 차 안에서 조안을 덮치려 했던 남자가 내려 혜지를 보며 기지개를 켰다.

"야, 너도 예쁘다. 이럴 거면 처음부터 니가 왔으면 서로 얼굴 붉힐 일도 없고 얼마나 좋아."

"정말로 사람 뒤져도 모르겠네요."

"내가 그랬잖아. 카섹은 이런 맛이 있어야지."

"대신 출장비 선불 20은 주셔야 할 것 같은데,"

"에이! 20 더 못 줄까 봐서."

남자는 그 말과 함께 오만원권 4장을 꺼내 혜지에게 건넸다.

"나도 조건이 있는데."

"조건요?"

"볼 사람도 없는데, 답답하게 카섹할 게 아니라, 공기도 좋은데 스탠드로 하자."

"그러던가요. 옵션은 직접 벗기실래요. 아니면 다 벗고 시작할까요?"

"거추장스러운 것보다야 격 없이 살 맞대고 시작하는 게 낫겠지."

혜지는 그 말이 끝나기가 무섭게 입고 있던 옷가지들을 홀딱 벗어 차 속으로 집어넣었다. 그러자 남자 역시 옷들을 벗어 차 안으로 집어 던졌다.

"뭐부터 할까요?"

"나보다 더 급하긴, 아무리 급해도 예열은 좀 해야지."

그러자 혜지가 서 있는 남자의 허리춤에 쪼그리고 앉았다. 그러고는 남자의 성기를 입으로 빨기 시작했다.

"너 잘한다. 몇 살?"

"열여섯 살인데요?"

"그런데 이렇게 잘해."

"그건 그렇고 곰치 오빠는 어떻게 아는 사이신가요?"

"이 상황에서 그딴 놈이 뭐가 중요하다고."

"난 중요한데요. 그 오빠 엄청 무섭거든요."

"그냥 우연히 모텔 종업원들끼리 하는 말 좀 들었어. 그게 그렇게 거슬렸어. 그랬다면 오빠가 미안."

그리고 그 말이 끝나기가 무섭게, 같은 입에서 비명소리가 허공을 가르며 울려 퍼졌다.

"으아악!"

세상에서 가장 처절하고 비통한 절규라는 자식을 잃은 부모의 비통함보다도 더 처절한 비명소리였다. 그런 끝도 없이 울려 퍼지는 비명소리를 배경으로 혜지가 남자의 아랫도리 밑에서 일어났다. 그리고 그 입에는 남자의 물어뜯은 성기가 잘근잘근 씹혀지고 있었다.

"좆도 맛없네."

그러면서 씹던 남자의 성기를 저 옆으로 뱉어내는 혜지였다.

"이, 이, 미친년."

"왜? 이제야 알았어. 나 원래 미친년이거든. 이 씨발 새끼야."

그리고 그와 때를 맞춰, 어둠 속에서 대기하고 있던 검은색 리무진 기사가 혜지의 뒤에서 그 모습을 드러냈다.

"이 변태 새끼, 그러게 씻지도 않은 좆밥 쩐걸 왜 남에 입에다 넣어."

"니들 처음부터 이러려고……."

"그럼 이 후미진 곳을 여자 혼자서 왔겠냐, 이 빙신 새끼야. 그래도 내 여자가 다른 남자랑 안 해서 다행이다."

"오빠, 내가 그딴 말 다신 하지 말랬지."

"왜, 사실이잖아."

"내 오빠한테 말하면 뭐 하겠어. 내 입만 아프지."

"그럼, 이 새낀 어떡할까?"

"어떡하긴 뭘 어떡해. 오빠 잘하는 거 해야지."

"진짜?"

재차 묻는 오빠의 말에 혜지는 답답하다는 듯, 말 대신 미간을 찌푸리며 오빠를 째려보았다.

"알았어, 알았어, 간만에 사람 담그려니 흥분돼서 그런 거야."

혜지의 표정에 오빠는 곧바로 자신의 말을 수습하며, 호주머니에서 접이식 칼을 꺼내 펼쳐 들고 남자에게 다가갔다.

"사, 사, 살려줘. 나 돈 많아. 원하는 만큼 다 줄게."

"이 씹새 이거, 볼수록 귀엽네. 야 새끼야, 너 같으면 이래 놓고 살려달라면 살려주겠냐? 어차피 좆도 못 써먹을 새끼가 무슨 낙으로 살겠다고······. 살아서 빈 쭉정이 잡고 눈물짓지 말고, 깔끔하게 보내줄 때 그냥 남자일 때 죽자."

그 말을 끝으로 오빠는 더는 망설일 것도 없었다. 가차 없이 남자의 머리채를 잡아 뒤로 젖혀버렸다. 그러고는 그대로 남자의 앞 목을 칼로 베어버렸다. 그것이 남자의 마지막이었다. 그 후 남자는 그곳에서 멀지 않은 곳에, 땅을 파고 흔적도 없이 묻혔다.

"차는 어떡하지?"

"오빠, 머리 좀 써, 머리. 얼굴만 아이돌이면 뭐하냐고, 오다가 댐 못 봤어."

"아, 댐. 알았어, 넌 차에 가 있어. 내가 가서 금방 처리하고 올게."

그렇게 그날의 나쁜 커플에 의한, 나쁜 놈의 살해 사건은 흙과 물에 의해 묻히고 잠겼다. 그리고 그다음 날이었다. 언제나 그래왔듯, 세상은 아무렇지도 않다는 듯 새날이 밝았다. 사람들 역시 어제의 일은 물론이고 밤사이 무슨 일이 있었는지조차 몰랐다. 오로지 제 앞가림에만 분주해 기계처럼 움직이는 사람들이었다.

다만 한 사람 만은 어제의 일을 잊지 않고 기억하고 있었다. 그리고 그 잊지 않은 기억 속에서, 평소보다도 30분은 더 일찍 학교에 나와 혜지가 등교하기만을 기다렸다.

"나 좀 보자."

조안이었다. 상기된 얼굴로 혜지가 교문 안으로 들어서자, 한쪽 팔을 우악스럽게 낚아채며 말하는 것이었다.

"그러던지."

혜지는 조안을 보고도 평소와 전혀 다를 것 없이 너무나도 무덤덤했다. 친구를 위기에 빠트리고 사람까지 죽인 사람이라고는 도저히 믿어지지 않으리만큼 아무렇지도 않았다. 그런 혜지를 교실이 아닌 학교 뒤편 폐창고로 끌고 가는 조안이었다.

"사과해."

"이 씨발년 운도 좋지, 거기서 토낄 줄은 몰랐네. 어쨌거나 살았으면 됐잖아, 씨발년아."

"사과하라니까? 그럼 용서해 줄 거니까."

"이년 또라이 아니야? 사과는 내가 아니라, 니가 해야지 미친년아. 내가 너 때문에 무슨 고초를 겪고 왔는데, 너 대신 그 개새끼 앞에서 홀딱 벗고 뭘 했는지 아냐고, 씨발년아. 그니까 너야말로 사과해. 그럼 혹시 아니, 내가 너그러운 마음으로 용서해 줄지."

적반하장도 유분수였다. 혜지는 전혀 뉘우침이 없었다. 조안은 그런 혜지의 뻔뻔스러움에 참다못해 분노했다. 정말로 사과만 한다면 용서해 줄 생각이었다. 아무 일도 없이 무사히 끝났고, 혹시 혜지가 말 못 할 사정이 있어 그랬을지도 모른다는 생각에 조안은 한편으로는 걱정도 하고 있었다. 그런데 자기 생각과는 전혀 다른 혜지의 태도에 급기야 폭발하고 만 것이었다.

조안은 호주머니에 송곳을 챙겨오면서도 제발 그 송곳만은 꺼내는 일이 없기를 바랐다. 하지만 결국 자신의 바람과는 다르게 송곳을 꺼내 들었다. 그러고는 혜지를 단숨에 제압해 낡은 폐책상 위에 혜지의 손을 올려놓고 단죄의 송곳을 내리꽂았다.

"이 씨발년, 너 뭐 하는 거야!"

순식간이었다. 미쳐 손쓸 사이도 없이, 혜지의 눈에 송곳을 든 조안의 팔이 들려 올려지는가 싶더니, 가늘고 차가운 긴 이물질이 혜지의 손등을 관통했다. 그제야 살을 에는 고통에 혜지는 발악하며 손을 빼보려 발버둥을 쳤다. 하지만 이미 관통한 쇠붙이에 손과 책상이 달라붙어 움쩍달싹도 할 수 없는 후였다. 그런 혜지의 손등을 향해, 다시 한번 조안은 박혔던 송곳을 뽑아 재차 내리꽂았다.

"그만해! 씨발년아. 아프다고!"

혜지의 저항은 자신의 입을 벗어나지 못했다. 이미 조안과의 덩치 차이에 제압당해, 깨질 대로 깨진 힘의 균형이었다.

"아파, 내가 비밀 하나 가르쳐 줄까? 나 살인마의 딸이야. 너 같은 건 그냥 죽여 버릴 수도 있어."

"그럼 그러시던가 씨발년아. 그게 무슨 대수라고, 난 강간 사생아다 씨발년아."

"이거 정말로 끝까지 미친년이네. 잘못했다고, 그 말 한마디만 하면 되는데, 그 말이 뭐가 어려워서 이러는 거냐고 이년아."

조안은 이해할 수 없었다. 얼마든지 혜지는 자신을 멈추게 할 수 있었다. 하지만 혜지는 겁에 질려 입술이 새파란데도, 뉘우쳐 자신을 멈추기보다는 막말로 발악하며 부추기는 것이었다.

그 분노에 조안은 다시 한번 혜지의 손등을 향해 송곳을 내리꽂았다. 이번엔, 앞선 두 번과는 차원이 달랐다. 앞선 두 번이 지은 죄에 대한 뉘우침의 기회를 준 것이었다면, 이번은 죄와는 무관한 자신을 건드린 것에 대한 처절한 응징이었다. 그래서 더 조안은 그 각도를 높여 있는 힘껏 내리꽂았다. 그 옛날 세상 끝에서 자신과 했던 다짐이기도 했다. 비록 어린 나이였지만 피눈물을 삼키며 다짐했던 각오였다. 자신의 안위에 위협을 가했다면, 그게 누가 됐든 절대 가만둘 수 없었다.

"그만하라고 씨발년아. 세상 다 그런데, 나만 뭘 그렇게 잘못했다고, 나한테만 왜 이러는 건데, 씨발년아. 그니까 그만하라고 씨발년아. 아프다고···."

혜지는 반복되는 고통에 피투성이가 된 자신의 손을 부여잡고 그만하라며, 조안을 향해 몸부림쳤다.

"그래, 너 같이 미친년은 두고두고 고통스럽게 괴롭혀 줘야 제맛이지. 오늘은 첫날이니까, 이 정도로 해 두자."

그제야 조안은 쥐고 있던 송곳을 혜지의 손등에서 잡아 뽑아 내려놓았다. 그러고는 메고 있던 가방 속에서 뭔가를 꺼내는 것이었다. 하지만 혜지는 그런 조안이 눈에 보이지 않았다. 송곳이 빠지고 자유를 되찾기가 무섭게 피투성이가 된 자신의 손을 부여잡고 어찌할 바를 몰라 했다.

그리고 그때였다. 그런 혜지의 손을 다시 한번 조안이 강제로 끌어다 책상 위에 내려놓는 것이었다. 그에 깜짝 놀란 혜지였다.

"이건 또 뭐 하자는 건데 씨발년아. 놔, 안 놔?"

여전히 힘으로는 안 되는 혜지였다. 그런 혜지를 보며, 대답 대신 지긋이 웃어 보이는 조안이었다. 그러면서 지혈 파우더를 통째로 상처 부위에 쏟아붇는 것이었다.

"뭐 하자는 거냐고, 씨발년아. 이거 놓으라니까."

혜지는 그런 조안의 속내를 더 알 수 없어 무서웠던지, 재차 되물으며 손을 빼려 안간힘을 썼다. 하지만 조안은 혜지를 향해 더는 아무 말도 하지 말라는 듯, 한쪽 눈을 감아 그 입을 막아버렸다. 그러고는 두꺼운 거즈로 양 상처 부위에 대고 붕대로 감아 마무리했다.

"내일 또 보자. 그니까 잘 먹고 푹 쉬다 와. 그래야 피 보충이 돼지."

"이러면 내가 겁먹을 줄 알지. 천만에, 그깟 살인마의 딸이면 뭘 할 건데, 씨발년아. 지가 죽인 것도 아니면서, 뭘 어쩔 거냐고, 씨발년아. 난 진짜로 죽여 봤거든. 너처럼 벌어진 입으로 죽인 게 아니라고 씨발년아."

"그래, 나도 너 한번 죽여보자. 죽을 때까지 피를 말려서……. 그럼 나 먼저 간다. 곧 수업이니까 늦지 않게 오고. 이 씨발년아."

하지만 그게 끝이었다. 조안이 사라지자, 스마트폰으로 입금된 내역을 확인하는 혜지였다. 정확히 0이 여덟 개인 일억이었다. 그에 혜지는 흡족한 표정으로 텅 빈 교정을 지나 학교를 나갔다. 어제 일이 있었음에도 일부러 학교에 나온 것이었다. 못다 한 마무리를 짓고, 잔금을 마저 받기 위해서였다. 그래서 학교에 나와 조안을 자극한 것이었다. 하지만 예상외로 자기가 준비해 간 것을 다 꺼내 놓기도 전에, 너무나도 쉽게 끝난 것이었다. 자신보다 더한 준비를 해 온 조안에, 그저 쾌재를 부를 뿐이었다. 그 후 혜지는 다시는 학교에 나오지 않았다.

"조안 요즘 무슨 일 있니?"

성민은 학교에 있어야 할 조안이 갑자기 말도 없이 일찍 귀가하자, 그걸 이상하게 여겨 묻는 것이었다.

"아니, 없는데."

"난 또 야자 없이 일찍 오길래 무슨 일이라도 있나 했지."

"아, 그거. 작품발표가 얼마 안 남아서 담임한테 부탁했어."

"아, 맞다. 아빠가 깜빡했다. 그럼, 아빠한테 말하지."

"괜찮아. 아빠도 바쁜데 뭐."

말은 그렇게 했어도, 조안의 진짜 속내는 따로 있었다. 실은 지난번 혜지 사건 이후, 교내 야간 활동이 무서워서였다. 그래서 작품 활동을 평계로 야자를 빼고 일찍 귀가한 것이었다.

"아빠는 어떤데? 대체 한국에서 무슨 일을 하길래, 그렇게 바쁜 거야."

"아빠 소원이 연구의였거든, 그래서 한국 연구기관들하고 교류 좀 하느라고."

"아하! 그랬구나."

성민은 차마 사실대로 말을 해줄 수가 없었다. 마음이야 당장이라도 너에게 씌워진 그 지랄 같은 살인마란 굴레에서, 벗어나게 해주려고 그러는 것이라고, 영웅담이라도 늘어놓고 싶었다. 하지만 그럴 수가 없었다. 영원히 조안이 알아서는 안 될 말 못 할 금기이기도 했지만, 그게 아니더라도 면목이 없어서였다. 그 결과가 너무 참담하리만큼 안 좋았다. 그래서 더 말을 해줄 수가 없었다. 두 달이 다 되어 가도록 소피 킴에 대한 단서는 고사하고, 얻은 것이 아무것도 없었다. 그야말로 망망대해에 홀로 떠 있는 것 같은 성민이었다.

"자식, 얼굴이 그게 뭐니? 또 날쌨냐?"

까칠한 얼굴에 피곤한 듯 눈을 비비고 있던 성민을 보고는 무형이 하는 말이었다.

"그렇지 뭐, 부탁한 건."

"자식, 급하기는. 나, 너 때문에 이젠 범죄자 다 돼가 인마."

"그러게, 괜히 너까지 끌어드려서 미안하네."

"미안하면 이참에 한국에 눌러앉던가."

"그럴까도 싶고, 들어오기 전에는 몰랐는데 조안도 호주보다 한국을 더 좋아하는 것 같네."

"자식, 끝까지 이 형 때문에 눌러앉고 싶다고는 안 하네. 자, 받아. 나온 건 별로 없지만, 최근 5년간 소피 킴 금융거래 내역이야."

"고생했다 친구."

"고생이나 마나, 이래가지고 찾을 수나 있을는지 모르겠다. 정말이지 이 여자, 은둔 작가를 넘어, 말 그대로 유령이더라. 정상적인 금융거래 내역은 하나 없고, 죄다 코인거래로만 해서 도통 돈의 흐름을 추적하기가 어려워. 그것도 다 외국에 계좌를 두고 있어 접근도 안 돼. 내 변호사 인생 십수 년에 난다긴다하는 별의별 놈들을 다 겪어봤지만, 까도 까도 아무것도 안 나오는 이런 유령 같은 여자는 또 처음이라니까."

"그 정도야, 그래도 산 사람이라면, 그 뭐라더라, 그래 맞다. 생활한 흔적은 있지 않을까? 그럼 최소한 정상 계좌 한두 개는 있을 것 같은데."

"있지. 있는데 문제는, 그게 다 주소도 행적도 없는 사람들을 내세운 대포통장이라는 거지."

"노숙자 뭐 이런 사람들?"

"잘 아내, 그나마 그것도 외국 소재 페이퍼컴퍼니가 대행을 하고 있어, 내 손에선 턱도 없네."

"사람이 어떻게 그래?"

"내 말이, 여기까지가 언더그라운드 공식적 루트의 한계야. 더 하고 싶으면 비공식 루트가 있긴 한데, 거기까지 하면, 그땐 범죄자가 문제가 아니라, 너나 나나, 진짜 테러범 된다."

"너한테도 피해가 가?"

"난 그냥 루트만 터주고, 거래는 네가 하는 거니까, 잡혀도 너만 안 불면 피해랄 것까지는 없고."

"그래, 그럼 그렇게 해줘."

"자식, 겁도 없이 덥석 물기는. 너 그러다, 네 딸 살인자 딸이 아니라 테러범 딸 만드는 수도 있다."

해커였다. 무형이 의뢰인을 통해 우연히 알게 된 탈북민 해커였다. 북한뿐만이 아니라 중국과 러시아 해커들이 연계된, 돈만 되면 국익과 사익을 가리지 않고, 뭐든 다 하는 자칭 최정예 전문가들로 구성된 해커조직이었다. 더는 방법이 없자, 성민은 위험한 줄 뻔히 알면서도 무리수를 둔 것이었다.

그리고 그 결과가 1주일 만에 USB로 배달됐다. 소피 킴으로 거래되고 운용되고 있는 모든 수집된 기록들이 복제돼 보내져 왔다. 불과 일주일 만에 사이버 전산 속에 있던 한 개인의 신상이 송두리째 파헤쳐진 것이었다. 그에 성민은 자신이 사주했으면서도 소름이 돋았다.

절대 접근 불가할 것 같던 각국에 계좌를 둔 코인거래 내역 하며, 각지 노숙자들 명의로 되어있는 대포폰과 대포통장들의 실체까지. 그간 소피 킴의 NFT를 통한 금융 경로가 고스란히 나와 있었다. 그리고 그 코인들이 페이퍼컴퍼니를 통해 어떻게 현금화됐는지, 그 과정과 실체가 낱낱이 드러나 있었다.

하지만 이미 앞서 그랬듯, 놀라움은 성민의 기대에 부응하지 못했다. 정작 중요한 현금화가 된 이후, 돈의 흐름에 대해서는 나와 있지 않았다. 거기까지는 자기들의 영역이 아니어서, 추적이 불가하다는 메시지만 담겨 있었다.

그야말로 또다시 원점으로 되돌아온 성민이었다. 호주에서부터 같은 쳇바퀴만, 지루하게 반복해서 돌고 있는 중이었다. 꼭꼭 숨어 버린 한 개인을 찾는다는 것이 그렇게 어려운지 미처 몰랐다. 의지도 집념도 마음만 앞섰을 뿐, 말처럼 쉬운 것이 아니었다. 현실은 드라마나 영화처럼 의도대로 흘러가는 세상이 아니었다.

그 답답함에 다시금 일기 시작하는 성민의 조바심이었다. 더는 시간이 없었다. 곧 3년만 있으면 조안은 어른이 돼, 자신의 품을 떠나 세상 속으로 훨훨 날아가야 할 나이였다. 그 시점이 언제든, 자신이 곁에 있어 줄 수 있는 것은 한계가 있었다. 그런 자신이 없는 세상에서의 조안을 위해서라도, 그깟 과거의 태생 따위에 조안 속 괴물이 되살아나도록 내버려 둘 수는 없었다.

그러기 위해서라면 성민은 지옥문이라도 열고 악마에게 무릎이라도 꿇을 수 있었다. 그 절박함에 다시 유정을 찾은 성민이었다. 하지만 성민은 유정을 절대 믿지 않았다. 그랬더라면 애초에 이런 비극은 일어나지도 않았을 것이었다. 다만 자신의 진심이 유정을 감동시킬 수만 있다면, 유정도 여자로서는 몰라도 엄마로서는 동요될지도 모른다는 기대에서였다. 그리고 지난번 면회 때, 조안에 흔들리며 그 기미를 보여준 유정이었다.

이제 공은 유정에게 있었다. 큰 것도 바라지 않았다. 유정의 말 한마디면 되는 것이었다. 그럼 재심신청을 해 공식적인 수사 재개를 할 수 있었다. 그런다고 유정의 말대로 백 퍼센트 재심이 받아들여진다는 보장도 없었지만, 성민에겐 그 카드 말고는 다른 선택의 여지가 없었다.

"생각대로 잘 안 되나 봐. 그새 폭삭 삭았네."

"그니까 말해줘. 너는 알잖아. 그 여자가 누군지. 우리 조안한테 씌여진 저주는 너만이 벗겨낼 수 있어. 나 때문에 이리된 게 억울하다며, 그럼 왜 이러고 있는 건데, 너만 좋다면 내가 여기서 너 꺼내 줄게. 나가자, 나가서 예쁘게 잘 자란 네 딸하고 같이 살아."

"이제 와, 그게 무슨 소용이 있는데. 설령 있다고 해도, 여기서 나갈 수는 있고."

"있어, 있으니까, 나가자. 너만, 네가 안 죽였다고 말만 하면 돼. 그럼 나머진 내가 다 알아서 할게."

"꿈꿔?"

"꿈 아니야. 재심신청만 하면, 너 여기서 나갈 수 있어."

"재심. 그게 그리 쉬운 줄 알아."

"말했잖아. 우리 조안을 위해서라면 뭐든 다 할 거라고."

"나쁜 놈. 진작에나 그러지. 나도 말했잖아. 더는 아무 짓도 하지 말라고."

"그게 말이 돼, 사람이면 제 자식을 위해 뭐든 해봐야지. 처음부터 넌 그랬어. 다 남 탓만 했지. 처음엔 부모 탓, 그리고 지금은 내 탓, 자기가 뭘 해서라도 살고자 하는 의지가 없었다고 넌, 내가 신고해서 이리된 것이 아니라, 내가 신고하지 않았더라도 넌 그렇게 남 탓만 하고 살았을 거야. 아니야? 네 말대로 살고자 하는 의지가 있는 사람이었다면, 어떻게든 살인마가 아니라고 우겨서라도 날 잡았겠지."

"잘 봤네, 맞아. 나 그런 여자였어. 그니까, 그렇게 살다 죽게 내버려 둬. 더 말해봤자, 네가 원하는 답을 들을 수 없을 거야. 나도 그 여자에 대해 아는 게 없거든. 그리고 더는 오지 마, 그땐 이리 산 모습이 아니라, 정말로 죽었다는 부고였으면 좋겠네. 혹시 알아, 그땐 내가 네 부탁을 들어줄지. 잘 가."

유정은 그 말을 끝으로 자리에서 일어나 밖으로 나갔다. 그리고 자신의 수감 방으로 돌아가기 전, 교도관에게 전화 한 통화만 하자고 부탁했다. 규정상은 당연히 안 되는 일이었다. 하지만 교도관은 규정을 어기고 흔쾌히 허락해주는 것이었다. 죄질이 나쁜 사형수이기는 했으나, 그동안 유정이 10여 년을 넘게 보여준 모범적 수감생활 덕이었다.

"동생 지난번 부탁한 거 어떻게 됐어?"

"의외로 쉽게 풀렸네. 돈 좀 집어주고, 공항 CCTV 확인하니까 그냥 나오던데."

"그래, 고마워 동생."

"고맙긴 언니, 내가 더 언니한테 고맙지. 언니 아니었으면, 우리 세 식구 어떻게 이런 집다운 곳에서 사람답게 살 수 있었겠어. 다 언니 덕이야. 얘들도 예쁜 이모 보고 싶다고 어찌나 보채는지. 언니가 못 오게 해서 그렇지, 자기 엄마도 감옥 갔다 온 거 다 아는 얘들인데, 뭐가 어떻다고 못 오게 하는지 모르겠다. 언니."

"아직은."

"그년 때문이야. 그년이 뭔데 그렇게 무서워하는 건데."

"너까지 끌어드리기 싫어. 그니까, 넌 이젠 그만 빠져."

"그럼 섭하지. 호적에만 안 올라왔지, 우리가 남인가? 한치 걸러 얘들도 이모 오는 날만 기다리며, 날마다 언니 방 청소하는데, 내가 언니 일에 빠질 수는 없지."

"얘들만 힘들게, 그걸 왜 지금까지 놔둬, 나갈 일도 없을 텐데 다 버리라니까."

"미쳤어. 그게 다 언니 추억인데, 그걸 왜 버려. 그리고 세상일은 모른다잖아."

참담하고 망막한 심정으로 교도소를 나오는 성민이었다. 그러면서 드는 후회였다. 차라리 시작이나 안 했더라면 덜 답답했을 것 같았다. 그랬더라면 조바심에 잠은 설치더라도 운에 맡기며 시간은 벌 수는 있었다. 그러나 지금은 그럴 수도 없게 된 것이었다. 이미 자기 스스로 들쑤시고 다니며, 조안에 대한 봉인을 풀어 젖힌 뒤였다. 이제 조안이 자신의 태생을 아는 것은 시간문제였다.

그리고 그때였다. 진동으로 바꿔 놓고 들어갔던 스마트폰에서 요란한 진동음이 울려대는 것이었다.

"네, 신 형사님."

"지난번 말씀하셨던 소피 킴 부모 사건 말입니다."

"알아보셨나요?"

"그게 말입니다. 사고 시기가, 16년 전 사건 발생 한 달 전이지 뭡니까."

"그럼, 사고가 아닐 수도 있다는 말씀입니까?"

"이쯤 되면, 그렇다고 봐야 하지 않을까 싶습니다. 그리고 이건 혹시나 해서 말씀드리는 건데, 우리 기록에는 없지만, 당시 한유정을 상담했던 범죄심리분석관이 계셨는데 한번 만나보시겠습니까?"

망망대해에 떠 있던 성민을 향해 다시 한번 뻗어 오는 지푸라기였다. 마다할 이유가 없었다. 그보다 더 가늘고 얇은 기회의 줄이라도 성민은 잡을 준비가 되어있었다. 전화가 끊기자, 곧바로 범죄심리분석관의 이름과 연락처가 문자로 전송되어 왔다. 역시 망설일 이유도 없었다. 확인과 동시에 초면이었음에도 범죄심리분석관에게 전화를 거는 성민이었다. 그러고는 서울로 돌아갔을 때 이미 업무시간이 끝나 늦은 시간이 되리라는 것을 알면서도, 염치 불고하고 약속까지 잡은 것이었다.

"반갑습니다. 백정기입니다."

"감사합니다. 교수님. 전화상으로도 말씀드렸듯이. 16년 전 한유정 사건에 대해 몇 가지 여쭙고자 찾아뵀습니다."

"신 형사 이 친구가 뭘 어떻게 말했는진 모르겠지만, 그렇게 합시다."

"부탁 좀 드리겠습니다."

"그나저나 참 묘한 인연입니다. 신고자가 살인자의 범죄 입증에 의구심을 품고, 과거의 흔적들을 쫓으며 추적에 나섰다니."

백 교수는 성민의 사연에 의아해하면서도 흥미로워했다.

"이건, 당시 제가 상담했던 기록입니다. 워낙 수사가 속전속결로 종료된 터라, 제출도 못 하고 지금까지 이렇게 제가 가지고 있었답니다."

"그 정도였나요?"

"말도 마십시오. 의심 가는 게 한둘이 아니었는데도, 단 한 번에 상담 종료가 됐지 뭡니까? 신 형사 그 친구도 오죽 답답했으면 신고자분한테 경찰 정보까지 내주며 저까지 소개해줬겠습니까, 자기가 못하니 대신해 보시라는 거 아니겠습니까. 제 맘도 딱 그 맘이고요. 어찌 됐든 제가 도울 수 있는 일이라면, 언제든지 찾아오십시오."

"아 네, 감사합니다. 근데, 의심이 가다니요? 그건 무슨 말씀이신지요?"

"그 여자 말입니다. 한유정. 손이 참 남달랐거든요. 절대 살인할 손도, 살인한 손도 아니었어요. 살인할 손 치곤 너무 빈약했고, 살인한 손 치곤, 너무 깨끗했거든요."

"손이요?"

"거기 기록 한번 보십시오. 당시 그 여자 피지컬이 어땠는지, 나와 있을 겁니다. 175cm에 43kg, 말 그대로 뼈에 가죽만 달라붙어 있었다는 얘기죠. 아마 그 상태면 자기 숨쉬기도 어려웠을 겁니다. 그런 몸으로 혼자서 자기보다 월등히 무거운 64kg 여성을 제압해 살해한 후 사체까지 훼손한다는 것이, 그게 말처럼 그리 쉽겠습니까? 설령 그랬다고 치더라도, 그 손이 어디 남아났겠습니까? 내 그 손목을 안 봤으면 또 모를까, 정말로 딱 이만합디다."

백 교수는 아직도 그날의 기억이 생생하다는 듯, 자기 손가락 두 개를 붙여서 성민을 향해 펴 보이며 자신의 말을 강조했다.

"물론 범행에 예외성이 많다 보니, 그보다 더 열악한 피지컬로도 얼마든지 사람을 죽여 훼손할 수 있습니다. 저 역시 그래서 거기까지는 문제 삼지 않았고요. 한데 말입니다. 피지컬 보다 더 무서운 것이, 뭔지 아십니까, 바로 그 육체를 움직이는 그 사람의 심리입니다. 그 심리란 것이 참으로 오묘해서, 어떻게든 표출되는 통에 거짓말을 못 한답니다. 그래서 우리 같은 사람들이 존재하기도 하고요."

"그건 또 무슨 말씀이신지?"

"쉽게 말해, 표출되는 분노는 강한데, 정작 중요한 사건과 관련해서는 반응을 하지 않는다는 겁니다. 현장에 없었던 사람도 아니고, 현행범으로 체포된 사람이 그런다는 게 말처럼 쉽지 않거든요. 간혹 사이코패스 중에 작정하고 아닌 척하는 놈들도 있습니다만, 그래봤자, 오래 못 가 자기모순에 빠져 스스로 무너져 들통 나는 게 사람이랍니다. 근데, 그 여자는 내가 한 시간이 넘도록 사건과 관련해 집요하게 파고들었는데도, 눈빛 하나 동요되는 게 없는 거 있죠."

"사이코패스 뭐, 그런 건가요?"

"글쎄요? 그랬다면 상담기록을 지금까지 가지고 있지도 않았겠죠. 내 눈이 다 맞을 수는 없겠지만, 확실한 건, 지금까지 내 경험상으로는 그런 경우 딱 두 가지라는 겁니다. 정말로 사건에 대해 몰라서 그랬다거나 아니면, 기존에 우리가 알고 있던 상식을 뛰어넘는 새로운 유형의 신종범죄자였거나?"

"혹시, 그 외에, 죽은 여자에 관한 얘기나, 소피 킴에 대한 언질 같은 것은 없었나요?"

"소피 킴? 혹시 그 은둔 NFT 작가 소피 킴 말씀하시는 건가요?"

"네 맞습니다."

"그 작가 현존작가 아니었나요?"

"그래서 찾고 있는 겁니다. 죽은 여자가 버젓이 살아서 활동하고 있으니 이상하잖아요."

"거 참……. 그래서 소피 킴에 대해 알아낸 정보는 있고요?"

"17세 때 한국으로 입국했다는 것 말고는, 그 실체조차 아직 파악을 못 하고 있습니다."

"어이구, 외국 국적에 미성년자면, 못 찾는 건 당연할 것 같고. 다른 건 더 뭐 없습니까?"

"유일한 가족으로 부모가 있었는데, 그게 공교롭게도 사건 한 달 전쯤에 한국 여행 도중 사고사로 죽었다지 뭡니까."

"허허……. 그래서 이젠 어떡하실 겁니까?"

어이가 없다는 듯, 헛웃음에 혀를 차는 백 교수였다.

"그래도 해보는 데까지는 해봐야죠."

"그래가지고 찾을 수 있겠습니까? 딱 봐도 각 나오지 않습니까? 쟈니 리 씨라고 그러셨죠? 내 장담컨대, 소피 킴 죽었다 깨어나도 못 찾을 겁니다. 설령 찾는다고 하더라도, 대조 유전자가 없는 한, 단순 가명으로 활동했다고 하면, 범죄 입증도 어려울 겁니다."

"무슨 말씀이신지?"

"초치는 건 아니니까 곡해 듣지는 마시고. 혹시 그거 아십니까? 어떤 사건에서 가장 중요한 것이 뭔지. 그래서 말인데 발상을 전환해서, 다른 쪽을 쫓아보심이 어떠실는지."

"그건 또, 뭘 말씀하시는 건지?"

"사건에서 가장 중요한 것이 연관된 인물입니다. 특히 사건에 연루된 직접적인 당사자들 간엔 더 그렇죠. 이 사건을 보면 한 집을 놓고 직접적인 당사자가 세 명이 있습니다. 한 명은 이미 현행범으로 체포돼 감옥에 있고, 다른 한 명은 죽어 시체로 발견됐죠, 그렇다면 누가 남겠습니까, 실종된 거주자 송 유정입니다. 오히려 실체도 없는 유령 같은 소피 킴을 쫓기 보다는 이미 나와 있는 신원을 바탕으로, 실체가 확실한 실종된 사람을 쫓는 것이 더 쉬울 듯한데."

"그렇다면, 교수님 말씀은 실종된 송 유정이, 소피 킴 행세를 하고 있다는 말씀입니까?"

"죽은 사람이 살아 돌아오지 않았습니까, 그렇다면 누가 가장 의심스러울까요. 세상에 출구가 뻔한 고립된 고층 아파트에서 실종이 가당키나 하겠습니까? 아마도 제 생각엔 그 실종에 트릭이 있지 않을까 싶습니다. 물론 경찰도 포기한 미제 실종사건에서 그 단서를 찾기란 쉽지는 않을 겁니다."

"그렇다 하더라도, 16년을 생활반응 없이 숨어 산다는 것이 가능하겠습니까?"

"그거야, 이제부터 쟈니리 씨가 알아보시면, 답 나오겠죠."

성민은 전혀 생각지도 못했던 인물이었다. 오로지 소피 킴만 보고 달려왔지, 그 외의 사건과 관련된 다른 인물들은 들여다볼 생각조차 못 했다. 하지만 백 교수의 말을 듣다 보니, 그 말에 일리가 있는 것 같았다. 자신은 전문가는 아니었지만, 자기가 보기에도 사건에서 인물은 가장 중요한 요소였다.

세 명이 연루됐는데, 한 명이 빠진 두 명만으로는 그 사건은 설명될 수 없었다. 애초에 사건이 명확하지 않은 것 역시, 그 빠진 한 명의 인물 때문이었다. 만약 끝까지 포기하지 않고 그 빠진 인물을 수사했더라면, 죽은 사람이 다시 살아 돌아오는 일은 없었을 것이었다. 그제야 의욕에 멀었던 눈이 뜨이며, 막혔던 의문이 풀리는 순간이었다.

그리고 백 교수의 말처럼 실체도 없는 소피 킴을 찾기보다는, 비록 실종됐다 하더라도 그 실체가 눈에 보이는 송 유정을 쫓는 것이 더 쉬울 것도 같았다. 물론 그러기 위해선 자기 범위를 넘어, 사건 전체를 들여다봐야 하는 난제도 뒤따랐다. 하지만 송 유정을 찾을 수만 있다면, 소피 킴에 대한 확증은 물론이고, 사건 자체를 원점으로 되돌려 놓을 수도 있었다. 그렇게만 된다면 한유정의 도움을 받아야 하는 재심이 아니더라도, 재수사가 가능할 것 같았다. 성민은 그 기대에 더 큰 욕심이 생기며, 다시 보이기 시작하는 희망이었다.

계시. 하늘의 뜻

part 4

막혔던 길이 뚫리며, 다시 보이기 시작하는 활로였다. 성민은 그 기대에 이미 퇴근까지 한 무형을 다시 불러냈다.

"그러네, 거기에 트릭이 있었네. 그러니 못 찾았지. 이거 필 꽂힌다."

"그래서 말인데, 이 여자 신상 기록 좀 구할 수 없을까?"

"그거야 어렵지 않은데, 실종된 지 16년이 지났는데 단서가 아직 남아 있을까?"

"뭐 어쩌겠어. 백 교수 말대로 사건에서 가장 중요한 것이 당사자라면, 실종자 주변 인물들을 따라가다 보면 뭐라도 나오겠지."

"짜식, 다 컸네, 그래도 아직은 이 형 따라오려면 먼 것 알지."

"그래 인마, 너 잘 났다."

성민은 무형의 도움으로 어렵지 않게, 송유정에 대한 간단한 신상정보를 메일로 넘겨받았다. 그 정보를 토대로 가장 가까운 인물인 가족을 통해 추적의 단서를 얻어 볼 생각이었다. 하지만 그 시작부터 쉽지 않았다. 둘밖에 없는 가족에, 언니는 사건 충격 때문인지, 가족 모두 그해에 캐나다로 이민을 가 한국에 없어 현실적으로 어려웠고, 연년생 여동생은 한국에 살고는 있었지만, 잘나가는 프랜차이즈 외식 사업가인 데다, 서울에만 대형 빌딩을 5채나 보유한 부호였다. 그런 부호를 경찰도 아닌, 성민이 연고도 없이 접근한다는 것이 결코 쉬운 일이 아니었다. 그 고심 속에 시도조차 못 하고, 성민은 며칠째 동생이 거주하고 있는 본사 주변만을 맴돌며 기회를 엿보고 있었다.

그러나 우연이라기에는 너무 쉽게, 전혀 생각지도 않았던 엉뚱한 곳에서 그 기회가 찾아왔다. 조안의 생일을 기념해, 한 유명 레스토랑에서 식사하고 있을 때였다. 어떤 여자가 조안을 보며 반갑게 아는 척을 하는 것이었다. 바로 공항에서 조안과 사진을 찍었던 그 여자였다. 먼발치에서 보긴 했지만, 성민은 확신할 수 있었다. 요즘 세상에 팔까지 오는 긴 장갑을 끼고 다니는 여자는 흔치 않았다. 그게 특이해 기억하고 있던 여자였다.

"어머! 이런대서 다시 만나고, 아무래도 우리 인연인가 본데."

"안녕하세요."

설마하니 그때 그 여자가 송유정의 여동생이라고는 생각도 못 했다.

"따님이 예뻐서 그런지, 아버님도 멋쟁이시네. 만나서 반갑습니다. 송은정이라고 합니다."

"아 네, 쟈니 리라고 합니다. 부족한 딸을 예뻐해 주시니 정말로 감사합니다."

"부족하다니요. 너무 예뻐요."

"이리 예뻐해 주시니 그냥 말수도 없고, 혹시 호주에 오셔서 도움이 필요하시면 연락 주십시오."

말은 핑계였고, 그 속내는 행동에 있었다. 성민은 행여 그 기회를 놓칠세라, 잽싸게 명함 지갑에서 명함을 꺼내 은정에게 건네는 것이었다.

"어쩐지, 예사롭지 않더라니, 의사셨구나. 그럼, 저도 그날을 위해, 가만히 있을 수는 없겠죠."

이번엔 역으로 은정이 자기 명함을 꺼내 성민에게 건넸다.

"떠나기 전에 한번 연락주세요. 큰 건 못해 드려도, 맛있는 밥 한 끼는 쏘겠습니다."

뜻하지 않은 우연에 수월해진 성민이었다. 그래서 성민은 그 우연이 약발을 다하기 전에 곧바로 다음 날, 은정에게 전화를 걸었다. 그리고 그런 성민의 미팅 요청에 은정도 흔쾌히 시간을 내주는 것이었다.

"어려운 부탁이라, 뭐부터 말씀드려야 할지 모르겠습니다."

"괜찮습니다. 어려운지 아닌지는, 어차피 들어봐야 아는 거니까, 그냥 편히 말씀하세요."

"그럼 말씀드리겠습니다. 실은 16년 전 실종된 언니에 대해 몇 가지 여쭤볼까 합니다."

"저희 언니를 아세요?"

"개인적으로는 모르고, 그때 그 사건 신고자가 접니다."

"근데, 저희 언니는 왜?"

더는 숨겨서 할 말이 없을 것 같아, 성민은 자신의 사연을 털어놓았다. 다만 소피 킴에 대한 실체와 언니를 의심하고 있다는 말만은 차마 하지 못했다. 단지 조안에게 씌워진 살인마의 딸이라는 굴레를 벗겨주고 싶은 한 아버지의 염원이라고만 말했다.

"어머! 정말로 그 아이가, 그 여자의 딸이란 말인가요?"

"네, 제 딸이기도 하고요."

조안을 두고 보인 은정의 호들갑스러운 반응에 성민은 약간은 언짢은 듯, 자기 딸임을 강조했다.

"아, 죄송합니다. 너무 당황스러워서."

"괜찮습니다. 다들 그런걸요,"

"어쨌거나, 우리 인연은 인연인가 보네요."

그 말과 함께 일어나 업무용 책상으로 가 서랍을 열더니, 그 속에서 전단지 한 장을 꺼내 성민에게 건네는 것이었다.

"이분이 언닌가요?"

"네, 그날 이후, 한시도 잊은 적이 없는 저희 언니예요. 세상 물정이라곤 하나 모르고 평생 그림만 그렸던 언니였는데, 그런 끔찍한 사건에 연루돼 이리될 줄 누가 알았겠어요."

"괜한 걸 물어 죄송합니다."

"별말씀을요. 처음에 그렇게 죽을 것 같더니마는, 시간이 약이랬다고 이젠 다 무뎌졌는걸요. 처음엔 정말이지 언니 그렇게 되고, 남은 우리 자매 얼마나 방황했다고요. 오죽했으면 언니는 좋은 직장 다 내팽개치고 형부까지 꼬셔, 캐나다로 이민 갔지 뭐예요."

"아, 그러셨군요. 혼자 남아 더 고생하셨겠어요."

"남으려고 남은 게 아니라, 어찌나 황당하고 충격적이던지, 당연히 언니인 줄로만 알고 시신을 인도하러 갔는데, 언니가 아닌 거 있죠. 그리고 그 몰골은 또 얼마나 끔찍하던지, 태어나 죽은 사람은 그때 처음 봤거든요. 그 충격에 그 길로 잠적해, 1년 반 만에 다시 나타났는걸요."

"의사인 나도 어떤 땐 적응이 안 되는데, 그 심정 충분히 이해합니다."

"뭐, 그 덕인지, 지금은 이렇게 잘살고 있지 뭡니까. 사람 죽으란 법 없다잖아요. 하하하,"

"정말로 대단하세요. 혼자서도 이리 훌륭히 잘 견디시다니."

"그런 일 겪고 살려면 어쩔 수가 없더라고요. 덤으로 이런 훈장까지 얻었는걸요."

그 말과 함께, 은정은 장갑 낀 두 손을 들어 성민을 향해 펼쳐 보였다. 그렇지 않아도, 성민은 그게 궁금하던 터였다. 지난번 공항에서 봤을 때나, 레스토랑에서 봤을 때까지는 그래도 외출 중이니, 취향에 따라 그럴 수 있다고 생각했다. 하지만 자기 집무실에서까지, 장갑을 끼고 차를 마시는 사람은 흔치 않았다.

"손은 어쩌다."

"아, 호주에 가 계셔서 모르시겠다. 그일 있고, 한 1년쯤이던가요. 그때 연합병원 건물에 큰불이 났거든요. 다행히 인명 피해는 없었지만, 저를 비롯해 화상 환자들이 꽤 발생했답니다. 그놈에 살고 싶은 게 뭔지, 앞도 안 보이는 불길 속에서도 불단 난간이 하늘에서 내린 동아줄처럼 보이는 거 있죠. 손이 다 이리 익어가는데도 얼마나 살고 싶든지, 그 난간만 잡고 7층이나 되는 건물을 옥상까지 올라간 거 있죠."

"그런 일이 다 있었군요."

"너무 내 얘기만 했나요. 그래서 제가 뭘 어떻게 도와드리면 되겠습니까? 서로 목적은 다르지만, 저도 우리 언니 이대로 내버려 두긴 싫거든요. 혼자선 전단지 몇 해 돌리는 것이 전부였는데, 왠지 쟈니리를 보니 다시 용기가 나네요. 괜찮으시다면 숟가락 하나 더 얹어도 괜찮을까요?"

성민은 뜻하지 않은 우연에 일만 잘 풀린 것이 아니었다. 송유정에 대해 그 누구보다도 잘 알고 있을, 그 동생을 천군만마로 얻은 것이었다. 그런 행운을 마다할 이유가 없었다. 은정의 말대로 서로 목적은 달라도, 가는 방향만 맞으면 되는 것이었다. 지금은 다른 그 무엇도 중요하지 않았다. 오로지 송유정의 행방만 쫓을 수 있으면 되는 것이었다.

"그리만 해주신다면야, 저야 두말할 것도 없죠."

그렇게 두 사람은 서로 목적은 달랐지만, 송유정이라는 한 목표를 놓고 공조를 시작했다.

"그럼, 뭐부터 시작하면 될까요."

"일단 언니와 사건 당사자들 간의 연관성부터 알아봐야 할 것 같은데, 혹시 그에 대해 아는 게 있습니까?"

"아는 건 고사하고 저도 참 그게 이해가 안 가거든요. 제아무리 생각해봐도 죽은 사람도, 그 미친 여자도, 언니하고는 전혀 접점이 없는 거 있죠. 그런 사람들이 왜 저희 집에서 그런 끔찍한 사건으로 엮였는지 정말로 모르겠어요."

"그럼, 당시 언니에 대해 살펴볼 만한 활동 기록이나, 사진들 좀 볼 수 있을까요?"

"그게, 그 일이 있은 후, 도저히 그 집에 들어갈 엄두가 안 나는 거 있죠. 그래서 유품 정리업체에 일임해, 그 집에 있던 건 싹 다 버렸거든요. 혹시 그 부분이라면 저보다도 감옥에 있는 그 미친 여자가 더 잘 알지 않을까요?"

"그래서 저도 만나는 봤는데, 허사였습니다. 도통 입을 열지 않더라고요."

"정말이지 양심도 없는 여자네요. 자기가 잘한 게 뭐가 있다고, 뻔뻔스럽기는……."

"그러게 말입니다. 자기가 잘한 게 뭐가 있다고."

성민은 은정의 말에 동조한다는 듯, 재차 따라 하며 허탈해했다.

"그럼, 이젠 어쩌죠?"

"혹시 언니 주변인 중에, 친구라든가 언니와 활동을 같이 했던 사람들 없을까요?"

"있기야 있죠. 대학 때부터 언니랑 같이 활동하던 친구들인데, 언니를 포함해 6명이 자주 어울려 다녔죠. 근데 다들 뿔뿔이 흩어져서, 지금은 어디 사는지도 모르는데…."

"아, 그건 걱정하지 마십시오. 친구분들 명단만 주시면, 나머진 제가 다 알아서 하겠습니다."

"누군지도 모르는 사람들을, 그렇게 쉽게 찾는다고요?"

"물론 뒷돈 좀 드려야겠죠."

"흥신소?"

"들켰습니다."

이제 제법 거짓말도 입에 밴 성민이었다. 말은 그렇게 해 놓고, 정작 명단을 들고 찾은 곳은 무형이었다.

"언제까지 해주면 되는데?"

"알잖아. 나야 빠를수록 좋은 거."

"자식, 누구 약점 잡은 것도 아니고, 말만 하면 다 되는 줄 알지."

"그래서 말인데, 제아무리 변호사라 하더라도 이런 정보들은 어디서 어떻게 구하는 거야?"

은정의 말이 생각나며 어디서 그런 정보들을 빼내 오는지 궁금한 성민이었다.

"알면 다쳐 인마. 세상사 상도덕이 있거늘, 남에 밥줄까지 넘보려 들기는."

"그래, 그러니 전문가겠지. 어쨌거나 매번 고맙다, 친구."

그 말을 끝으로, 무형의 사무실을 나서는 성민이었다. 행여 무형의 업무에 방해라도 될세라, 자기 볼일만 보고 서둘러 나오는 것이었다. 하지만 무형은 그런 성민이 안쓰러워 눈을 떼지 못했다.

"자식 누가 정보를 주는지 알 턱이 있나?"

그리고 그때였다. 성민이 사무실을 완전히 나가자, 옆에 있던 접견실 문이 열리며 50대 중반의 한 남자가 나왔다.

"그래도 멀쩡히 살아는 있네"

"형님 말씀대로 해달라는 대로 해주고는 있는데, 이젠 그만 끝내야 하지 않을까요?"

"아니, 그냥 지 하고 싶은 대로 내버려 둬. 너도 알잖아, 저 녀석 고집이 어떤지."

"아니까, 더 끝내주고 싶네요."

"조금만 니가 더 고생해. 필요한 정보 있으면 언제든지 말하고. 내가 해줄 건 그거밖에 없네. 그럼, 수고."

"네 형님. 그럼, 멀리 안 나갑니다."

하루도 안 돼, 무형에게서 온 송유정의 친구들에 대한 정보였다. 5명 중 4명에 대한 정보로, 1명은 확인이 더 필요하다는 것이었다. 그래서 나와 있는 4명을 먼저, 가까운 순으로 찾아가 보기로 한 성민이었다.

그 첫 번째가 서울에서 가장 가까운 일산에 거주 중인 친구 강사라였다. 마침, 자그마한 갤러리에서 개인전을 하고 있어, 그 접근 또한 어렵지 않았다.

"그림 잘 봤습니다."

"네, 감사합니다."

"괜찮으시다면, 몇 가지 사적 질문 좀 드려도 될까요?"

사라는 사적이란 말에 성민을 위아래로 훑어보며 경계심을 드러냈다. 그러다가는 성민의 반듯한 외모에 마음이 놓였는지, 곧바로 다시 흔쾌히 허락하는 것이었다.

"개인 신상에 대한 난처한 질문만 아니면 얼마든지요."

"동생분 부탁으로 16년 전 실종된 송유정 씨를 찾고 있는데, 혹시 당시 송유정 씨에 대해 아시는 것이 있으면 말씀 좀 여쭙겠습니다."

"어머! 벌써 그렇게 지났구나. 잘난 척은 혼자 다 하더니마는, 바보처럼 그리 실종될 줄 누가 알았겠어요."

"동생분 말로는 그림밖에 모르고 살았다는데, 당시 송유정 씨 주변인 관계는 어땠나요?"

"그림요? 없는 애 두고 이런 말까지는 하긴 그렇지만, 걔 그림 포기한 지 오래됐어요. 그런데도 어찌나 허세가 심하던지, 입으론 유명작가 뺨쳤죠. 어디 그뿐인가요. 거기다 시기 질투까지, 자기 빼고 남 잘되는 거 못 보던 애였는걸요. 어머! 주책이지, 오해는 하지 마세요."

"물론입니다. 그럼 혹시, 이 사람들 보신 적은 있으신가요?"

성민은 그 말과 함께, 미리 준비해 간 한유정의 사진과 호주에서 구한 소피 킴의 사진을 사라에게 건네 보였다.

"글쎄요. 처음 보는 사람들인데……."

"아 네. 그럼, 송유정 씨가 소피 킴에 대해 말하는 것은 들은 적이 있으십니까?"

"그 유명한 NFT 작가 소피 킴요."

"네. 맞습니다."

"전혀요. 우린 회화를 하는 사람들이라, 그런 쪽 하고는 거리가 멀거든요."

"네. 그럼, 시간 내주셔서 감사했습니다. 앞으로도 좋은 그림 부탁드리겠습니다."

시작은 그렇듯 아무 소득도 없이 끝이 났다. 하지만 약속대로 성민은 은정을 찾아 결과를 공유했다.

"고생하셨습니다."

"얻어온 게 없어, 면목이 없습니다."

"그래도 용케, 사라 언니 찾은 것만도 어딘데요."

"언니 혹시, 그림 말고 다른 쪽은 관심이 없었나요."

"걔가 그래요."

은정은 말도 다 끝나기도 전에, 다른 쪽이란 말만 듣고 욱했다.

"이런 죄송합니다. 그래도 언니 친군데, 혹시 언니 험담이라도 했나 해서. 지레 욱했네요."

"아 네, 자매간에 우애가 깊다 보면, 얼마든지 그럴 수도 있죠."

"이해해주시니 감사합니다. 그리고 이건 혈육이라서 하는 소리가 아니라, 누가 뭐래도 우리 언니, 정말로 좋은 사람이었어요. 어디 가서 남한테 해코지 한번 못 해봤을 정도로 착한 언니였어요."

누가 뭐랬을까? 묻지도 않았는데 혼자 흥분해 좋고, 착하다며, 언니에 대해 북치고, 장구 치는 은정이었다.

"친구분께서도 그렇게 말씀하셨으니 걱정 안 하셔도 됩니다."

성민은 자신이 무심코 꺼낸 말에 은정이 정색하며 흥분하자, 재차 에둘러 거짓말을 해 진정을 시켰다.

"정말요."

마치 조울증 환자처럼 갑자기 감정이 급변하며, 좋게 말했다는 말에 안색이 펴지며 환하게 웃는 것이었다.

"다른 분들도 곧 소재가 파악되는 대로 찾아뵐 건데, 괜찮으시면 같이 가시겠습니까?"

"그러고는 싶은데, 제 입으로 언니 얘기를 꺼내는 게 좀 멋쩍기도 하고…."

"알겠습니다. 그럼, 언제든지 준비되시면 말씀하십시오."

다음은 두 번째로 가까운, 평택에 거주 중인 친구 강다정이었다. 지금은 그림을 접고 자그만 카페를 운영하고 있었다.

"동생 부탁으로 오셨다고요, 유정이한테 동생이 있었던가? 아 맞다. 그 착한 동생. 물려받은 유산까지 다 같다, 자기 언니한테 바쳤다는 그 착한 동생."

"유산요?"

"못 들으셨나 보다. 걔네가 좀 살았거든요. 그래서 부모님이 물려주신 유산이 꽤 됐는데, 그걸 언니 빚 갚으라고 다 줬다지 뭐예요."

"출가한 언니 말씀이시군요."

"아니요, 유정이요. 물려받은 유산도 많은 애가 도대체 뭐에 빚졌는지, 하여간에 유정이 걔 미스터리였다니까요. 그런데도 존심은 또 어찌나 세던지, 만나도 힘들단 소리 한번 안 하는 거 있죠."

"여섯 분이 자주 어울려 다니셨다던데, 혹시 그때 찍은 사진 있으면 볼 수 있을까요?"

"재수 없게 그걸 왜 아직 가지고 있어요. 걔 그렇게 되고, 우리끼리도 연락 안 하고 산 지 오래됐는걸요."

"살아 있을지도 모른다는 생각은 안 해보셨습니까?"

"토막 살인사건에서 실종됐으면, 그게 죽은 거지. 뻔한 거 아닌가요. 그 심정이 어떤지는 이해는 가지만, 이제 와 그걸 찾겠다고 나선 동생도 참 딱하네요."

그 후의 일은 앞선 친구와 별반 다를 것이 없었다. 사건과는 전혀 무관한 자기 넋두리만 늘어놓다 끝이 났다. 그나마 한가지 얻은 것이 있다면, 다섯 명의 친구 중, 유일하게 행방이 묘연했던 친구인 박주미에 대한 소식이었다. 현재 모든 활동을 접고 속세를 떠나, 대전 외곽의 한 사찰에 비구니 승으로 출가해 있다는 것이었다.

그래서 성민은 원래의 일정은 평택을 들러 통영에 가는 것이었지만, 중간에 얻은 소득으로 일정을 바꿔, 평택에서 멀지 않은 대전을 먼저 가기로 했다.

참으로 쉬운 결정이었다. 마음만 먹으니, 어디든 갈 수 있었다. 그리 쉬운 것을, 한국에 살 때는 벗어나 보지 못했던 경기도 밖이었다. 어려서는 사업 때문에 부모님이 바빠서 그랬고, 커서는 의사가 되기 위해 오로지 집과 학교 학원만을 오간 자신이었다. 그랬던 성민이었지만, 다시 돌아온 한국에서는 벌써 두 달도 안 돼, 세 번씩이나 벗어나 본 것이었다.

산턱을 걸어 올라가면서도 성민은 그게 신기했다. 28년을 산 자기 나라였다. 어려서야 어쩔 수 없었다 치더라도, 성인이 된 대학 때부터는 얼마든지 자기 마음먹기에 따라, 와볼 수 있는 곳들이었다. 그런 강토를 이제야 와보는 것이었다.

그런데도 성민은 전혀 낯설지 않은 것이었다. 나무도, 풀도, 돌도, 심지어 새 소리까지, 자기가 가봐서 알고 있는 여느 산이랑 전혀 다를 것이 없었다. 하지만 어느 순간부터 잊고 있던 그런 세상이었다. 호주의 넓기만 했던 삭막한 땅과는 차원이 다른 그야말로 생명이 살아 숨 쉬는 진정한 땅이었다. 그 감회에 성민은 다음에는 혼자가 아닌, 조안과 함께 오리라 다짐했다.

"절 찾으셨다고요?"

작은 체구에 단아한 승복 차림의 법명 수연 스님이 성민을 보자 합장 인사를 건네며, 자신을 찾은 연유를 물었다.

"실례인 줄 알지만, 속세의 연에 대해 몇 가지 여쭙고자 찾아뵙습니다."

"하하하, 그렇게까지 거창하실 것까지는 없으신데, 속세란 곳이 어디 쉽게 떠날 수 있는 곳이던가요. 중이기 전에 사람인지라."

스님에 대한 부담감에 성민이 너무 진지하게 입을 열자, 수연 스님은 그 모습이 재밌다는 듯 호탕하게 웃으며 그 무게감을 덜어 주었다.

"그래 어떤 연이 궁금하신지, 말씀해보세요."

"혹시, 이 두 분을 아시는지요?"

성민은 이전 친구들을 대할 때와는 전혀 달랐다. 일반인보다도 더 사교적이고, 경계심이 없는 수연 스님의 소탈함에, 거두절미하고 본론부터 들어가 사진부터 꺼내 든 것이었다.

"처음 뵙는 분들인데, 누구신지?"

"실은 16년 전 실종된 친구분 송유정 씨를 찾고 있습니다."

"그럼 혹시, 은정 보살님이 보내서 오셨나요?"

"동생분을 아십니까?"

"그럼요, 연이란 참으로 재밌는 것이, 속세를 떠났어도 닿을 연은 어떻게든 닿지 뭡니까. 제가 유정이 사건 서너 달 전쯤에 출가했는데, 어느 날 한 젊은 보살님께서 죽었는지도 살았는지도 모르는 언니를 위해, 천도재를 지내러 오신 겁니다. 근데 사진을 보니 유정이지 뭐예요. 그 후 보살님 여기서 저랑 부처님 봉양하며, 한 열흘 마음 다스리다 가셨지요."

"아, 그러셨군요."

"짧은 연이었지만, 참으로 곧고 아량 넓은 보살님이셨어요. 겉은 언니를 많이 닮았는데, 하는 짓은 전혀 달랐죠."

"앞선 친구분께서는 송유정 씨가 빚이 많았다고 하시던데."

"그랬었죠. 저도 속세에 있을 때는 그랬으니까요. 그놈에 도박이 뭔지 한번 빠지니 헤어나올 수 없는 거 있죠. 오죽하면 자기 신장까지 내다 팔았을까요."

"빚이 그 정도로 많았었나요?"

"많다마다요. 사채란 게 그리 무섭더라고요. 원금은 말할 것도 없고, 자고 나면 불어나는 이자에 갚아도 갚아도 끝이 없는데, 막판에는 그러다 신장이 아니라 사람인들 못 죽일까 싶지 뭐예요. 그 굴레에서 벗어나려 허우적대다, 결국 전 이리 불심에 귀화하게 됐고, 친구는 안타깝게도 끝까지 그 굴레를 못 벗어나고 그리되었다더군요."

"도박이 그리 무서운지 몰랐습니다."

"어디 도박뿐이겠습니까? 본디 우리 마음이 그리 혼탁한 것을요."

"그럼, 끝으로 한 가지만 더 여쭙겠습니다. 혹시 소피 킴이라고 들어보셨습니까?"

"워낙 속세를 떠난지 오래 되놔서, 그게 누굽니까?"

"아, 아닙니다. 그럼 협조해주셔서 감사합니다. 스님."

더 물을 것도 없는 성민이었다. 세 번째 친구까지 만나봤지만, 자신이 원하는 답은 없었다. 그건 나머지 두 친구를 더 만나본다고 하더라도, 크게 달라질 건 없을 것만 같았다.

물론 송유정이 범행을 저지를 수밖에 없었던, 정황 동기는 속속들이 드러나고 있었다. 도박에 미쳐 자기 신장까지 내다 팔 정도로 사채 빚에 쫓기는 상황이었다면, 그것만으로도 범행 동기는 차고 넘쳤다. 하지만 지금 성민에게 필요한 것은 그게 아니었다. 성민은 수사를 하는 형사가 아니었다. 정황과 동기는 법에 얽매여 유유자적하는 형사들에게나 필요한 것이었다. 성민은 그럴 여유가 없었다. 순리보다는 절박함이 앞서는 간절한 아빠였다. 그래서 더 필요한 것이 송유정을 찾을 실질적인 단서였다.

그 답답함에 성민은 올 때는 한 번도 찍힌 적이 없는 과속 단속 카메라에, 반도 돌아가질 않았는데, 벌써 네 번이나 찍혔다. 여전히 내비게이션에서는 연신 전방 과속 단속 카메라가 있음을 경고하고 있지만, 성민의 귀에는 전혀 그 소리가 들리지 않고 있었다. 급기야 시속 150km를 넘어 자신의 차로 낼 수 있는 최고 속도까지 끌어 올렸다. 태어나 처음이었다. 답답함이 분노로 변해 폭발해 버린 것이었다. 아무것도 할 수 없는 자신에 대한 분노였다. 그렇게 얼마를 달렸을까? 그런 성민의 귀에 사이렌 소리가 들렸다. 고속도로 암행순찰차가 한참을 뒤따르며 경고를 보내고 있었다. 그제야 성민은 밟고 있던 가속페달에서 발을 떼며, 갓길로 차선을 바꿔 차를 멈춰 세웠다.

"지금 몇km로 달린지 아십니까?"

"죄송합니다. 잠깐 다른 생각 좀 했나 봅니다."

"술 드셨습니까?"

"아니요, 전혀."

"면허증 주시고, 차에서 내리겠습니다."

"외국인입니까?"

"교포입니다."

"신원 확인되셨고, 더는 과속 안 됩니다."

"네, 조심하겠습니다."

성민은 다시 차에 올랐다. 하지만 달라진 것은 아무것도 없었다. 답답한 마음이 좀처럼 해소되지 않고 있는 것이었다. 그리고 그때였다. 은정한테서 전화가 온 것이었다.

"오늘 혹시 시간 되시면 저녁 어떻습니까? 예쁜 조안도 보고 싶고요."

"네 그럼 어디로 가면 될까요?"

"저희 집 어떻습니까?"

"네, 그럼 시간 맞춰 댁으로 가겠습니다."

초대 소식에 성민보다 조안이 더 좋아했다. 두 번밖에 만나지 않았지만, 조안은 은정이 싫지 않았다. 은정의 말처럼, 은정이 자기 같은 딸을 가져보는 것이 소원이라면, 조안은 반대로 은정과 같은 엄마를 가져보는 게 소원이었다. 그런 동질감 때문인지는 모르겠지만, 마치 모르던 혈육이라도 만난 듯 조안은 본능적으로 은정에게 끌리고 있었다.

"Welcome, Joan. 어서 와 조안."

"네, 아줌마. 집이 너무 좋아요."

"아줌마 딸 하면 이게 다 조안 게 될 수도 있는데, 어때, 이참에 이 아줌마 딸 할까?"

자신의 집무실이 있는 빌딩 상층부 한 층을 주거용으로 개조해, 일반 가정집이라기보다는 다양한 시설들이 그 안에 다 갖춰져 있는 드라마 세트장 같은 느낌이었다.

조안은 그 공간들을 은정의 안내를 받으며 감탄을 금치 못하고 있었다. 자기 역시 많은 혜택을 누리고 살았다고 생각했지만, 그에 비하면 은정의 집은 또 다른 신분의 벽을 느낄 정도로 별천지였다. 조안은 그 모든 것들이 생소하고 신기했다.

"아직 대답 안 했는데, 이 정도면 아줌마 딸 하고 싶지 않아?"

은정의 말에 조안은 조금은 난처하다는 듯 대답 대신, 집안 곳곳에 걸려있는 그림들을 보고 있던 성민을 쳐다보았다.

"아빠가 문제구나, 어쩌지, 난 그쪽 방면에 소질이 없는데."
"저도 그런데."
"혹시 모태 솔로?"
"아줌마도요?"
"이런 남자들 눈이 다 삤나 봐."
"그러게요, 이리 예쁜 아줌마를 놔두고, 눈뜬장님들이지."
"우리 너무 잘 통하는 것 같다."
"아줌마 목소리 때문에 더 그런 것 같아요."
"내 목소리가 왜?"
"영어로 할 때는 모르겠는데, 한국어로 말할 땐 꼭 어디서 들어본 것처럼 익숙하거든요."

빈말이 아니라 정말로 그랬다. 처음 공항에서 봤을 때만 하더라도, 조안은 한국 사람들이라면 다들 그런 줄 알았다. 하지만 두 달을 살아 봤지만, 한국 사람이라고 다 그런 건 아니었다. 유독 은정의 목소리만이 그렇게 들렸다. 특히 한국어로 말할 때는 더욱이 그랬다.

"그래, 나도 그런데. 인연이 닿는 사람들은 뭐든 다 친숙한가 보네. 아니면 정말로 우리 만난 적이 있던가?"
"에이 설마요? 그건 아니겠죠."
"혹시 아니 세상 넓고도 좁다는데, 그사이 무슨 일이 있었을지?"
"어쨌거나 너무 신기한 거 있죠."
"한국어는 좀 늘었고?"
"쪼끔."

아직도 조안은 성민 때문에 자신을 속이고 있었다. 아빠가 없는 학교에서는 유창한 한국어를 사용하지만, 성민의 주변에서는 영어를 주로 사용했다.

"이러다 아빠 삐치실라. 일단 밥부터 먹고 우린 다시 하자. 남자들이 보기보다 단순해서 잘 삐치거든."

은정의 말에 조안 역시 그렇다는 듯 고개를 끄덕이며, 서둘러 성민 쪽으로 향하는 두 사람이었다. 그와 동시에, 은정이 먼발치에서 대기 중이던 한 남자에게 손을 들어 신호를 보냈다. 그러자, 홀 중앙에 가려져 있던 원형의 가림막이 아래로 떨어지며, 그 속에서 한 남자가 의자에 앉아 첼로를 연주하기 시작하는 것이었다.

그 연주를 신호로 음식이 가득 실린 서빙 카트를 끌고 들어오는 두 남자였다. 그리고 홀 중앙에 위치해 있던 커다란 대리석 테이블은 어느새, 그 음식들로 채워지며 식탁으로 변했다.

"이거 너무 과한 게 아닌가 싶습니다."

"별말씀을요. 나름 열심히 준비했는데, 입에 맞을지는 모르겠네요."

"직접 하신 겁니까?"

"다는 아니고, 메인들만 한번 노력해봤습니다."

차려진 요리는 그야말로 비주얼부터 남달랐다. 언뜻 봐도 만든 이의 정성이 그대로 녹아있어, 마치 한땀 한땀 수 놓은 것 같이 아름다웠다. 그래서 그런지 보는 것만으로도 성민의 눈을 즐겁게 하고 있었다. 성민은 한국까지 와서 그런 파인다이닝 요리를 받아보리라고는 생각도 못 했다. 사람은 거짓말을 해도 요리는 거짓말을 못 한다는 자신의 신념답게, 만난 지는 얼마 안 됐지만, 은정이 달리 보이기 시작했다. 비단 수연 스님의 말이 아니더라도 그런 요리를 할 수 있는 사람은 절대 나쁜 사람일 리가 없었다. 그 기대에 부응이라도 하려는 듯, 그 맛 또한 입안에 넣는 족족 성민의 혀끝을 녹여내고 있었다.

"어찌, 입에 맞으셨나요?"

"과한 맛이었습니다. 선한 은정 씨의 정성이 그대로 느껴져 너무 좋았습니다."

"제가 선한가요?"

"그럼요, 이런 요리 아무나 할 수 있는 것이 아니거든요. 누군가를 위해 맛있어져라, 맛있어져라, 지극정성을 다해야 나올 수 있는 맛이거든요. 그런 사람이 선하지 달리 선한 사람이 어딨겠습니까?"

"잘 봐주시니 몸둘 바를 모르겠네요."

"수연 스님이 왜 입에 닳도록 그렇게 은정 씨를 칭찬했는지, 이제야 그 이유를 알 것 같습니다."

"수연 스님요?"

"모르세요. 수연 스님?"

"처음 듣는 분이신데, 제가 스님뿐만이 아니라, 종교 쪽엔 관심이 없어서."

은정은 수연 스님과는 전혀 다른 반응을 보였다. 수연 스님은 동생이라는 말이 나오자 곧바로 은정부터 떠올렸다. 그런 수연 스님과는 다르게 은정은 수연 스님을 아예 기억조차 못 하는 것이었다. 제아무리 오래됐다고는 하더라도 10일을 함께 기거하며 지냈으면, 최소한 얼굴은 잊었다 하더라도 그 이름만큼은 기억할 수 있는 기간이었다. 게다가 다른 사람도 아닌, 언니에 대한 추억을 기리며 명복을 빌어준 언니 친구였다.

"뭔 생각을 그렇게 하세요."

"아, 아닙니다."

하지만 성민은 그에 대해 더는 아무 말도 하지 않았다. 때론 어떤 트라우마는 그 트라우마와 엮인 기억들을 자기도 모르게 지워버릴 수도 있었다.

"오늘 뵌 친구분들은 어떠셨나요? 우리 언니가 워낙 수줍고 내성적이었던 터라, 어디 가서 자기 얘길 잘 안 했거든요."

"이런 말씀 드리긴 좀 그렇지만, 언니분께서 도박 빚이 좀 많으셨다고 하시던데…."

"미치지 않고서야, 어떻게. 지들이 알면 얼마나 안다고, 도박 빚은 무슨. 말도 안 돼요."

은정은 마치 자기 일인 듯, 지들이라는 자기 관점 지칭까지 써가며, 도박이라는 말에 욱하며 부인하고 나섰다. 어제도 그렇고, 오늘도 그렇고, 송유정을 놓고 친구들과 동생인 은정이 전혀 상반된 말들을 하는 것이었다. 둘 중 누구의 말이 맞든, 성민은 친구들의 말에 더 신뢰를 두고 있었다. 하지만 그 마음만큼은 은정의 말 또한 충분히 이해할 수 있었다. 당시 상황에서 은정의 입장이라면, 누구라도 당연히 그럴 수 있었다. 자기 역시 그와 비슷한 이유로, 과거를 지우려 합리화하며 그보다 더한 짓까지 했었다. 그래서 성민은 누구보다도 은정을 이해할 수 있을 것만 같았다.

"아빠, 은정 아줌마 너무 멋지지 않아."

"젊은 사람이 저런 재력에 저만한 인품이면 보통사람은 아니지."

"그치, 같은 여자인 내가 보더라도 너무 멋진 거 있지. 한국에 온 거 너무 잘한 거 같아. 아빠."

조안은 그동안 자신 속에 담지 못했던, 새로운 꿈을 꾸고 있었다. 아빠 외에 자기를 맡겨보고 싶은 사람이 생긴 것이었다. 지켜주고 보호해주는 아빠와는 다른 의미의, 여자로서 말 못 할 비밀까지도 공유할 수 있는 친구 같은 엄마였다.

성민은 날이 밝자마자 이번엔 강릉으로 길을 나섰다. 4번째 친구인 황미나가 거주하는 곳이었다. 답답했던 마음도 은정의 환대에 어느 정도 누그러져, 가벼운 마음으로 길을 나섰다.

"도움이 될지는 모르겠지만, 당시 모임 때 찍은 사진인데 한 번 보세요."

미나는 안방 문갑 서랍에서 외장형 SSD를 꺼내 나오는 것이었다. 그러고는 거실 탁자에 있던 노트북에 연결해, 폴더 하나를 열어 성민에게 보여주었다.

"그럼, 실례 좀 하겠습니다."

"얼마든지요."

폴더는 숫자 6과 한자 아름다울 미라는 그 제목에서 알 수 있듯이, 여섯 명의 친구들이 어울려 다니며 찍은 사진들로 천여 장이 넘었다. 하지만 성민은 혹시나 하는 생각에 한 장도 거르지 않고, 처음부터 끝까지 자신의 눈으로 직접 확인해 나갔다. 그러다 커서를 움직이던 성민의 손이 멈춰 서며, 시선이 화면 속 한 곳으로 향했다. 한 무리의 친구들이 한 대 어울려, 카페에서 찍은 단체 사진이었다. 그 속에 아주 낯익은 얼굴이 보인 것이었다. 바로 한유정이었다. 앞선 친구들의 두 테이블 넘어 뒤에서 그들을 지켜보며, 그들의 동작을 흉내라도 내려는 듯 자기 역시 스마트폰을 들고 셀카를 찍고 있었다. 다른 사람들은 몰라도 성민은 한유정임을 확신할 수 있었다. 새하얀 피부에 깡마른 체구, 처음 자신 앞에 나타났던 그 모습 그대로였다.

그런 한유정은 그 사진 속에만 등장하는 것이 아니었다. 다음 사진에도, 또 다음 사진에도, 그날의 모임에서 장소를 옮겨가며 찍은 다수 사진 속에서, 한유정은 마치 그림자처럼 그들 주변에 존재하고 있었다.

순간 성민은 16년 전 한유정이 했던 말이 떠올랐다. 자기가 너무 미워 죽으러 나왔는데, 뒤에서 누군가 자길 불러 뒤돌아보니, 자기와 같은 이름의 여자가 한 무리 친구들 속에 섞여 행복해하고 있더라는 말이었다.

정작 당시에는 그 말이 무슨 말인지를 몰랐다. 말 그대로 그 자체가 실화로, 자기 이야기를 하고 있었던 것이었다. 그때는 왜 그 말을 못 믿었는지는 모르겠지만, 그제야 풀리기 시작하는 한유정과 송유정의 역학적 실마리였다. 그 정확한 관계는 알 수 없지만, 두 사람의 연관성만큼은 확인된 것이었다.

"저 괜찮으시다면 사진 몇 장만 다운 받아가도 되겠습니까?"

"처녀들도 아닌데, 문제 될 게 뭐 있겠어요."

3일 만에 일산과 평택을 거쳐 대전에서 강릉까지 오간 후에야 나온 성과였다. 하지만 풀린 실마리보다는, 풀어야 할 난제들이 아직은 더 많았다. 그래서 내친김에 마지막 친구인 오영서가 거주하고 있는 통영으로 향했다.

통영은 생각보다 멀었다. 한 번도 안 쉬고 달렸는데도 6시간이 넘게 걸렸다. 초행길인 걸 감안하더라도 너무 먼 거리였다. 결정적인 것은 너무 늦은 시간에 도착했다는 것이었다. 퇴근 시간을 훌쩍 넘긴 어둠이 짙게 깔린 저녁 7시였다. 작업실을 겸한 화방을 운영하고 있다 하더라도, 이미 문을 닫고 퇴근했을 것이 뻔했다. 의욕만 앞선 과욕이 부른 화근이었다.

그러나 성민은 끝까지 오영서의 화방으로 향했다. 다시 갔다 오기엔 너무 먼 거리였다. 그래서 혹시, 간판이나 입구에 전화번호라도 붙어 있을까 해, 확인을 위해 가는 것이었다. 그 생각에 시동도 끄지 않은 채, 도로변에 차를 정차하고 건물 안으로 들어섰다. 그 순간, 광채를 발하며 환하게 불이 밝혀진 화방이 성민의 눈에 들어왔다. 다행이었다. 자칫하면 조안 때문에 묵지도 못하고, 그 먼 거리를 밤새 올라갔다 다시 내려올 뻔했다.

"먼 길 오셨는데, 별 도움이 못 돼서 이걸 어쩌죠."

"아닙니다. 지금까지 말씀해주신 것만으로도 많은 보탬이 됐습니다."

"어쨌거나 그 친구, 그림 때문에 많은 방황을 했죠. 우리 일이 좀 불확실성이 크거든요. 남들 눈엔 그림 한 점만 팔려도 그딴 게 뭐가 그렇게 비싸냐며 무슨 떼돈 번 것처럼 생각하지만, 실상은 짧게는 며칠, 길게는 몇 달을 직접 일일이 그리다 보니, 따지고 보면 최저시급도 안되거든요. 그나마 그것도 유명세를 타야 팔리지, 아니면 서로 품앗이를 해주거나, 엄한 지인 장사 아니면 그림 한 점 판다는 게 로또보다 더 어렵답니다,"

"그림이 그렇게 어려운 줄 미처 몰랐습니다."

"어디 안 어려운 직업이 있겠습니까마는, 저희 쪽 일이 유독 더 그러네요. 그래서 그랬던지, 그 친구는 아예 20년 그리던 그림까지 포기하고, 하루아침에 디지털 페인팅으로 전환해 버렸는걸요."

"디지털 페인팅요?"

"실종되기 한 1년 전쯤부터 전향했을 거예요. 그러고는 어떤 NFT 작가 밑에서 어씨를 하고 있었는데, 통화하는 것만 얼핏 들어서 누군지는 정확히 모르겠네요."

의외의 정보였다. NFT 작가라는 말에 성민의 귀가 쫑긋해졌다.

"혹시 그 NFT 작가가 소피 킴 아니었나요?"

"글쎄요. 그런 것 같기도 하고, 어렴풋이 들은 데다, 당시엔 별 관심이 없어서. 거기까진 잘 모르겠네요."

답변은 시원찮았지만, 거기까지 만으로도 성민에게는 충분했다. 우연이라 하기엔 너무 맞아떨어지는 것이었다. 당시만 해도 NFT 작가는 흔치 않았다. 그리고 그런 흔치 않은 NFT 작가 중에서 어씨를 쓸만한 능력을 갖춘 작가는 소피 킴이 유일해 보였다. 그 모든 것들이 소피 킴이 아니고서는 설명이 안 되는 대목이었다. 드디어 그렇게 찾던 소피 킴과 송유정에 대한 연관성이 드러난 것이었다. 점점 더 송유정이 소피 킴일 가능성이 커지고 있는 이유였다. 한유정과의 관계도 그렇고, 사건을 놓고 세 명의 당사자 모두 송유정을 축으로 엮여 있음이 확인된 것이었다. 하지만 그것만으로는 설명이 안 되는 부분들이 너무 많았다. 그래서 성민은 돌아오기가 무섭게 지금까지 알아낸 단서들을 조합해 신 형사를 찾았다.

"놀랍습니다. 당시 이 정도 단서만 있었더라도, 수사는 완전히 달라졌을 겁니다."

"하지만, 그 이상은 뭘 어떻게 해야 할지 모르겠습니다."

"아무래도 나머지 인과관계 성립이 덜 돼서 그런 것 같습니다."

"소피 킴과 한유정 말인가요?"

"그렇습니다. 지금까지 나온 단서들은 실종자 송유정을 축으로 한 인과관계에만 집중이 됐지. 사건 전체를 연결 짓기에는 부족합니다."

"그 말씀은, 아직도 송유정이 소피 킴이라 단정 지을 수 없다는 말입니까?"

"아닙니다. 지금까지 드러난 단서들만으로도 실종자 송유정이 소피 킴일 가능성은 매우 큽니다. 그래서 더 그 개연성을 입증하기 위해서라도, 나머지 다른 두 당사자 간의 인과관계 역시 중요하다는 겁니다. 그래야 왜 한유정이 소피 킴을 죽였는지, 그리고 또, 실종된 송유정이 어떻게 버젓이 살아 살해된 소피 킴 행세를 하고 있는지, 그 실체를 알 수 있다는 것입니다."

"뭐가 그리 복잡한지 모르겠습니다. 이미 다 나와 있는데, 그냥 송유정만 찾으면 되는 거 아닌가요?"

"그럴 수만 있다면 얼마나 좋겠습니까? 하지만 수사란 게 말입니다. 그리 말처럼 쉬운 게 아닙니다. 그냥 단순 사건도 아니고, 하나의 사건이 둘로 쪼개진 이런 경우엔 더욱더 그렇습니다. 이미 한 사건은 살인사건으로 확정판결이 내려져 종료되지 않았습니까? 그런 종료된 사건을 실종 사건으로 뒤엎는다는 것이 어디 쉽겠습니까? 그런 면에서는 차라리 처음부터 미제사건이었다면, 더 수월했을 겁니다. 그래서라도 더 셋을 서로 양방향 적으로 연결 짓지 않으면 안 된다는 겁니다."

두 사람은 서로 같은 주제를 놓고 말은 하고 있지만, 애매하게 서로 엇나가고 있었다. 하지만 정작 두 사람은 그 사실을 눈치채지 못했다. 그래서 그런지, 시종일관 자기 관점에서 자기 말만 하는 두 사람이었다. 성민은 조급한 마음에 계속해서 결론만 들으려 직설화법을 구사했고, 신 형사는 직업적 관점에서 결론보다는 사건의 실체를 원론적으로 조명하며 간접화법을 구사했다.

"형사님 말씀은 모르는 건 아니지만, 이러다 어느 세월에 찾을 수 있을지? 송유정이야 당시 한유정이 했던 말이 황미나 씨를 통해 사실로 확인이 되면서 드러났다지만, 죽은 소피 킴은 한유정도 언급이 없었는데 두 사람 관계를 어떻게 밝혀낸단 말입니까?"

"그래서 더 한유정과 죽은 소피 킴의 인과관계가 중요하다는 겁니다. 세상에 이유 없는 범죄가 어딨겠습니까? 제아무리 우발 범죄라 하더라도, 범행에는 그게 누가 됐든 이해득실에 따른 동기가 있기 마련입니다. 한데 한유정의 경우엔 누가 보더라도 동기가 보이지 않는다는 겁니다. 무슨 지독한 원한 관계가 있었다면 또 모를까? 아무 이유 없이, 제정신에 생판 모르는 사람을 죽이고 감옥에서 평생 살고 싶은 사람이 어딨겠습니까? 그래서 더 그 둘의 관계가 중요하다는 것입니다."

"그럼, 형사님 말씀은 송유정을 찾더라도, 한유정이 소피 킴을 죽였다는 것은 변하지 않는다는 건가요?"

"뭔가 오해를 하신 것 같은데, 제 말은 그런 뜻이 아니라, 현재로선 그 무엇도 단정 지을 수 없게 됐다는 뜻입니다. 사건이 이미 드러난 대로 끝났으면 또 모를까, 누군가 죽은 사람 행세를 하고 있는 이상, 그게 누가 됐든 어떻게든 사건과 연루됐을 거라는 겁니다."

"그렇다면, 형사님 말씀은 실종된 송유정을 찾기 전까지는 아무것도 모른다는 건가요?"

"아무래도 그런 것 같습니다. 현재로선 실종된 송유정을 찾거나, 아니면 소피 킴과 한유정의 인과관계를 밝혀내는 방법밖에는 없을 것 같습니다. 어느 쪽이든 쉽지는 않겠지만 고생 좀 하셔야 할 것 같습니다. 그렇다고 너무 낙담할 것까지는 없습니다. 이 정도 단서면 팀으로는 못 움직여도, 제 선에서 증거 수집 정도는 해볼 수 있을 것 같습니다. NFT 작가 밑에서 어씨를 하고 있었다고 증언하신 분이 오영서 씨라고 하셨죠. 우선 그분부터 만나 뵙고 증언 녹음부터 받아 놓겠습니다. 나중에 부담된다 싶으면 말을 바꾸거나 증언 거부하시는 분들이 많아서 그전에 확보하는 게 중요합니다. 통화내용도 들었다니까, 협조만 잘 되면 최면 진술도 한번 부탁드려보겠습니다."

"그럼, 부탁 좀 드리겠습니다."

"그렇다고 너무 큰 기대는 하지 마십시오. 수사란 것이 한계가 있어서, 특히 이런 미스터리한 사건은 오히려 우리 쪽이 더 약한 면이 없지 않답니다."

빈말로 한 신 형사의 말이기는 했지만, 성민이 생각해도 그 말이 일리가 있어 보였다. 경찰 수사란 것이 나온 물리적 증거에 입각해 수사를 하다 보니, 증거나 단서가 미약할 때는 그 한계가 있을 법도 했다.

그래서 성민은 경찰과는 또 다른 방향성을 가지고 있는 백 교수까지 다시 한번 찾아가 보기로 했다. 지난번에도 백 교수는 방향성을 송유정으로 틀어주며 막혔던 활로를 뚫어준 적이 있었다.

"신 형사 그 친구 말도 일리가 있긴 한데, 꼭 그렇지만도 않은 것이, 때론 당사자가 셋이더라도 세 축이 양 방향적으로 연결이 안 될 때도 있죠. 이 사건이 아마 그런 경우이지 않을까 싶습니다. 그래서 그걸 의무적으로 연결을 시키려다 오히려 자기 함정에 빠진 게 아닌가 싶습니다."

"자기 함정요?"

"그니까 예를 들어 세 명이 엮인 인과관계이긴 하지만, 현재 송유정을 축으로 드러난 것이 전부일 수도 있다는 겁니다. 다시 말해 굳이 한유정과 소피 킴까지 연결 지을 필요가 없다는 것이죠."

"그렇다면, 처음부터 한유정과 소피 킴은 서로 모르는 사이였을 수도 있다는 말씀입니까?"

"맞습니다. 제아무리 세 명이라 할지라도, 그중 한 명만 다른 두 사람과 가교적 관계만 성립이 된다면, 얼마든지 셋이 한 사건에 엮일 수 있다는 것입니다. 가령 이번 사건을 예로 든다면, 죽은 소피 킴을 두고 실종된 송유정과 현행범으로 체포된 한유정이 공범 관계라면 설명이 되겠죠."

성민은 듣다 보니 정말로 그런 것 같았다. 소피 킴과 한유정의 관계는 모르더라도, 송유정과 한유정의 공범 관계는 어느 정도 일리가 있어 보였다. 제아무리 그림자처럼 따라다녔다 하더라도, 현관 비밀번호까지는 알아낼 수는 없었다. 하지만 한유정은 그날, 자신이 보는 앞에서 스스로 비밀번호를 누르고 그 집에 들어갔다. 거주자인 송유정이 직접 알려주지 않은 이상, 그럴 확률은 희박했다.

"그렇다 하더라도 문제는 신 형사의 말처럼 동기인데, 송유정이야 도박 빚에 신장까지 내다 팔 정도면, 외부 노출이 없던 은둔 작가였던 소피 킴을 노리기엔 그 동기가 충분합니다. 하지만 문제는 한유정인데, 사건을 통해 득 본 것이 아무것도 없다는 겁니다. 득은 고사하고 사형수로 평생 감옥에서 살고 있지 않습니까? 한 범행을 놓고, 두 명의 공범이 그리 결말이 극과 극으로 갈린다는 것이, 상식적으로 이해가 가십니까? 그런데도 한유정은 그 모든 걸 감내하며 송유정에 대해서는 아무 말도 하지 않고 있다는 겁니다. 쟈니리 씨라면 그게 가능하시겠습니까?"

백 교수의 갑작스러운 질문에 성민은 순간 말 문이 막혔다. 그때까지는 질문만 했지, 사건에 대해 누군가에게 역으로 질문을 받으리라고는 생각도 못 했다.

"선뜻 어려울 것 같습니다."

"당연합니다. 근데 말입니다. 세상엔 그 관계에 따라선 얼마든지 그럴 수도 있다는 것입니다. 다만 두 사람 사이에 그럴 정도로, 상대 죄까지 뒤집어쓰고 감춰 줄 만큼의 인과관계가 성립되느냐 하는 겁니다. 그 관계만 밝혀낸다면 송유정의 실체도 드러날 것입니다. 지금부터는 그걸 캐 보심이 어떠하실지?"

백 교수는 이번에도 역시 신 형사와는 전혀 다른 방향을 제시했다. 신 형사는 한유정과 소피 킴의 인과관계에 답이 있다고 했지만, 백 교수는 드러난 것이 전부일 수 있으니 드러난 송유정과 한유정의 관계를 더 파보라는 것이었다.

"그런 관계가 구체적으로 뭐가 있을까요?"

"그야 모르죠, 인과관계란 것이 워낙 얽히고설켜 있는 터라, 거기까지는 저도 뭐라 단정 짓기가 어렵습니다."

과연 그런 관계가 뭐가 있을지, 그 고민에 성민은 백 교수가 근무하는 대학 도서관을 들렀다. 그리고 관련 서적들을 검색해 열람하기 시작했다. 수북이 쌓인 책들을 뒤지며 연관된 경우의 수를 일일이 체크 하며 대입해 나갔다.

범죄 심리학적으로 남의 죄를 떠안는 경우는 흔히들 혈연 가족관계 아니면 누군가를 지켜주기 위해서 나오는 현상들로 희생성이 강했다. 그런가 하면 다른 경우로는 가스라이팅에 의한 세뇌나, 뭔가의 약점으로 인한 협박성이 있었다.

하지만 성민이 현재까지 알고 있는 송유정과 한유정의 정보로는 그 접점이 잡히지 않았다. 희생성 측면에서 보더라도, 둘은 혈연 가족관계도 아닌 남남이었다. 그런 관계에 일방적으로 한유정이 송유정을 위해 희생할 만한 이유가 없었다. 설령 자신이 모르는 다른 경우의 수가 있다 하더라도, 조건도 대가도 없는 희생이란 단어에 그 둘을 접목하기에는 너무 거리가 멀었다.

그렇다고, 협박성에 의한 세뇌나 약점을 잡혀 그랬다고 보기에도, 당시 자신이 알고 있는 한유정은 누군가에 의해 세뇌를 당할 정도로 심신미약도, 약점을 잡힐만한 사회적 지휘도 없는 여자였다. 한마디로 잃을 것도, 지킬 것도, 전혀 없는 여자였다.

성민은 그런 여자가 다른 사람의 죄까지 뒤집어쓰고, 평생 감옥에서 살 만큼의 그 진짜 이유가 필요했다. 백 교수의 말처럼 인과관계란 것이 워낙 얽히고설켜, 세상에는 전혀 예측 못 한 관계들도 많았다. 하지만 그래봤자, 사람 사는 관계는 다 거기서 거기였다. 그래서 성민은 자신이 놓친 관계들을 되짚어 보았다.

동성애 관계도 놓친 부분 중의 하나였다. 본능적인 관계로 서로 은밀함을 추구하다 보니, 얼마든지 그럴 수 있었다. 그러나 그 경우는 자신과 한유정의 당시 성관계로 성립이 안 됐다. 물론 양성애자일 수도 있었다. 하지만 그 역시 그러기엔 당시 성민이 느낀 한유정의 몸은 너무 뜨거웠다.

그 외에도, 숨겨진 가족관계라든가, 지켜야 하는 드러나지 않은 혈연관계가 있을 수 있었으나, 그 역시 그랬다면, 동생인 송은정이 모를 리가 없었다. 또한, 정말로 그렇다 하더라도, 16년이 지난 지금까지 입을 다물 이유는 없었다. 더욱이 인과관계 중에서도 가장 끈끈한 관계인 피로 엮인, 자신의 딸인 조안의 안위가 걸린 문제였다. 그 어떤 혈연관계도 자기 자식에는 견줄 수 없었다.

성민은 자기 앞에 쌓인 수북한 책들이 다 사라졌는데도, 도무지 그 접점을 찾지 못했다. 그러는 사이 시계는 어느덧 11시를 훌쩍 넘겨, 자정을 가리켰다. 너무 몰입한 나머지 시간까지 망각한 것이었다. 그제야 부랴부랴 스마트폰을 들어 조안에게 전화를 거는 성민이었다.

"조안. 아빠가 일에 빠져, 시간 가는 줄 몰랐네."

"괜찮아 아빠. 걱정 안 해도 돼. 은정 아줌마 와있어."

"은정 아줌마?"

"응, 학교 끝나고 버스 기다리는데, 마침 그 앞을 지나가다 날 보고 태워다 주셨거든. 그래서 내가 초대했어."

"아빠도 없이?"

"아빠가 이렇게 늦을 줄은 몰랐지."

"그럼, 전화라도 하지."

"아줌마가 아빠 바쁠 거라며, 번거롭게 하지 말라더라고."

"그래 알았어. 아빠 금방 갈게."

뜻하지 않은 손님에 서둘러 집으로 향하는 성민이었다. 지난번 환대에 답례 차원에서 조만간 초대할 생각이었지만, 이런 식으로 갑작스레 이루어지리라고는 생각도 못 했다. 다행히 성민이 있던 학교 도서관에서 집까지는 멀지 않아, 20여 분 만에 도착은 할 수 있었다. 하지만 도착했을 때는 이미 자정이 넘은 시각이었다.

"이런, 우리 조안이 큰 결례를 범하지 않았나 모르겠습니다."

"결례라니요. 요렇게 예쁜 조안이 놀아주니 제가 더 시간 가는 줄 몰랐는걸요. 그러게 아빠한테는 아줌마 왔다는 말은 하지 말래도."

"다른 사람도 아니고 아줌만데, 어떻게 그래요. 그럼 전 이만 자러 가도 되겠죠."

조안은 그렇게 두 사람만 남겨 놓고는 자기 방으로 들어갔다. 사실 처음부터 이렇게 되길 바라며, 시간을 끌어 은정을 붙잡아 둔 것이었다. 먹지도 못하는 포도주까지 꺼내 권하며, 분위기를 잡은 이유도 그 때문이었다. 은정도 처음엔 운전 때문에 거절했지만, 조안의 성화에 한 잔이 두 잔이 되고, 두 잔이 결국 한 병을 다 마신 것이었다.

"식사는 어떻게?"

여전히 미안함에 어쩔 줄 몰라 하는 성민이었다.

"조안이 아빠표 특제 스테이크라며, 직접 구워 주던걸요."

"조안이요?"

"네, 예쁘기만 한 게 아니라, 하는 짓까지 당차고 야무지지 뭐예요."

"입에는 맞던가요?"

"맞다마다요. 얼마나 맛있던지, 포도주까지 한 병 다 꿀꺽했는걸요."

"다행이네요. 원래 저런 녀석이 아니었는데, 엄마 없이 자라서 그런지, 은정 씨를 유독 더 잘 따르네요."

"저야말로, 아주 오랜만에 마음 맞는 친구를 만나, 너무 좋았는걸요."

"그럼, 식사는 하셨다니, 언니에 관한 얘기도 할 겸, 한 잔 더 하시겠습니까?"

"까짓것 이리된 거 그러죠. 주세요."

탁 트인 야경을 전경으로, 호주에서 가져온 육포와 간단한 샐러드가 곁들여진 상차림이 완성되었다. 그리고 두 사람은 그 테이블을 사이에 두고 서로 마주하고 앉았다. 성민으로서는 아주 오랜만에 외부인을 자기 집으로 초대해 맞아보는, 격 없는 환담이었다. 8년 전 조안의 저주가 부른, 폰푼과 테레사의 끔찍했던 주검 이후 끊어졌던 이성적 교류이기도 했다. 그러나 성민에겐 다시 맞는 여인의 체취보다는 풀어야 할 문제가 더 많았다.

"재수사라고요? 정말로 그게 가능한가요?"

"아직은 단정 짓기는 뭐 하지만, 잘만 하면 가능할 것도 같습니다. 이번 통영에 내려갔을 때 오영서 씨께서 언니에 대한 아주 결정적인 단서를 주셨거든요."

"그래요, 너무 잘됐네요. 제발 그렇게 돼, 죽었는지 살았는지 그 생사만이라도 확인할 수 있었으면 원이 없겠어요."

"그렇다고 너무 기대는 하지 마세요. 오래된 기억이라 본인도 확실치 않다 하셔서, 당시 사건을 담당했던 형사가 우선 개인적으로 만나보고 결정하겠답니다."

"꼭 그렇게 됐으면 좋겠어요. 제가 뭐 개인적으로 도울 일이라도 있으면 말씀해주세요."

"현재로선, 딱히 저희가 나서서 도울 일은 없을 것 같고, 오영서 씨 협조 여하에 따라 최면 수사까지도 해본다고 했으니까, 지금으로서는 일단 그 형사를 믿어보는 수밖에 없을 것 같아요."

"최면 수사요?"

"네, 법적 효력은 없지만, 언니 사건처럼 오래된 사건에서 단서를 찾는 데는 도움이 된다고 합니다."

"아, 그렇군요. 아무쪼록 일이 잘됐으면 좋겠네요."

"걱정하지 마십시오. 지성이면 감천이랬다고, 언니 꼭 찾게 될 겁니다."

그 말은 남을 위한 위로이기 전에, 성민 자신의 바람이자 각오였다. 은정에게는 가슴 아픈 일이기는 했지만, 은정과는 별개로 어떻게든 송유정을 찾아, 조안에게 씌워진 살인자의 딸이란 오명을 걷어내고야 말 것이었다.

"이런, 밤도 늦었는데 주무시고 가시지."

"처음부터 그럼 너무 쑥스럽잖아요. 여자들 아침 생얼이 얼마나 추한데요. 대신 다음부턴 서로 이럴 땐 자고 가는 겁니다."

"알겠습니다. 그럼, 오늘은 잡지 않겠습니다. 조심히 가십시오."

"조안한테도, 즐거웠다고 전해주세요."

"기사님 잘 좀 부탁드리겠습니다."

성민은 주차장까지 내려와 손수 차 문까지 열어 은정을 태운 후, 대리

기사에게 5만 원권 한 장을 건네며 집까지 안전하게 모셔다드릴 것을 부탁했다. 그러고도 마음이 안 놓였는지, 시야에서 은정이 탄 차가 완전히 사라질 때까지 그 뒤에 서서 무사 귀가를 기원했다.

그러나, 은정이 탄 차는, 그런 성민의 바람과는 달리 집으로 향하지 않았다. 40여 분 후, 은정은 전혀 다른 모습으로, 20대 초반의 전라 남성 5명에게 둘러싸여 가빠진 신음 소리에 태초의 모습으로 포효하고 있었다. 흡사 기나긴 굶주림에 지친 야수의 모습으로, 번갈아 가며 들어오는 5명의 건장한 남자를 거침없이 집어삼켜 녹다운시켜버렸다.

은정은 그렇게, 2시간여의 격정적 몸부림 속에 남자들이 나가떨어진 후에야, 바듯 정신을 차리고 몸을 추슬러 욕정 굴을 나왔다.

그런 은정의 뒤로 '당신의 욕구가 충족될 때까지 남자 무한리필'이란 문구가 휘황찬란하니 빛을 발하는 호스트바 간판이 배웅하고 나섰다. 꿈엔들 생각도 못 해봤던 일이 벌어진 것이었다. 은정은 평생 모태솔로로 40여 년을 남자가 뭔지도 모르고 살았다. 그랬던 은정이었지만 너무나도 허무하게 돈까지 주고 남자를 사서, 처녀성을 내던져버린 것이었다. 그것도 한 남자도 아니고, 다섯 남자를 동시에 받아들인 것이었다.

미치지 않고서야, 온전한 정신에서는 절대 있을 수 없는 일이었다. 그러나 너무나도 생생하니 떠오르는 기억들이었다. 그 누구도 아닌, 자신의 의지로 그렇게 한 것이었다. 조안하고 있을 때까지만 하더라도 은정은 괜찮았다. 하지만 성민이 오면서 점점 달아오르기 시작한 것이 급기야, 걷잡을 수 없는 상태에까지 다다른 것이었다.

처음에 은정은 술기운 때문에 그러리라 생각했다. 하지만 그랬던 것이 시간이 가면 갈수록 가슴이 갑자기 미친 듯 쿵쾅거리는가 싶더니, 온몸이 불덩이처럼 달아오르는 것이었다. 그 답답함에 더는 견디지 못하고 행여 불상사라도 벌어질까, 서둘러 성민의 집을 나온 것이었다.

그러나 문제는 그다음이었다. 그런 은정의 상태를 어떻게 알고 읽었는지, 대뜸 집으로 향하다 말고는 좋은 곳으로 모셔도 되겠냐는 대리기사의 유혹이었다. 그 말 한마디에 그길로 그대로 대리기사를 따라, 집이 아닌 호스트바로 달려간 것이었다. 무엇이 자기를 그렇게 만들었는지는 모르겠지만, 최소한 그때만큼은 자기가 아닌 전혀 다른 사람이었다. 은정은 집으로 돌아와서도, 그 생각에 한동안 넋이 나가 어느 쪽이 자신의 실체인지 되짚고 있었다.

그리고 그제야 들기 시작하는 수치심이었다. 욕정은 채웠지만, 돈으로 산 욕정이었다. 그 속에는 아무것도 남은 것이 없는 허무만이 존재할 뿐이었다. 누가 누굴 탐했는지조차 헷갈리고 있었다. 자신이 남자를 취한 건지, 아니면 남자들의 욕정에 유린당하며 놀아나다 온 건지, 분명한 건 자신을 제외한 그들 모두는 제정신이었다는 것이다. 널브러진 자신을 내려다보며 웃고 떠드는 그들의 모습이 그걸 입증해주고 있었다. 두 번 다시는 떠올리기도 싫은 악몽이었다. 그 악몽에 은정은 뒷골이 깨지도록 소름이 돋고 있었다. 되돌릴 수는 없다 하더라도 씻을 수만 있다면 씻어 지우고 싶었다. 은정은 그 간절함에 옷을 입은 채로 욕조에 들어가 꿈이 깨기만을 바라며 잠을 청했다.

"아빠 아줌마는?"

조안은 밤도 늦고 술에 취해, 당연히 자고 갔으리라 생각했던 은정이었다. 그런 은정이 보이지 않자, 성민에게 그걸 따져 묻는 것이었다.

"갔지."

"갔다고?"

"응."

"그럼 밤새 별일은 없었고?"

"응, 대리기사 불러서 안전하게 가셨어."

"그럴 리가 없는데?"

"뭐가?"

"아니야, 무사히 가셨다니 됐어."

그랬다. 은정은 몰랐지만, 은정이 마신 술엔 조안이 이런 날을 계획하며 인터넷을 통해 구입한 최음제가 타져 있었다. 은정은 그런 줄도 모르고 혼자서 한 병을 다 마신 것이었다. 그 정도로 조안은 은정이 엄마가 되기를 원했다. 그럴 수만 있다면 조안은 최음제보다 더한 짓도 서슴없이 할 수 있었다.

"겨우 약 몇 알에 흥분해서 아줌마가 아빠를 유혹하리라고 믿은 내가 바보지. 그런 억지 적인 방법 말고, 자연스럽게 서로 맺어 줄 방법이 뭐 없을까?"

조안은 혼잣말로 자신을 질책하며, 다음을 준비했다. 변기에 앉아 볼일도 잊은 채, 20분을 넘게 그 생각에 머리를 쥐어 짜내고 있었다. 자신이 한국 땅을 밟기 전까지는 단 한 번도 아빠를 다른 사람에게 줘볼 생각을 안 했다. 그 순간 자신은 버려질 것이기 때문이었다. 어렸지만, 조안은 본능적으로 알고 있었다. 그 어떤 강한 사랑도, 그 사람이 변하면 무용지물이라는 것을. 그중에서도 특히 남자는 이성의 사랑에 약하다는 것을. 굳이 누가 말을 해주지 않더라도, 또래들과 소꿉장난하며 본능적으로 깨달은 관계성이었다. 그 속에는 그 누구도 예외일 수 없다는 것까지, 조안은 테레사를 통해 몸소 배웠다. 만약 그때 테레사가 죽지 않았더라면, 그 비극은 자신의 것이 되었을 것이었다. 성민은 급구 숨겼지만, 조안은 아빠의 진심을 알고 있었다. 아빠의 마음은 이미 테레사에게 가 있었다. 그래서 더 무섭고, 두려워, 아빠를 빼앗기지 않으려 필사적으로 테레사를 밀어낸 것이었다.

하지만 그랬던 조안의 신념도 은정을 만나며, 그 생각이 달라졌다. 한국 땅을 밟고 오래도 걸리지 않았다. 비행기에서 내리자마자 공항에서 처음 대면한 은정이었다. 그런 은정의 입에서 자신 같은 딸을 가져보는 것이 소원이라는 말이 나오는 순간, 세상이 달리 보이기 시작한 조안이었다. 그 말을 되짚어 보면, 자신한테도 그 누구도 범주 못할 멀쩡한 엄마만 있으면 되는 것이었다. 그전까지는 생각조차 못 해봤던 발상이었다. 그때부터 조안은 아빠에게서 벗어나 새로운 꿈을 꾸기 시작했다. 그리고 자신이 꾼 그 꿈이 허황되지 않음을 말해주기라도 하려는 듯, 첫 등교 때 운명처럼 은정이 학교 급식 후원자로 등장해 강단에 오른 것이었다.

그러고는 마치 두 번 다시 없을 기회이니 놓치지 말라는 듯, 자신의 아픈 가족사까지 거론하며 자세히도 소개했다. 그러면서 하는 말이, 결국 세상은 그 누구의 도움도 아닌, 자기 스스로 살아남아야 한다며, 그러기 위해서는 모험을 피해서는 안 된다는 것이었다. 자기 역시 그 모험을 피하지 않았기에 작금의 자신이 있는 것이라며, 살기 위해서는 세간의 질타를 무릅쓴 과감한 자기만의 용기가 필요하다는 것이었다.

지칭만 안 했을 뿐, 당시 조안에겐 그 모든 말들이 자기를 향해 하는 말처럼 느껴졌다. 마치 무슨 신의 계시처럼, 하늘에서부터 울려 퍼져 내려오는 메시아 같았다. 그리고 결정적인 한 방으로, 기다리고 있을 테니 언제든지 찾아오라며, 자신의 동선을 담은 초대장을 보내는 것이었다. 올라가는 것도 중요하지만, 그보다 더 중요한 것은 정상에 머무는 것이라며, 그 정상에 머물기 위해 자신은 아직도 매일 같은 시간 때, 본점인 자신의 사옥에 위치한 매장을 직접 둘러보며 고객들의 반응을 살핀다는 것이었다.

조안은 그런 하늘이 준 기회를 마다할 이유가 없었다. 그 길로 곧바로 집에 돌아와 아빠에게 부탁했다. 이번 다가오는 자신의 생일날은 자신이 직접 장소를 선택해보고 싶다며, 은정의 사옥에 위치한 패밀리레스토랑을 선택했다. 그리고 테이블까지 입구에서 잘 보이는 곳으로 예약해, 입국 때 입었던 같은 옷을 입고 은정을 기다렸다.

세상엔 우연은 없었다. 누군가에게는 그 현상이 그저 단순하게 받아들여질지 모르나, 우리가 아는 우연은 누군가의 치밀한 의도와 노력에 의해 맞아떨어지는 필연이었다. 다만 그 표현법을 몰라 우리는 아둔함을 피력해 우연이라 칭할 뿐이었다.

"조안, 늦겠다. 얼른 가자."

성민의 재촉이 있고 난 뒤에야, 그제야 변기 물을 내리며 화장실을 나오는 조안이었다.

"아빠, 아줌마 문병 가야 하는 거 아니야."

"무슨 문병?"

"어제 술 많이 마셨잖아."

"겨우 그 정도로, 문병까지는 오버 아닐까."

"겨우라니? 아빤 의사면서도 요즘 술병이 얼마나 위험한지도 모르기는."

"술병이 그렇게 무서운가?"

"당연하지. 그럼, 나라도 한번 가볼까?"

"은정 아줌마가 그렇게 좋아."

"응. 그럼, 가도 되는 거지."

"그러던가, 대신 너무 귀찮게 하지는 말고. 알았지."

"당연하지, 내가 무슨 어린애도 아니고?"

누군가를 믿고 따른다는 것은, 굳이 나쁜 것만은 아닐 것 같았다. 그래서 성민은 그 마음이 갸륵해 내버려 두기로 한 것이었다. 조안 혼자만 그러는 것이라면 상황이 또 달랐겠지만, 은정도 그런 조안을 잘 받아주고 있어, 낯선 땅에서 적응을 못 하고 겉도는 것보다는 낫다고 생각한 것이었다.

그 덕인지 성민은 조안 걱정을 덜고 간만에, 한결 홀가분한 마음으로 무형의 사무실을 찾았다. 사건과는 별개로 그동안 도와준 것에 대한 고마움으로 점심이나 같이 먹을까 하고 찾은 것이었다.

"자식, 그새 철도 들고 기특하다. 우리 친구. 간혹 이렇게, 쉬었다 가는 맛도 있어야지."

"누가 옛날부터 꼰대 아니랄까 봐, 입만 열면 꼰대 짓 하려 들기는. 알았으니까 어서 드시기나 하셔."

"그래서 내가 너보다 형이라는 거야 인마. 내가 꼰대 짓 안 하면, 누가 너처럼 덜떨어진 놈 챙겨주겠냐? 어쨌거나, 경찰이 나섰다니 다행이다."

"다행은 무슨, 결정은 만나본 후에나 한다잖아."

"재수사 뭐 별거 있는 줄 알아. 절차를 밟았든, 안 밟았든, 형사가 나섰으면 그게 재수사지. 어차피 넌 한계가 있어서, 파고들고 싶어도 더는 못 파고들어 인마. 경찰도 버거워 포기하는 게 수사인데, 그게 어디 의지만 있다고 아무나 할 수 있는 거였으면, 경찰이 뭔 필요가 있는데? 난 있지. 지금이라도 경찰이 나서줬다는 것만으로도 천운이지 싶다."

"그랬으면 오죽 좋겠냐? 나도 그만 끝내고 싶어. 근데 어쩌겠어. 그래도 시작했으니, 경찰이 끝내든, 내가 끝내든, 끝날 때까지는 죽기 살기로 물고 늘어져 봐야지."

"자식이 아직도 정신을 못 차리고, 그 정도까지 물어다 줬으면 경찰 수사 백 퍼센트 들어간대도 인마. 호주에서 소피 킴 사진까지 들고 와 죽은 여자 신원까지 확인해줘, 한유정과 송유정의 관계성을 엿볼 수 있는 물리적 증거로 사진까지 찾아다 줘, 거기다 실종된 송유정이 소피 킴 행세하고 있을지도 모른다는 친구의 결정적 증언까지. 거기서 뭘 더 떠먹여 줄 건데, 그 정도면 지들도 이젠 알아서 밥값은 해야지. 그니깐 넌 이젠 그만 빠져. 막말로 수사권도 없는 놈이 머리만 쥐어 짜낸다고, 송유정과 한유정의 관계가 풀릴 것 같냐고 인마. 그러다 너만 다치고, 골병들어 인마."

그리고 그때였다. 무형이 성민을 설득하느라 열변을 토하고 있을 때였다. 테이블 위에 올려져 있던 성민의 스마트폰에서 요란한 진동음이 울렸다.

"잠깐 전화 좀."

"그래, 이 답답한 놈아."

"네, 신 형사님……. 뭐라고요. 죽었다고요……."

전화를 받다가는 뭐에 놀랐는지, 갑자기 말을 더듬기 시작하는 성민이었다.

"뭔데? 누가 죽었데?"

"어, 오영서 씨가 죽었다는데."

"그 제보자 오영서 씨?"

"어, 그렇다네, 증언을 받으러 찾아가 보니 죽어있었다네."

"애는 무슨 말도 같잖은 소리를. 그래서 뭐? 뭐가 어떻게 됐다는 건데?"

"자세한 건 수사 정보라 말해 줄 수 없다며, 일이 잘못돼서 미안하다고만 하네."

"미안할 게 따로 있지. 멀쩡했던 사람이 증언을 받으러 갔는데 왜 갑자기 죽어있냐니까?"

"그러게, 다른 건 다 몰라도 오영서 씨 최면 수사만큼은 내심 기대하고 있었는데. 네 말대로 마냥 찾아다닐 수만은 없을 것 같아, 조만간 조안 명의로 재심신청을 해볼 생각이었거든. 근데 뭐가 이리 꼬이냐?"

"꼬인 게 아니라, 누가 일부러 죽인 건 아니야?"

"에이, 설마. 누가 알고 죽였겠어."

"설마는, 상황이 그렇잖아 인마. 그럼, 의심부터 해봐야지. 이런 우연이 어디 쉽냐? 그 형사도 너무 믿지 말고. 내 보기엔 누군가 일부러 죽였다면, 그 형사가 젤로 의심스럽거든."

"형사도 못 믿으면 누굴 믿으라고."

"꼭 그렇다는 게 아니고, 말이 그렇다는 거잖아 인마, 그니까 조심하라고."

"알았어, 짜샤."

같은 시각 통영 현장에는 신 형사의 신고를 받고 출동한 경찰과 형사들, 그리고 과학수사대들이 차례대로 도착하고 있었다. 현장은 생각보다 더 크고 참혹해, 오영서 외에도 그의 남편까지 작업 의자에 결박당한 채 흉기에 찔려 함께 죽어있었다. 신 형사가 도착했을 때는 이미 둘 다 숨이 끊긴 상태로, 굳은 혈액 등으로 미루어 최소한 10시간은 지나, 밤사이 살해당한 것으로 추정되었다.

"강림서에서 나오셨다고요?"

현장을 지휘하러 나온 강력계 형사인 김 팀장이었다. 껌을 쩝쩝 씹으며 뒤늦게 도착해, 화방 밖에 서 있던 신 형사를 보고는 신원을 확인했다.

"네. 그래서 말인데, 괜찮으시다면 참관 좀 부탁드려도 되겠습니까?"

"뭐, 같은 식구끼리 참관 정도야 안 될 게 뭐 있겠습니까. 최초 신고자이기도 하시다니, 피차 서로 할 말도 있을 것 같기도 하니, 그렇게 합시다."

"감사합니다."

"묶어 놓고 한 자리에서 죽였는데, 온 사방이 피 칠갑이라. 전형적인 강도 살인 사건의 특징 아니겠습니까?"

앞서 들어가던 김 팀장이 사건 현장을 둘러보며, 뒤따르던 신 형사에게 하는 말이었다.

신 형사는 김 팀장의 말이 아니더라도, 이미 다른 경찰들이 오기 전에 현장을 살펴본 뒤였다. 그런데도 다시 참관을 부탁한 것은 김 팀장이 말하고 있는 바로 그 점이 걸려서였다. 누가 봐도 현장만 놓고 보면 전형적인 강도 살인사건이었다. 신고가 두려워 죽여 놓고, 피가 묻은 채 급히 뒤지다 온 사방이 피투성이가 된 것이었다. 하지만 강도 살인치고는 그 살해 수법이 너무 프로페셔널했다. 두 명 모두 뒤에서 머리채를 잡고, 단 일격에 앞 목을 횡으로 그어 살해한 것이었다. 보통의 경우엔 강도가 아니더라도 앞에서 마주 보고 찌르는 것이 일반적이었다. 그러나 두 사람은 마치 누군가에게 보여주기라도 하려는 듯, 의자에 묶여 이미 제압이 됐는데도 뒤에서 머리채를 잡고 앞 목을 자른 것이었다.

"주변 CCTV 상황은 어떻습니까?"

"꼭 나쁜 놈들이 이럴 때 보면, 운까지 좋은 거 있죠. 사건 추정 시간 때인 자정쯤에 요 앞 변압기 고장으로 주변 전체가 다 정전이었답니다. 그러니 뭐 찍혔다고 해도 건질 게 있겠습니까."

"변압기 고장에 주변 전체가 다 전기가 나갔다고요?"

"한전에서 그렇다는데 우리가 뭘 어쩌겠습니까? 거긴 거기 일들이 있고, 우린 우리 일들이 있는데, 같은 국민끼리 서로 돕고 살지는 못하더라도 상도덕은 지켜줘야죠."

질문에 대한 대답보다는 말에 가시를 박아 되돌려 주는 김 팀장이었다.

"이건 어디까지나 제 생각입니다만, 단순 강도 치곤 살해 수법이 좀 특이하지 않습니까?"

신 형사 역시 김 팀장이 했던 말이 뭘 의미하는지 모르지 않았다. 하지만 그 속내를 뻔히 알면서도 재차 현장에 대한 질문을 던진 것이었다.

"뭐가 말입니까?"

"케이블 타이까지 준비해 온 강도가 정작, 범행 도구는 현장에 있던 식칼을 사용했습니다. 보통은 자기 흉기 하나쯤은 들고 다니는 게 강도들 아니던가요?"

"그래서, 그게 뭐가 어떻단 겁니까? 그럼, 저도 뭐 하나만 물어봅시다."

"뭘?"

"도대체 여긴, 뭣 때문에 오신 겁니까?"

김 팀장은 자신의 경고에도 계속되는 신 형사의 참견에 더는 아무 말도 하지 말라는 듯, 그 불쾌감을 표한 것이었다. 그에 당황해하는 신 형사였다.

"경황이 없어, 미처 그걸 말씀 못 드렸습니다. 최근 오래된 사건 하나를 수사 중인데, 죽은 오영서 씨가 그 제보자였습니다. 오늘은 그 제보 내용을 확인하러 온 거고요."

"수사 중인데, 혼자 오셨다고요. 강림에서 통영까지. 그쪽 서는 다 그런가 봅니다."

"아 이런, 아무래도 제가 경솔했던 것 같습니다. 그냥 생각 없이 한 말이니 귀담아듣지 마십시오."

"조금 전에는 주제넘으신 겁니다."

신 형사는 김 팀장의 싸늘한 반응에 더는 대꾸를 하지 않고 조용히 현장을 나왔다. 어차피 관할도 아닌 데다, 정식 수사도 아닌 터라, 부딪치면 문제만 더 커질 뿐이었다. 하지만 그 쓸쓸한 속내만은 감출 수 없었다. 16년이 지났지만, 그때나 지금이나 신 형사가 할 수 있는 것은 아무것도 없었다.

오영서는 실종자 송유정을 정면으로 내세워, 재수사를 시작하기 위한 아주 중요한 단초였다. 물론 오영서가 아니더라도 다른 결정적 증거들이 있었지만, 그것만으로는 분리된 사건을 하나로 재구성하기에는 역부족이었다. 그래서 더 필요한 것이 죽은 소피 킴과 송유정의 인과관계에 대한 오영서의 증언이었다. 만약 오영서의 입을 통해 그 비슷한 언질만이라도 확보가 됐다면, 이미 확보된 송유정과 한유정의 관련 사진과 변사자 흉터와 정확히 일치하는 소피 킴의 과거 사진을 증거로, 셋의 관계성을 입증해 재수사 심의 신청을 할 수 있었다.

그래야 외교적 절차를 밟아 소피 킴에 대한 호주 정부의 수사협조는 물론이고, 현재 소피 킴으로 활동하고 있는 인물에 대한 공개적 소재파

악에 나설 수 있었다. 제아무리 형사라 하더라도 신 형사 혼자서 이미 끝난 사건을 조사할 수 있는 권한은 없었다. 이제 그 기회마저 사라져 버린 것이었다.

"형님 저 무형입니다."
"그래, 사건 소식은 들어 알고 있다."
"신 형사 말입니다. 그 사람 어떤 사람입니까?"
"그 나이에 진급도 못 하고 경사 10년이면 모르겠어. 조직하곤 거리가 먼 아주 꽉 막힌 친구지. 오죽하면 지 와이프가 더 계급이 높을까?"
강림경찰서장 차영환이었다. 지금까지 무형이 성민에게 준 정보의 70%를 제공한 인물이기도 했다.
"형님은 신 형사 그 친구, 어디까지 믿습니까?"
"믿고 말고가 어딨어, 똥물 뻔히 다 뒤집어쓸 거 알고도 지가 하겠다고 나섰는데……."
"그럼 혹시, 그 친구한테 제 얘기도 하셨습니까?"
"걱정 마. 너까지는 피해 안 가게 할 거니까,"
"그런 뜻이 아니라, 혹시 몰라 드리는 말씀입니다. 사람 일 모르지 않습니까? 그래서 말인데 제 존재는 그 친구한텐 블라인드 쳐주십시오."
"그렇게, 그 친구가 못 미더워?"
"못 미덥다기보다는, 돌아가는 상황이 좀 그렇지 않습니까? 성민이 저 자식 하는 짓도 그렇고, 만약을 대비하자는 겁니다."
"하긴, 그 녀석 문제는 나보다도 니가 더 잘 알겠지. 그래, 그래서 그 녀석은 지금 뭐 하고 있디?"
"그 자식이야 뻔하잖아요. 어디 또 틀어박혀, 좋지도 않은 머리 열심히 굴리고 있겠죠?"

 무형의 예측은 틀리지 않았다. 성민은 조안을 등교시켜주기가 무섭게 집까지 가는 시간도 아깝다는 듯, 학교를 돌아 코너 목 도로변에 곧바로 주차했다. 그러고는 백 교수의 대학 도서관에서 범죄 관련 책들을 뒤지며 메모해 왔던 노트를 펼쳤다. 노트에는 다양한 경우의 수들이 깨알같이 빼곡히 적혀 있었다. 이틀 전에 이미 한번 살펴본 내용이었다. 하지만 성민은 그 깨알들을 다시 한번 일일이 체크하며, 하나씩 하나씩 가능성이 떨어지는 경우의 수부터 지워나갔다. 달리 방법이 없는 성민이었다. 시간은 다시 원점으로 되돌아와 자신의 몫이 된 것이었다. 처음부터 그랬듯, 그 누구의 도움도 아닌, 자신만의 힘으로 송유정과 한유정의 관계를 밝혀내는 수밖에는 달리 방법이 없었다.

 성민은 그렇게 차 속에 앉아 반나절을 실랑이 벌였다. 하지만 결과는 모든 경우의 수들이 다 사라지고 아무것도 남지 않았다. 별의별 억측까지 다 하며 그 가능성을 따져 봤지만, 남은 것이 없었다. 뭔가 완벽하게 맞아떨어질 것 같은 경우의 수더라도, 됐나 싶으며 꼭 한 가지 뭔가가 성립이 안 돼 지워져 나갔다.

 그건 바로 16년이 지났음에도, 입을 열지 않는 유정의 태도였다. 다양한 경우의 수에서 논리에 어긋나며, 성립을 막고 있었다. 부모·자식 관계가 아니고서는 세상에 그럴 수 있는 관계는 없었다. 그러나 둘의 나이 차를 가만했을 때, 생물학적으로 그건 거의 불가능한 일이었다.

 성민은 도무지 그 답을 찾지 못했다. 오히려 생각하면 생각할수록 답은 고사하고 의문만 더 증폭돼 쌓여갈 뿐이었다. 게다가 엎친 데 덮친 격으로, 잠시 후면 은정과 만나기로 한 약속 시각이었다. 그래서 더 머릿속이 복잡하고 난처했다. 희망 고문이라도 안 했더라면 모를까? 곧 언니를 찾을 수 있을 것 같다, 호언장담까지 한 자신이었다. 하지만 결과는 오영서의 주검이었다. 성민은 입이 열 개라도 할 말이 없을 것만 같았다. 그래서인지 이제는 조안보다 은정이 더 신경 쓰이고 걱정이 됐다.

"뭐라고요, 영서 언니가 죽었다고요? 어떻게 그런 일이. 말도 안 돼요. 아직 한참 젊은 나이인데. 애들도 있을 텐데 어떡하면 좋아요."

오영서의 소식을 접하기가 무섭게 터져 나오는 은정의 오열이었다. 생면부지 피 한 방울 섞이지 않은 남이었지만, 마치 자기 일인 듯 온몸으로 슬퍼하고 있었다. 그 모습이 어찌나 처량하고 구슬퍼 보이던지, 웬만해선 눈물을 보이지 않는 성민의 눈가에서도 그 모습에 눈물이 맺히고 있었다.

"면목이 없게 됐습니다. 은정 씨. 언니는 제가 어떻게든 찾아 드리겠습니다."

"쟈니 리가 면목이 없긴 왜 없어요. 덕분에 포기했던 언니도 찾을 수 있다는 희망도 생겼는데, 영서 언니 일은 안됐지만, 그게 어디 쟈니 리 탓인가요."

"은정씬 너무 착해서 탈입니다. 이럴 땐 못 이긴 척, 남 탓을 해도 됩니다. 그러니 삭히지 말고, 절 탓하세요."

성민은 그 말과 함께 자기도 모르게 은정을 안아 등을 두드려 주고 있었다. 본능이라기보다는 의무였다. 그렇게 하지 않으면 안 될 것 같은, 마치 거스를 수 없는 하늘의 계시처럼, 성민은 너무나도 자연스럽게 은정에게로 떠밀려 갔다.

"혼자일 땐 몰랐는데, 쟈니 리가 있으니, 너무 좋네요."

은정은 남자의 품이 그리 따뜻한지 몰랐다. 그저 안겼을 뿐인데, 저절로 녹아드는 아이스크림 같았다. 그 정도로 성민은 포근하고 아늑했다.

그건 성민 역시 같았다. 안고만 있었을 뿐인데도 은정의 체취가 밴 온기가 그대로 자기 심장까지 느껴졌다. 그래서 그런지, 차라리 잘됐다 싶은 성민이었다. 자기 일도 아닌, 남 일에도 이리 상처를 받고 아파하는 여린 여자였다. 그런 여자가 자기 언니가 살인자였다는 것을 맞닥뜨리는 순간, 그 충격이 어떨지는 가히 상상하기도 어려웠다. 안 겪어봤으면 모를까, 누구보다도 그 고통이 어떤지 뼈저리게 겪어본 자신이었다.

그 고통을 누구보다도 잘 알면서도, 성민은 그동안 자기 욕심에 은정을 속이고 이용했다는 것이 너무 이기적이고 미안했다. 입장을 바꿔놓고 생각해보면, 조안이 살인자의 딸이란 굴레에서 벗어나는 순간, 반대로 은정은 그때부터 살인자의 동생이 되는 것이었다. 그럴 줄 뻔히 알면서도 거기까지 왔다는 것이 성민은 미안했다.

"아무래도 제 욕심에 괜한 짓을 했나 봅니다. 저만 아니었더라도 은정 씨가 다시 이렇게 아파하는 일도 없었을 텐데요."

한국 땅을 밟을 때의 그 호기 좋던 목적은 온데간데없이 사라지고 연민만 남은 성민이었다. 최소한 그 순간만큼은 그랬다. 마치 운명이 한 여자를 통해 과거를 지우고 새로운 길을 열어주려 하고 있는 것 같았다. 그러면서 드는 생각이었다. 답도 없는 싸움에 매달리기보다는 조안에게 그게 누가 됐든, 살인마의 피를 물 타 없애줄 엄마만 만들어 주면 될 것도 같았다. 길은 달랐지만, 조안이 살인마의 딸만 아니면 되는 것이었다. 그런 면에서 천사같이 착하고 다정다감한 은정 같은 여자라면 더할 나위 없었다.

"앞으로는 은정씨가 더는 아파하지 않았으면 좋겠습니다."

"아니요. 아플 거예요."

"네?"

"지금까지는 아플까 외면하고 피해만 다녔는데, 이젠 안 그럴 거예요. 내가 피해도, 아픔은 어떻게든 이렇게 찾아오잖아요. 그래서 더는 안 피할 거에요. 언니도 이제부턴 쟈니리한테만 맡기지 않고, 제가 직접 나서 찾을 거예요."

"그냥 힘들면 힘들다고 말씀하셔도 되는데, 그러시면 제가 더 미안하잖아요."

성민은 충격에 멀쩡한 척을 하려고 일부러 그런다고 생각했다.

"저 제정신이에요. 두고 보세요. 언니뿐만이 아니라, 그날의 진실을 기필코 밝혀내, 조안도 더는 숨어 살진 않게 해줄 거예요."

"은정 씨 뜻은 알겠는데, 그러다 더 큰 상처라도 받게 되시면, 그땐 어쩌시려고……."

"이보다 더한 상처가 또 어딨겠어요. 설마하니 우리 언니가 사람이라도 죽였을까 봐요."

"그게 아니라….'

성민은 자기 이기심이 한 짓을 생각하며, 마치 자기 마음을 들키기라도 한 듯 미안한 마음에 말을 잊지 못했다.

"설령 그렇다 하더라도 걱정 안 해요. 그보다 더한 일이 있었다 한들, 그것까지 내가 다 안을 거예요. 생사도 모르는 사람을 놓고 이리 애 닳느니, 차라리 그편이 더 나아요. 도와주실 거죠."

성민은 은정의 태도 돌변에 당황을 넘어 아예 말문이 막혀버렸다. 하지만 은정은 그런 성민을 향해 틈도 주지 않고 계속해서 몰아붙였다.

"세상에 흔적 없이 사는 사람이 어딨겠어요. 정말로 살아 있다면, 어디든 그 흔적 하나 정도는 남아 있을 거 아니에요. 우리나라처럼 지문등록이 잘돼 있는 나라라면 더 그렇잖아요. 열 손가락 지문 다 등록하는 나라가 어디 흔한가요. 대한민국을 다 뒤져서라도, 그 지문 꼭 찾아낼 거예요. 그렇게 딱 1년만, 미친 듯이 한번 찾아볼 거예요. 그리고, 그래도 언니의 흔적을 못 찾으면, 그땐 정말로 죽었다고 인정할 거예요. 그 결과가 어떻게 나오든 예전엔 엄두도 못 냈는데, 이젠 할 수 있을 것 같아요."

 은정은 정말로 그랬다. 성민만 옆에 있다면, 그 무엇도 다 할 수 있을 것만 같았다. 그 넘쳐나는 의욕에 집에 돌아와서도, 주체를 못 하고 밤을 설치는 은정이었다. 침대와 길게 마주하고 있는 대형 거울 속에, 그런 자신의 모습이 투영되고 있었다. 새로운 삶을 살기엔 아직도 늦지 않은 얼굴이었다. 40 중반에 예전처럼 파릇파릇하지는 않았지만, 그런대로 잘 가꾸고 살아서 그런지 자기가 보더라도 30대 후반으로밖에는 안 보였다.

 그런 자신을 보니, 은정은 더 욕심이 생겼다. 더 늦기 전에 남들처럼 평범하게 살 수 있는 기회였다. 남편도 갖고, 자식도 갖고, 다소 늦은 나이기는 했으나, 과정 없이 그 모든 것들을 한 번에 다 가질 수 있는 길이 지금 자신 앞에 열려 있는 것이었다.

 부는 자신이 이미 넘칠 만큼 축적해 놓아 문제 될 것이 없었다. 다만 그 부를 함께 누리고 여생을 같이할 동반자가 필요했다. 현재 은정이 유일하게 가지고 있지 못한 부분이었다. 성민은 그런 동반자로 완벽했다. 의사란 직업은 말할 것도 없이, 준수한 외모에 기대고 싶을 정도로 강한 의지력과 자상한 성격까지. 자신의 남자로 그보다 더 바랄 게 없었다. 그 중에서도 말하지 않더라도 알아서 자신을 보듬어줄 줄 아는 멋진 남자였다.

 거기다 덤으로 조안이라는 다 큰딸까지 거저 얻을 수도 있었다. 애 키우기 힘든 세상에 낳는 고통도, 키우는 번거로움도 없이, 세상에 남는 장사도 그보다 더 남는 장사가 없었다. 피 한 방울 섞이지 않았지만, 키만 빼면 새하얀 피부에 외모까지 닮아, 누가 봐도 딸이라 해도 무방했다. 그리고 무엇보다도 중요한 것은, 서로가 그걸 원하고 있다는 것이었다. 굳이 말은 하지 않아도 조안이 자신을 대하는 눈빛에서 은정은 그걸 읽을 수 있었다.

그야말로 이루어만 진다면 완벽한 가족이었다. 그 생각을 하니 은정은 벌써부터 귓가에는 사모님 소리가 들렸다. 더는 그 누구도 자신을 측은지심으로 보지 않을 것이었다. 어느 순간 한 살 한 살 나이를 먹으면서 자신을 향해 내비치는 안 좋은 시선들이 그것이었다. 언제나 은정은 사람들의 그런 시선이 싫었다. 앞으로 1년이었다. 그 후면 자신은 완벽한 가족의 아내이자, 엄마로 다시 태어나는 것이었다. 그 기간으로 오랜 시간도 필요 없었다. 1년이면 족하고 충분했다.

어느 싸이코패스녀의 복수법 1

글 이무형·한보라
그림 한보라
디자인 편집 덤블 디자인팀
펴낸곳 덤블텍스트미디어
주소 대전광역시 서구 대덕대로168번길 50, 303호
전화 042)534-5888
홈페이지 dumble.kr
전자우편 ggotjjang@naver.com
후원 이상건, 백정희, 이수연, 이소연

발행 2025.11.12.
ISBN 979-11-981823-5-7 · 979-11-981823-3-3 (세트)
정가 15,400원